Christoph Martin Wieland

Das Hexameron von Rosenhain

Deutscher Taschenbuch Verlag

Vollständige Ausgabe.
Herausgegeben von Friedrich Beißner. Mit einem Nachwort, einer Zeittafel und Literaturhinweisen von Albert Meier und Wolfgang Proß

Von Christoph Martin Wieland ist im Deutschen Taschenbuch Verlag erschienen:
Geschichte des Agathon (2120)

August 1983
Deutscher Taschenbuch Verlag GmbH & Co. KG, München

Umschlaggestaltung: Celestino Piatti unter Verwendung einer Illustration von J. Blaschke sen.
Gesamtherstellung: C. H. Beck'sche Buchdruckerei, Nördlingen
Printed in Germany · ISBN 3-423-02121-7

Über dieses Buch

Christoph Martin Wielands 1805 erschienener Märchen- und Novellenzyklus ‚Das Hexameron von Rosenhain' schließt sich bewußt an die Tradition der großen romanischen Novellensammlungen an, vor allem an Boccaccios ‚Decamerone' und Margarethe von Navarras ‚Heptameron'. Zusammen mit Goethes wenige Jahre zuvor erschienenen ‚Unterhaltungen deutscher Ausgewanderten' begründet Wielands ‚Hexameron' die im 19. Jahrhundert für die deutsche Literatur so wichtige Gattung der Novelle und des Novellenzyklus.
Eine „auserlesene Gesellschaft liebenswürdiger und gebildeter Personen beiderlei Geschlechtes" vertreibt sich auf dem Landgut Rosenhain die Zeit durch das gegenseitige Erzählen von drei Märchen und drei realistischen Geschichten, die alle um dasselbe Motiv kreisen: Erotik zwischen Vernunft und Leidenschaft. Nicht immer gelangt die Erzählhandlung zum glücklichen Ende, denn nur diejenigen erweisen sich als der wahren Liebe fähig, die in sich zu einer Harmonie von Körper und Seele, von Affekt und Affektbeherrschung finden. In spielerischen Auseinandersetzungen, die scheinbar noch ganz in der Rokokotradition stehen, wird ein Menschenideal gepriesen, in dem der Mensch als Sinnenwesen anerkannt wird, das zwischen den Extremen einer stoischen und einer epikuräischen Lebensauffassung einen glücklichen Mittelweg geht. Im aristokratischen Raum bereitet sich eine bürgerliche Haltung vor, die dem einzelnen durch Achtung seiner individuellen Besonderheit und durch wahre Anerkennung des Partners ein freies und befriedigendes Dasein ermöglichen will. Dieser realistischen Tendenz entspricht die heitere und von romantischen Überhöhungen gänzlich freie Darstellung auch in den drei Feen- und Zaubermärchen, in denen sich die Schutzgeister wie Menschen verhalten und sich die Probleme auf normalem psychologischen Weg lösen.

DAS HEXAMERON VON ROSENHAIN

HERAUSGEGEBEN VON C. M. WIELAND

VORBERICHT EINES UNGENANNTEN

Das Zusammentreffen verschiedener zufälliger Umstände brachte in verwichenem Sommer eine auserlesene Gesellschaft liebenswürdiger und gebildeter Personen beiderlei Geschlechtes auf dem Landsitz des Herrn v. P. im **** zusammen.

Einige von ihnen hatten sich schon zuvor gekannt, andere sahen sich zum ersten Male; man wollte ältere Verhältnisse enger zusammenziehen, auch mocht es (wiewohl noch mit dem Finger auf dem Munde) darauf abgesehen sein neue anzuknüpfen, da unter den Anwesenden einige junge Leute waren, über deren bisher noch freie Herzen Amor und Hymen, jeder mit Vorbehalt seiner besondern Rechte, sich in Güte zu vergleichen nicht ungeneigt schienen.

Daß wir die Leser oder Leserinnen, denen diese Handschrift in die Hände fallen könnte, mit ausführlichen topographischen, malerischen und poetischen Beschreibungen des Schlosses, der Gärten, des Parks und der übrigen Umgebungen von Rosenhain verschonen, werden Sie hoffentlich mit gehörigem Dank erkennen, wiewohl es einem Schriftsteller von Profession vielleicht übel ausgedeutet werden möchte. Wir setzen dadurch Ihre Einbildungskraft in volle Freiheit, sich das alles so prächtig und reich, oder so lieblich und romantisch, in Griechischem oder Gotischem, Mohrischem oder Sinesischem, in ihrem eigenen oder in gar keinem Geschmack, vorzustellen und auszumalen, wie es Ihnen nur immer am gefälligsten sein mag. Man hat sich an dergleichen Beschreibungen so satt gelesen, daß die Neuheit selbst (wenn anders nach Mistriß Radkliffe und nach Jean Paul noch etwas Neues in dieser Art möglich ist) kaum vermögend wäre, einige Aufmerksamkeit zu erregen. Überhaupt dürfte den meisten Erzählern zu raten sein, in diesem und ähnlichen Fällen ihren Lesern lieber zu viel als zu wenig Einbildungskraft zuzutrauen.

Eine vermischte, ziemlich zahlreiche Gesellschaft, welche mehrere Wochen auf dem Lande beisammen lebt, hat, außer den gewöhnlichen Vergnügungen des Landlebens, noch manche

Maßnehmungen nötig, um die beschwerlichste aller bösen Feen, die Langeweile, von sich abzuhalten.

Die Gesellschaft, von welcher hier die Rede ist, hatte bereits so ziemlich alle andern Hülfsquellen erschöpft, als eine junge Dame, die wir (weil die wahren Namen hier nicht zu erwarten sind) Rosalinde nennen wollen, auf den alten, so oft schon nachgeahmten Boccazischen Einfall kam: daß Jedes der Anwesenden, nach dem Beispiel des berühmten Dekamerone, oder des Heptamerons der Königin von Navarra, der Reihe nach, etwas einer kleinen Novelle, oder, in Ermanglung eines Bessern, wenigstens einem Märchen ähnliches der Gesellschaft zum besten geben sollte.

Dieser Vorschlag fand Beifall und Widerspruch. Die Ältesten und die Jüngsten erklärten sich sogleich ganz entschieden, daß sie, wenn der Vorschlag durchginge, zwar sehr gern geneigte Zuhörer abgeben, aber, im Bewußtsein ihrer Armut an den nötigen Erfordernissen, niemals eine tätige Rolle bei dieser Art von Unterhaltung spielen würden.

Die besagte junge Dame und zwei oder drei andere, welche sogleich auf ihre Seite getreten waren, wollten anfangs eine Weigerung, welche sie einem bloßen Übermaß von Bescheidenheit zurechneten, um so weniger gelten lassen, da sie selbst, nur im Fall alle Übrigen gleiche Gefahr mit ihnen laufen wollten, Mut genug in sich zu fühlen vorgaben, ihr bißchen Witz und Laune auf ein so mißliches Spiel zu setzen. Als aber Jene, Einwendens ungeachtet, auf ihrer Weigerung so ernstlich beharrten, daß es unartig gewesen wäre länger in sie zu dringen, gaben die Übrigen endlich nach, fanden aber doch nötig, sich von der ganzen Gesellschaft einige Punkte auszubedingen, ohne welche sie sich schlechterdings in nichts einlassen könnten.

Eine dieser Bedingungen, worauf der junge Wunibald von P. mit einem beinahe komischen Ernste bestand, und worin er auch von der großen Mehrheit unterstützt wurde, war: daß alle empfindsame Familiengeschichten, und alle sogenannte moralische Erzählungen, worin lauter in Personen verwandelte Tugenden und Laster, lauter Menschen aus der Unschuldswelt, lauter Ideale von Güte, Edelmut, Selbstverleugnung und grenzenloser Wohltätigkeit, aufgeführt werden, ein für alle Mal ausgeschlossen sein sollten.

„Ich bitte sehr“, setzte Herr Wunibald hinzu, „mir diese Ausschließung nicht so auszulegen, als ob ich die Dichtungen dieser Art, woran wir, denke ich, reicher sind als irgend ein Volk in der Welt, nicht nach Verdienst zu schätzen wisse. Gewiß haben auch sie, wie alles unter der Sonne, ihren Wert und Nutzen; und ich gestehe gern, daß ich (um nur Ein Beispiel zu nennen) in den meisten Erzählungen von Starke eine sehr angenehme Unterhaltung gefunden habe. Aber man kann selbst des Besten zu viel bekommen, und immer Unschuld und Wohltätigkeit und nichts als Unschuld und Wohltätigkeit geschildert zu sehen, könnte zuletzt auch dem wärmsten Liebhaber von Unschuld und Wohltätigkeit lästig werden; zumal, da der Abstich der Menschen, mit denen wirs in unserm ganzen Leben zu tun haben, von den Bürgern dieses herrlichen Landes Nirgendswo gar zu auffallend und schreiend ist."

„Vielleicht", sagte die Frau des Hauses, „liegt der Fehler bloß daran, daß man uns diese rein unschuldigen und durchaus immer guten Menschen in lauter Verhältnissen und Umständen darstellt, worin sie wie Menschen aus dieser Welt aussehen sollen. Da kommt es uns dann vor, als ob uns der Dichter wirklich täuschen und im Ernste überreden möchte, es gebe solche empfindsame Tischler und Schneidergesellen, so edelgesinnte gewissenhafte Taglöhner und Bettler, so holdselige, kunstlose, und doch zugleich so feingebildete, madonnenartige Pfarrerstöchter, und so unendlich freigebige und reiche Hof-, Kammer- und Kommerzien-Räte in unserm lieben deutschen Vaterlande überall vollauf; und wer kann sich das weis machen lassen?"

„Verzeihen Sie, gnädige Frau", sagte die junge Amande B., indem sich ihr geistvolles Gesicht mit einer liebenswürdigen Schamröte überzog, dies konnte doch schwerlich die Meinung eines so verständigen Mannes wie Starke sein. Sollte nicht die Absicht, uns desto mehr für seine Personen zu gewinnen, und durch die anschaulich gemachte Möglichkeit, auch in unsern Verhältnissen so edel und gut zu sein als jene, ein desto lebhafteres Verlangen, es in der Tat zu werden, in seinen Lesern zu erwecken, sollte diese Absicht, die er auf keine andere Weise so gut erreichen zu können glaubte, nicht hinlänglich sein ihn zu rechtfertigen?"

„Ihre Bescheidenheit, liebe B., (versetzte Frau von P.) verwandelt in eine Frage, was Ihnen selbst etwas ausgemachtes ist. Ich liebe diesen Glauben an die Güte und Bildsamkeit der menschlichen Natur, woran Ihr Herz und die Unerfahrenheit Ihres Alters gleich viel Anteil hat. Möchten Sie nie Ursache finden,

Ihre gute Meinung von der Menschheit zu ändern! Immer dünkt mich indessen, die Versetzung solcher Engel-Menschen in unsre Alltagswelt, wie viel Lebensähnlichkeit ihnen auch ein Dichter zu leihen weiß, diene doch nur dazu, uns desto gewisser zu machen, daß er uns bloße Märchen erzählt. Meines Erachtens ist eine der Hauptursachen, warum wir Geßners Schäferinnen und Hirten so natürlich finden, weil er sie uns nicht für unsre Landesleute und Mitbürger gibt, sondern für Bewohner eines idealischen ausdrücklich für sie gemachten Arkadiens, wo es eben so natürlich zugeht, wenn sie bei aller ihrer Unschuld und Einfalt so artig, wohlgesittet und zartfühlig sind, als es natürlich ist, daß unsre Schafknechte, Viehmägde und Gänsehirten in allen Stücken das vollständigste Gegenbild von jenen darstellen."

Da gegen diese Bemerkung der Frau von P. (vermutlich aus bloßer Höflichkeit) nichts weiter eingewendet wurde, so blieb es bei dem von Wunibald vorgeschlagenen Gesetz.

„Ich lasse mir billig gefallen was den meisten gefällt", sagte Nadine, eine von den jungen Personen, welche Rosalindens Antrag unterstützt hatten. „Aber, wenn wir sentimentalische Alltagsgeschichtchen und idealische Familienszenen ausschließen, so hoffe ich, es werde mir aus gleichem Rechte zugestanden werden, gegen das gesamte Feen- und Genien-Unwesen, gegen alle Elementengeister, Kobolde, Schlösser von Otranto, spukende Mönche und im Schlaf wandelnde bezauberte Jungfrauen, kurz gegen alles Wunderbare und Unnatürliche, womit wir seit mehreren Jahren bis zur Überladung bedient worden sind, Einspruch zu tun."

Diese zweite Bedingung fand noch lebhaftern Widerstand als die erste. „Welcher Dichter oder Erzähler", sagte man, „wird sich eine so reiche und unerschöpfliche Hülfsquelle verstopfen lassen wollen? Die Liebe zum Wunderbaren ist nicht nur der allgemeinste, sondern auch der mächtigste unsrer angebornen Triebe, und kaum wird eine Leidenschaft zu nennen sein, die nicht, sogar in ihrer größten Stärke, der Gewalt des Wunderbaren über unsre Seele weichen müßte. Der Hang zum Wunderbaren ist, wie mans nimmt, die stärkste und die schwächste Seite der menschlichen Natur; jenes für den, der selbst wirkt; dieses für den, der auf sich wirken läßt. Wer auf keiner andern Seite zugangbar ist, dem ist auf dieser beizukommen. Wie übel würde also die Hälfte unsrer Gesellschaft, die es auf ihre Gefahr übernähme die andre zu unterhalten, daran sein, wenn ihr gerade das gewisseste Hülfsmittel, die Zuhörer bei Aufmerksamkeit und guter Laune zu erhalten, untersagt wäre?"

Diese und andere Gründe wurden mit vieler Wärme gegen die vorgeblichen Freunde des Natürlichen geltend gemacht, aber von diesen hinwieder mit triftigen Gegengründen eben so eifrig bestritten: bis endlich Herr M., ein großer Bewunderer der neuesten Philosophie, ins Mittel trat, und den Vorschlag tat: wenigstens die Schutzgeister von dem Bann, welchen Nadine über das gesamte Geister- und Zauberwesen ausgesprochen hatte, auszunehmen. Die neueste Philosophie, versicherte er, sei (gleich der alten Platonischen und Stoischen) eine erklärte Gönnerin des Wunderbaren, und so weit entfernt, Geistererscheinungen für etwas unnatürliches anzusehen, daß vielmehr, ihr zufolge, die ganze Körperwelt nichts als eine bloße Geistererscheinung, und eigentlich außer den Geistern gar nichts der Rede wertes vorhanden sei. Er trage also darauf an: den Erzählern, ohne sich einer ungebührlichen Einschränkung ihrer wohl hergebrachten Dichterfreiheit anzumaßen, einen so großen Spielraum, als sie sich selber nehmen wollten, zu gestatten, und den Gebrauch, den sie vom Wunderbaren zu machen gedächten, lediglich ihrer eigenen Bescheidenheit und Klugheit anheim zu stellen. – Herr M. zog im Namen der neuesten Philosophie eine so Ehrfurcht gebietende Stirne zu diesem Vortrag, daß weder Nadine noch sonst Jemand das Herz hatte, sich dagegen aufzulehnen; und so schien denn auch dieser vorläufige Punkt aufs Reine gebracht zu sein.

Die Ordnung, in welcher die Personen, die sich zur tätigen Rolle in diesem Gesellschaftsspiel erboten hatten, einander ablösen sollten, wurde itzt durchs Los entschieden, und zugleich die Abrede getroffen, daß man sich künftig, so fern nichts anders dazwischen käme, alle Abende eine Stunde vor Tische in der großen Rosenlaube oder im Gartensaale ungezwungen zusammenfinden wollte; wo es dann jedesmal auf die gegenwärtige Stimmung der Anwesenden ankommen sollte, ob man sich auf diese oder eine andere Art unterhalten wolle. Denn bloß weil die Stunde dazu geschlagen, und gleichsam zur Frone, Märchen anhören zu müssen, schien etwas, das weder sich selbst noch andern zuzumuten sei.

So weit geht in der Handschrift – welche dem Herausgeber, sehr zierlich auf Velinpapier geschrieben und von etlichen Zeilen mit der Unterschrift Rosalinde begleitet, zugeschickt und zu beliebigem Gebrauch überlassen worden – der Vorbericht. Die Handschrift selbst führt den Titel

DAS HEXAMERON VON ROSENHAIN

und besteht aus sechs Erzählungen (oder Märchen wenn man lieber will) womit die Gesellschaft auf dem Schlosse zu Rosenhain an eben so viel schönen Sommer-Abenden von sechs Personen, deren wahre Namen hinter romantische versteckt sind, unterhalten wurde.

Wofern sie nicht einen sehr behenden Geschwindschreiber bei der Hand hatten, so ist zu vermuten, daß jedes sein Märchen selbst zu Papier gebracht und den andern Mitgliedern der Gesellschaft Abschrift davon zu nehmen erlaubt habe. Indessen gedachte man anfangs wohl schwerlich, aus den anspruchlosen Zeitkürzungen eines kleinen Kreises einander gefallender und daher leicht befriedigter Verwandten und Freunde eine Unterhaltung für die Welt zu machen. Aber, was in ähnlichen Fällen schon öfters geschah, begegnete auch hier; und, wie es immer damit zugegangen sein mag, gewiß ist wohl, daß die Handschrift dem Herausgeber nicht zugeschickt wurde, um sie unter sieben Siegeln in seinen Schreibtisch einzukerkern.

DAS HEXAMERON VON ROSENHAIN

Der Abend war so anmutig, der Himmel so heiter, die Luft so mild und balsamisch, und der Anblick des Gartens im Zauberlicht des wachsenden Mondes aus den Fenstern des Speisesaals so einladend, daß die Gesellschaft sich zu einem gemeinschaftlichen Lustwandel entschloß. Man verteilte sich zu zweien und dreien, entfernte sich unvermerkt von einander, begegnete sich eben so unversehens wieder, verlor sich von neuem, und fand sich endlich, ohne Abrede, wieder vollzählig in der Rosenlaube, die damals eben in voller Blüte stand, beisammen.

In kurzen gab die lauschende Stille, die über der Gesellschaft zu schweben schien, das Zeichen, daß man sich zum Hören gestimmt fühle, und Rosalinde wurde mit einer so schmeichelnden Ungeduld ihres Versprechens erinnert, daß sie sich der Erfüllung um so weniger entziehen konnte, da sie bereits zwei oder drei Tage darauf vorbereitet war. Sie fing also – nachdem sie der jungfräulichen Göttin der Schamhaftigkeit durch die in solchen Fällen gewöhnlichen Entschuldigungen, Bitten um Nachsicht und dergleichen, das schuldige Opfer gebracht – ihre Erzählung folgendermaßen an.

NARCISSUS UND NARCISSA

Es war an einem Abend, der vielleicht so schön war als der heutige, als die Perise Mahadufa, aus der dritten Ordnung der weiblichen Schutzgeister, sich auf einer aus den süßesten Düften des Frühlings zusammen geronnenen, leichtschwebenden Wolke niederließ, um einige Augenblicke von einem langen Flug auszuruhen und die Sorgen, die ihr Gemüt verdüsterten, im Anblick der prächtig untergehenden Sonne aufzulösen.

„Verzeihung“, sagte Nadine mit einer Verneigung gegen die ganze Gesellschaft, „daß ich die Erzählung gleich anfangs unterbrechen muß, um mir einen kleinen Unterricht auszubitten, was eine Perise ist, und was ich mir bei der dritten Ordnung der weiblichen Schutzgeister zu denken habe?“

„Kommen Sie mir zu Hülfe, lieber Wunibald“, sagte Rosalinde, sich gegen den jungen P . ., ihren Verwandten und erklärten Liebhaber, wendend; „ich muß zu meiner Beschämung gestehen, daß ich auf diese Frage nicht vorbereitet bin, und ich fürchte sehr –“

„Fürchten Sie nichts“, fiel ihr Wunibald ins Wort; „meine Kenntnis der innern Verfassung der Geisterwelt ist zwar auch nicht weit her, denn ich habe sie größtenteils nicht tiefer als aus Tausend und Einer Nacht geschöpft; aber Nadine wird sich auch genügen lassen, wenn ich ihr mit zwei Worten alles sage was ich selbst davon weiß; nämlich, daß unter den Peris, oder guten Genien, ein Geschlechtsunterschied Statt findet, und daß sie größtenteils Schutzgeister der Menschen, und je nachdem sie entweder ganzen Völkern und Ländern, oder regierenden Königen und Fürsten, oder andern durch große persönliche Vorzüge und eine höhere Bestimmung über die gemeinen Menschenkinder emporragenden Personen zu Beschützern gegeben sind, in eben so viele besondere Ordnungen abgeteilt werden. Diese Peris heißen auch Dschinnen, und das Reich, wo sie zu Hause sind, und von einem unumschränkten Monarchen ihres Geisterstammes beherrscht werden, wird Dschinnistan genannt.

Daß sie übrigens mit den Elementgeistern des Grafen Gabalis, den Sylfen, Gnomen, Ondinen und Salamandern, nicht zu verwechseln sind, will ich nur im Vorbeigehen bemerkt haben.“

Rosalinde nickte Wunibalden ihren Dank mit einem etwas schalkhaften Lächeln zu, und fuhr fort: „Wenn Herr von P. nicht durch die alberne Art, wie ich meine Erzählung anfing, Gelegenheit bekommen hätte, sich um uns alle durch Mitteilung seiner Kenntnisse in diesem wichtigen Teil der Geisterlehre verdient zu machen, so könnt ich mir selbst gram deswegen sein, daß ich – was doch so leicht gewesen wäre – den Anlaß zu dieser Unterbrechung nicht vermieden habe. Denn wozu hatte ich denn nötig die Perisen und die dritte Ordnung ins Spiel zu mengen? Brauchte ich doch nur zu sagen: der Schutzgeist Mahadufa habe sich auf die Wolke niedergelassen, so war jedermann zufrieden.“ „Das sind wir auch jetzt“, sagte Frau von P., „wenn Sie so gut sein wollen fortzufahren, ehe jemand in Versuchung gerät Sie durch eine neue Frage zu unterbrechen.“

„Wenn die Rede von Geistern ist“, sagte der Philosoph M., „muß man nicht fragen, sondern hören und glauben. Durch Fragen kommt man zwar, wie das Sprüchwort sagt, nach Rom; aber das gilt nur von diesem groben planetarischen Erdklumpen; in der Geisterwelt kommt man durch Fragen um kein Haarbreit vorwärts. Also wieder auf Ihre duftreiche Abendwolke, zur Schutzgeistin Mahadufa, wenn ich bitten darf, mein Fräulein!“ – „Und ich“, sagte der alte Herr von P., „verspreche Ihnen für uns alle, Sie sollen nicht wieder unterbrochen werden.“

Mahadufa hatte kaum einige Minuten von der Wolke Besitz genommen, als Zelolo, ein männlicher Genius aus derselben Ordnung, sie im Vorüberfliegen gewahr wurde. Wiewohl sie sich lange nicht gesehen hatten, erkannte er doch Mahadufen auf den ersten Blick, und steuerte sogleich auf die Wolke zu, in der Absicht die alte Bekanntschaft wieder aufzufrischen. Nach den ersten Begrüßungen fragte Mahadufa, wohin sein Weg ginge. – „Wohin mein Amt mich ruft“, war seine Antwort; „ich habe das Unglück der Schutzgeist eines jungen Menschen zu sein.“

„Du gibst der Sache ihren rechten Namen, Zelolo; ich weiß auch ein Wort davon zu sprechen.“

„Zwischen dir und mir gesagt, Mahadufa, ich glaube nicht,

daß es in allen Planeten und Kometen, Sonnenwirbeln und Milchstraßen des unermeßlichen Weltalls ein schnöderes Handwerk gibt als das unsrige. Ich begreife nicht was der Geisterkönig für ein Vergnügen daran finden kann, uns unter dem vornehmen Titel von Beschützern zu bloßen Zuschauern und Zeugen der unergründlichen Torheit und des ewigen Selbstwiderspruchs dieser närrischen Adamskinder zu machen. Ja, wenn uns noch erlaubt wäre als mithandelnde Personen im Spiel aufzutreten; wenn wir ihnen in unsrer eigenen Gestalt erscheinen, oder eine menschliche annehmen dürften, um ihnen zu raten, wo sie sich nicht zu helfen wissen, sie zu warnen, wenn sie etwas dummes, und zurückzuhalten, wenn sie etwas schlechtes begehen wollen! Aber dürfen wir das? Ist uns doch beinahe alle geistige Einwirkung auf ihr Gemüt untersagt; wenn wir ihnen ja noch einen Gedanken eingeistern dürfen, so ist es unter dem Beding, ihm eine so völlige Ähnlichkeit mit ihren eigenen zu geben, daß sie ihn aus sich selbst gedacht zu haben glauben sollen. Was ist die Folge dieses weisen Gesetzes? So oft ich meinem Zögling einen wirklich klugen Gedanken einhauche, bin ich sicher, daß er ihn als einen törichten Einfall, der ihm so von ungefähr angeflogen komme, verlachen wird. Ehmals gaben uns wenigstens ihre *Träume* einen großen und freien Spielraum; aber auch diese Befugnis ist uns neuerlich durch so viele Anhängsel und Einschränkungen erschwert und beschnitten worden, daß entweder *Wir* nichts Gescheides aus ihren eignen Träumen zu machen wissen, oder *Sie* aus denen, die wir ihnen zuschicken, nicht klug werden können."

„Nur allzuwahr", sagte Mahadufa: „Unser Dienst, der so ehrenvoll scheint, ist im Grund eine bloße Art zur Frone müßig zu gehen. Wie oft hab ich michs schon reuen lassen, daß wir aus einem unzeitigen Übermaß von Mitleiden und Großmut das alte Reich der *Feen* zerstören halfen, die uns ehmals durch ihre unverdrossene Geschäftigkeit Böses, und ihre unverständige Art Gutes zu tun, so viel zu schaffen machten, daß wir über keine Langeweile zu klagen hatten."

„Diese Hülfsquelle ist nun einmal abgegraben", versetzte Zelolo. „Das schale Vergnügen über unsre sich klug dünkende Narren und Kindsköpfe zu lächeln, oder das bißchen Schadenfreude, sie für ihr ewiges starrsinniges Sträuben und Anstreben gegen alle Eingebungen der Vernunft durch die Folgen ihrer eigenen weisen Maßnehmungen gestraft zu sehen, ist am Ende alles, was uns Schutzgeistern dafür wird, daß wir das herrliche Amt übernommen haben Mohren zu bleichen und Wasser mit einem Siebe in ein Faß ohne Boden zu schöpfen."

„Und sogar dieses schale Vergnügen", fuhr Mahadufa fort, „kann uns nur dann werden, wenn wir keinen Anteil an unsern Zöglingen nehmen; was bei mir wenigstens der Fall nicht ist; denn ich liebe den Meinigen, und diese Liebe macht mich so unglücklich als Geister unsrer Art zu sein fähig sind."

Zelolo.

„Darf man fragen, wer dein Zögling ist?"

Mahadufa.

„Sie ist das einzige Kind eines der vornehmsten und reichsten Häuser in der Hauptstadt des Landes, über dessen westlicher Grenze wir itzt schweben; ein Mädchen, an welches die Natur ihre reichsten Gaben verschwendet hat, das schönste, reizendste, talentvollste, das je von der Sonne beschienen wurde; geboren mit den herrlichsten Anlagen zu allen Tugenden und zu allem was ein Weib liebenswürdig machen kann."

Zelolo.

„Und mit allen diesen Vorzügen macht sie dich unglücklich, sagst du?"

Mahadufa.

„Weil sie selbst das unseligste Geschöpf ist, das ich kenne."

Zelolo.

„Wie geht das zu?"

Mahadufa.

„Stelle dir vor, Zelolo, daß die Unglückliche, die Allen Liebe einflößt, nichts liebt, und, wie ich besorge, nichts mehr lieben kann als sich selbst. Ich pflege sie deswegen nur meine Narcissa zu nennen, wiewohl ihr wahrer Name Heliane ist."

Zelolo.

„Ich würde vielleicht unglaublich finden was du mir sagst, wenn dein Fall nicht von Wort zu Wort auch der Meinige wäre. Der junge Dagobert, dessen Schutzgeist von seiner Geburt an zu sein ich das Unglück habe, ohne verhindern zu können, daß Aufwärterinnen und Aufwärter, Zofen, Schranzen, Schmeichler und Sklaven aller Gattung, dem Vater, der Mutter und der ganzen Sippschaft das Werk der Natur in ihm, von seinem ersten Atemzug an, hemmen und zerstören halfen, dieser unglückliche Jüngling, der einzige Sohn eines der reichsten Großen des Landes, wo ich herkomme, ist alles, was du von deiner Narcissa sagst. Wenn je ein Menschenkind mit der Anlage ein edler und guter Mann zu werden in die Welt trat, so ist es er; aber der arme Mensch kann, gleich dem Narcissus der Fabel, nichts lieben als sich selbst, und ich nenne ihn daher, wenn zwischen mir und meinen Freunden die Rede von unsern Schützlingen ist, nur meinen Narcissus."

Mahadufa.

Nachdenkend. „Eine sonderbare Übereinstimmung!"

Zelolo.

„Du trauest mir zu, daß ich nichts von dem wenigen, was uns zu tun erlaubt ist, unversucht an ihm gelassen habe; aber gegen alle die Mächte, die sich wider seinen Verstand und sein Herz zusammen verschworen hatten, war keine Rettung. Wenn den scharfsinnigsten Köpfen auf dem ganzen Erdenrund ein ungeheurer Preis ausgesetzt worden wäre, einen Plan zu entwerfen, wie man es angehen müsse, um aus meinem jungen Fürstensohn den Erzkönig aller Gecken zu bilden, dieser edle Zweck hätte nicht vollständiger erreicht werden können, als durch die Erziehung, die er im Palast seines Vaters und in der großen Welt erhielt, in welche seine Geburt und seine glänzenden Naturgaben ihm sehr früh den freiesten Zutritt und die schmeichelhafteste Aufnahme verschafften. Von seiner Kindheit an beeiferte sich Jedes ihm liebzukosen und aufzuwarten; seine unverständigsten und unbilligsten Wünsche mußten erfüllt, seine unartigsten Launen gefürchtet, seine wunderlichsten Grillen auf der Stelle befriedigt werden. Alles was er sagte wurde bewundert, alles was er tat war recht. Nun, da die Früchte einer solchen Aussaat in üppigster Fülle stehen, wehklagen sie daß ihm nichts gefällt als er selbst, daß er nichts liebt noch achtet als sich selbst, von nichts spricht als von sich selbst, keinen Finger rührt als für sich selbst, kurz, sich nicht anders benimmt als ob er das einzige Wesen in der Welt, und alles übrige bloße Werkzeuge seines Vergnügens und Spielwerk für seine Launen wäre."

Mahadufa.

„Ich glaube die Geschichte meiner armen Narcissa zu hören. Diese Ähnlichkeit ist sehr sonderbar!"

Zelolo.

„Das schlimmste für uns ist indessen, daß die Zeit immer näher rückt, wo wir dem König Rechenschaft von unsern Pfleglingen geben müssen; und du wirst sehen, Mahadufa, daß die

Schuld, warum nichts besseres aus ihnen geworden ist, zuletzt doch auf uns ersitzen bleiben wird."

Mahadufa.

„Sei ohne Sorge, Zelolo! Ich hoffe ein Mittel gefunden zu haben, das Alles wieder gut machen soll."

Zelolo.

„Kannst du Wunder tun? Oder, wenn du es könntest, darfst du es?"

Mahadufa.

„Es soll ganz natürlich zugehen. – Rate doch ein wenig! – Es ist das einfachste Mittel von der Welt."

Zelolo.

„Ah! Nun versteh ich dich! – Sie sollen zusammengebracht werden, sollen sich sehen, und der Erfolg, hoffst du –"

Mahadufa.

„Der Erfolg kann nicht fehlen."

Zelolo.

„Aber bedenke, gute Mahadufa, daß ich meinen Narcissus bereits mit allem, was auf dreihundert Meilen im Umkreis das Schönste und Liebenswürdigste ist, umgeben habe, ohne mehr damit zu gewinnen, als daß er noch verliebter in sich selbst geworden ist als jemals."

Mahadufa.

„Das Nämliche ist mir mit Narcissa begegnet. Aber das schreckt mich nicht, seitdem ich weiß, daß es einen Narcissus in der Welt gibt. Sie müssen zusammengebracht werden, Zelolo! Sie sind für einander geschaffen; zwei Hälften, die ganz in einander passen, und sich unversehens so zusammenschrauben werden, daß du deine Freude daran sehen sollst. Niemand als Narcissus kann meine Narcissa, Keine als Narcissa kann deinen Narcissus heilen."

Zelolo.

Sich vor die Stirne schlagend. „Du hast recht, Mahadufa. Laß dich umarmen für den glücklichen Einfall! Du hast recht! Wie konnt ich so dumpf sein, das nicht auf den ersten Blick zu sehen? Aber bei Euch andern ist der erste Blick immer der entscheidende. Laß uns nun keine Zeit verlieren. Mache du deine Anstalten auf deiner Seite; und bevor der Mond sein Gesicht zweimal verändert hat, soll mein Narcissus, flimmernd und strahlend wie eine Sonne, an eurem Hofe aufgegangen sein."

Nach dieser Abrede trennten sich die Schutzgeister wieder,

vergnügt über ihr unverhofftes Zusammentreffen, und ungeduldig ihr Vorhaben aufs schleunigste ins Werk zu richten.

Hier unterbricht der Verfasser der Handschrift die Erzählung auf einige Augenblicke.

Wir hätten sehr gewünscht (sagt er), aber es stand nicht in unserm Vermögen, dieses Gespräch der beiden Schutzgeister für die Leser so unterhaltend zu machen, als es für Rosalindens Zuhörer durch die Anmut und Lebhaftigkeit ihres mündlichen Vortrags war; zumal da sie vermittelst einer seltnen Biegsamkeit der Stimme jeder redenden Person einen besondern, von ihrer eigenen verschiedenen Ton zu geben wußte, und sie dadurch so fest und richtig bezeichnete, daß sie, um die Personen anzugeben, keinen Namen zu nennen brauchte. Da dieser Mangel weder den Augen noch den Ohren unsrer Leser zu ersetzen ist, so wollen wir uns auch keinen Kummer deswegen machen, und laden sie ein, mit uns in die Rosenlaube zurückzukehren, und, so gut als ihre eigene Einbildungskraft sie darin unterstützen will, der schönen Erzählerin zuzuhören; die, von der Zufriedenheit ihrer Zuhörer nicht wenig aufgemuntert, in der Geschichte der beiden Selbstliebhaber folgendermaßen fortfuhr.

In den meisten Geschichten kommt nicht wenig darauf an, daß der Ort und die Zeit, wo und wann sie sich zugetragen, genau angegeben werde. Dies ist nun zwar bei der, worin ich itzt befangen bin, keineswegs der Fall; indessen, da es uns nun einmal unmöglich ist, Personen und Begebenheiten an keinem Ort und in keiner Zeit zu denken, so wünschte ich (um der Ungelegenheit, die deutsche Stadt, wo, und die eigentliche Zeit, wann sich meine Geschichte zutrug, nennen zu müssen, ein- für allemal zu entgehen) daß wir als etwas ausgemachtes annähmen, sie habe sich vor ziemlich langen Jahren zu Trapezunt, am Kaiserhof eines von den Abkömmlingen des weltberühmten Amadis aus Gallien oder des schönen Galaor, seines Bruders, zugetragen; und wenn wir solcher Gestalt unsre so gern zur Unzeit geschäftige Einbildungskraft über diesen Punkt eingeschläfert hätten, wünschte ich, daß wir uns weiter nicht darum bekümmerten, sondern uns begnügten meinen Helden und meine Heldin als bloße Bürger der Geisterwelt oder geistige Weltbürger anzusehen, mit welchen alles, was ich von ihnen zu erzählen habe, der Hauptsache nach wenigstens, sich eben so wohl an jedem andern Ort und zu jeder andern Zeit zugetragen haben könnte. Dieses vorausbedungen und zugestanden (denn alle hatten der Erzählerin ihre Einwilligung lächelnd zugenickt) fahre ich nun mit froherem Mute und freiern Armen in meiner Erzählung fort.

Sobald Mahadufa nach Trapezunt zurückgekommen, war ihre erste Sorge, mit guter Art Anstalt zu treffen, daß Narcissa-Heliane von dem Dasein und dem Charakter des schönen Narcissus-Dagobert so viel Kundschaft erhielt, als nötig war, ihre Aufmerksamkeit zu erregen. Sie mußte (glaubte Mahadufa) alles was ihr von seiner entschiedenen Unfähigkeit, in eine andere als seine eigene Person verliebt zu sein, zu Ohren käme, notwendig als eine Herausfoderung ansehen, die Unwiderstehlichkeit ihrer Reizungen an diesem Widerspenstigen zu bewähren, und die Ungeduld nach seiner Ankunft (wovon man in Trapezunt bereits als von einer nahe bevorstehenden Sache sprach) würde, dachte sie, die erste aller der Gemütsregungen und Leidenschaften sein, welche ihr noch ungebändigtes Herz bearbeiten und für die Liebe empfänglich machen würden. Aber die Perise, wiewohl selbst eine Art von Weib, kannte die Töchter Evens noch nicht genug, um alle Gestalten zu kennen, welche ihre Eitelkeit anzunehmen fähig ist.

Narcissa, welche ganz und gar keinen Begriff davon hatte, wie irgend ein Sterblicher bei ihrem Anblick ungerührt bleiben, geschweige ihrem Willen ihn zu besiegen, wofern sie diesen Willen hätte, widerstehen könnte, blieb bei allem, was man ihr von dem stolzen Narcissus sagte, so gleichgültig, als sie bei dem schalsten und unglaublichsten Ammenmärchen hätte bleiben können, und zeigte nicht die leiseste Spur weder einiger Neugier seine Bekanntschaft zu machen, noch eines Zweifels, was erfolgen werde, wofern er die ihrige suchen sollte.

Narcissus hingegen hatte durch Zelolos geheime Veranstaltung nicht sobald Nachricht von Helianen erhalten, als er sich unverzüglich anschickte, eine Reise von mehreren hundert Meilen zu unternehmen, in keiner andern Absicht, als die hoffärtige Schöne für ihren Übermut zu züchtigen und von der Unmöglichkeit ihm zu widerstehen durch die Erfahrung zu überzeugen. Seine Ungeduld, sich selbst diese Befriedigung zu geben, wurde durch ein Bildnis der schönen Heliane, welches Zelolo ihm in die Hand spielte, so sehr erhöht, daß wer ihn nicht näher kannte, nichts anders hätte vermuten können, als dieses Bild habe bewirkt was man bisher für etwas Unmögliches gehalten, und er eile, von der feurigsten Liebe beflügelt, sein Herz zu den Füßen seiner Überwinderin zu legen.

Narciß erschien unter seinem gewohnten Namen Dagobert am Hofe von Trapezunt mit einem Glanz, der seinen Mitbewerbern auf einmal den Mut benahm, sich mit ihm in einen Wettkampf einzulassen. Der zuversichtliche Stolz, womit er sich der allgemeinen Bewunderung, als eines ihm gebührenden Zolles, bemächtigte, wurde gleichwohl durch die Artigkeit seines Betragens und die Anmut, die alles was er tat und sprach begleitete, so schön gemildert, daß man kaum daran denken konnte, ihm Ansprüche streitig zu machen, an welche so viele blendende Vorzüge ihm ein entschiedenes Recht zu geben schienen; und da er über all dieses noch einen fürstlichen Aufwand machte, und der freigebigste aller Menschen war, erhielt er allgemeinen Beifall am Hofe von Trapezunt. Die Männer selbst fanden es lächerlich ihn beneiden zu wollen, und die Frauen – soll ichs sagen? – die Frauen – genug, es war keine Dame in Trapezunt, die Kaiserin Nicea selbst nicht ausgenommen, die nicht entweder ziemlich öffentliche Anstalten gegen die Freiheit seines Herzens machte, oder sich nicht wenigstens, in vollem Vertrauen auf die Probhaltigkeit ihrer eignen Tugend, um das Vergnügen, von ihm unterschieden zu werden, beeiferte.

Narcissa allein machte die Ausnahme; Narcissa war die einzige, die sich so betrug, als ob sie weder Augen für seine Vollkommenheiten, noch das mindeste Verlangen hätte, von ihm bemerkt, geschweige ausgezeichnet zu werden. Nicht, als wäre sie von seinem ersten Anblick nicht eben so stark betroffen worden als er von dem ihrigen; aber beide waren es weniger darüber was sie sahen, als was sie erwartet hatten und nicht fanden. Narcissus zweifelte so wenig daran, daß der erste Eindruck, den er auf Narcissa zu machen gewiß war, entscheidend sein werde, daß er sich ihr mit einer Miene darstellte, welche ihr in der kraftvollen Geistersprache der Augen mit aller nur möglichen Stärke sagte: ‚Fühlst du die Gegenwart deines Überwinders? Gibst du nicht jeden Gedanken auf, ihm einen vergeblichen Widerstand zu tun?‘ – Aber Narcissa, die seinen Blick nur zu gut verstand, blitzte ihm die Antwort in eben derselben Sprache so behend entgegen, daß sie seiner Frage selbst zuvorzueilen schien: ‚Wie? Mir erkühnst du dich mit solchen Anmaßungen in die Augen zu sehen? du verwirrst dich nicht? dein Blick stürzt nicht vor dem Meinigen zu Boden? Eitles Geschöpf! wie freu ich mich daß es in meiner Macht ist dich zu demütigen!‘

So kurz auch die Dauer dieses ersten Augengesprächs war, so schien es doch entscheidend zu sein, und auf beide einerlei Wirkung zu tun. Ohne einander auszuweichen, und (was sich von selbst versteht) ohne sich jemals von der Linie der feinsten Anständigkeit, auf ihrer Seite, und der ritterlichen Galanterie, auf der seinigen, nur ein Haar breit zu entfernen, benahmen sich beide so gleichgültig, so absichtlos, so frostig-kalt gegen einander, daß sie sich in der Rechenschaft, so jedes sich selbst darüber gab, beinahe notwendig irren mußten. Narcissa, der allgemeinen Huldigung aller Herzen so gewohnt als des Atemholens, glaubte den Prinzen, der ihren Reizen so offenbar Trotz bot, viel zu tief zu verachten, um sich durch seine Gleichgültigkeit beleidigt zu finden, und verdoppelte gleichwohl, ohne sich recht bewußt zu sein in welcher Absicht, alles was die Kunst vermochte, den Zauber ihrer Reize unwiderstehlich zu machen. Narcissus hingegen, der ihre Kälte für eine Wirkung ihrer schwer beleidigten Eitelkeit, im Grund aber für bloße Verstellung hielt, zweifelte nicht daß er nur einige Tage standhaft auszuhalten brauche, um sie ein gutes Teil geschmeidiger zu finden. Aber darin hatte er falsch gerechnet: Narcissa wurde, so deuchte ihm, mit jedem Tage liebenswürdiger und – kälter; er selbst hingegen bildete sich zuweilen ein, er fühle eine Art von Ahnung in sich, daß sie ihm gefährlicher werden könnte als sein Stolz sich gestehen wollte. Ob diese Ahnung vielleicht ein Werk Zelolos war, kann ich nicht sagen; genug, sie erschreckte ihn, und er glaubte nicht genug Vorsichtsanstalten dagegen machen zu können. Er warf sich in einen Strudel von Zerstreuungen aller Gattung, vernachlässigte Narcissen bis an die Grenze der Unhöflichkeit, schien sich, in Hoffnung ihre Eitelkeit zu kränken, bald um diese bald um jene Dame zu bewerben, die einigen Anspruch an eine solche Auszeichnung machen konnte, kurz, versuchte alles, was ein Liebhaber seiner selbst in einem solchen Fall versuchen kann, um seinem Stolze den Triumph zu verschaffen, den ihm der Stolz einer nicht weniger in sich selbst verliebten Schönen vorenthielt. Aber Narcissa, es sei nun weil sie wirklich nichts für ihn fühlte, oder ihn nicht eher genug gedemütigt zu haben glaubte, als bis er sich ihr auf Gnad und Ungnade gefangen geben müßte, beharrte bei ihrem wirklichen oder angenommenen Kaltsinn mit einer so freien und ruhigen Unbefangenheit, daß Narcissus, durch den schlechten Erfolg seiner Maßnehmungen in eine ihm ganz ungewohnte Verlegenheit gesetzt, mehr als einmal in Versuchung geriet, den großen Zauberer Arkelaus um Beistand anzurufen, wenn er nur gewußt hätte wo er anzutreffen wäre.

Das Wahre indessen – was er aber freilich (aus einer Ursache, die in unsern Tagen schwerlich Statt fände) ohne Hülfe des besagten Zauberers unmöglich wissen konnte – war, daß die schöne Narcissa, bei aller ihrer Kälte und anscheinenden Unaufmerksamkeit, sich mehr als sie selbst gewahr zu werden schien mit ihm beschäftigte. Hermeline, die vertrauteste ihrer Dienerinnen, hätte ihm viel davon erzählen können, wenn sie nicht zugleich die treueste, verschwiegenste und unbestechlichste aller Zofen im ganzen Trapezuntischen Kaiserreich gewesen wäre. Hermeline war in der Tat die einzige Person in der Welt, mit welcher Heliane von dem Prinzen Dagobert sprach; aber mit ihr sprach sie auch von nichts anderm. Hermeline hörte zwar kein Wort aus dem Mund ihrer Gebieterin, woraus sie berechtigt gewesen wäre zu schließen, daß er ihr mehr als der gleichgültigste aller Menschen sei: aber sie sprach doch von ihm, sie lachte, scherzte und spottete über ihn, erkundigte sich nach allem was er tat und nicht tat, und Hermeline erhielt sogar den Auftrag, seinen vertrautesten aber nicht so unbestechlichen Kammerdiener, durch ihre Nichte die seine Geliebte war, über die geringsten Umstände seines täglichen und nächtlichen Lebens auszuholen. Aus welchem allem Hermeline, ohne sich das mindeste gegen ihre Dame merken zu lassen, den Schluß zog: daß sie im Grunde doch wohl einigen Anteil an dem Prinzen Dagobert nehmen könnte.

So standen die Sachen zwischen Narcissus und Narcissa, als die Schutzgeister Zelolo und Mahadufa, welche diese Zeit her alles seinen eigenen Gang gehen ließen, und, nach ihrer Gewohnheit, bloße Zuschauer dabei abgegeben hatten, sich wieder zusammen fanden, um einander ihre Beobachtungen mitzuteilen, und gemeinschaftlich zu überlegen was etwa zu tun sein möchte.

„Dein Mittel, Mahadufa“, sagte Zelolo, „wovon wir uns beide so viel versprochen hatten, scheint nicht anschlagen zu wollen.“

„Wie so?“ fragte die Perise.

„Die Sache zeugt von sich selbst. Unsre beiden Narcissen sind noch so weit aus einander und so verliebt in sich selbst als jemals.“

„Das sollt ich nicht meinen; oder wie steht es mit deinem Prinzen?“

„Ich muß bekennen, er scheint wohl allmählich ein wenig mürbe zu werden. Er hat Augenblicke, wo er ganz nahe daran ist sich selbst zu gestehen, daß es ihm nicht möglich sein werde, die unsichtbare Kette, an die sie ihn gelegt hat, zu zerreißen, wie übel sich auch sein Stolz gegen ein solches Geständnis gebärdet. Aber dieses Geständnis Ihr zu tun, so lange sie ihn so schnöde behandelt wie bisher? – Nimmermehr! Eher tut er den Sprung vom Leukadischen Felsen, eh er sich so tief erniedriget."

„Auch hat er dies nicht nötig, Zelolo. Alles müßte mich täuschen, oder die Liebe hat ihr Netz um beide Widerspenstige geworfen, und Narcissa ist so gut darin gefangen als er."

„Was hast du für Ursachen dies zu glauben?"

„Sehr bedeutende. Sie beschäftigt sich alle Tage mehr in ihren Gedanken mit ihm, ja es ist schon so weit gekommen, daß er der einzige Gegenstand ist der ihre Phantasie beherrscht, und auf den sich alles bezieht was sie denkt und tut. Für ihn umgibt sie sich mit allem Glanz und Schimmer, den die Kunst der Natur leihen kann; seinetwegen wünscht sie sich noch schöner, wenns möglich wäre, machen zu können als sie ist; seinetwegen erscheint sie überall wo sie ihn zu finden hofft –"

„Um ihn durch die kälteste Verachtung zum Wahnsinn zu treiben!"

„Wenn dies auch wäre, so bedenke die Absicht warum sie es tut. Welchen andern Zweck kann sie dabei haben, als sein Herz mit Gewalt zur Übergabe zu zwingen, da es sich in Güte nicht ergeben will? Fängt sie nicht schon an, sobald sie sich wieder allein sieht, ihre Laune an allem auszulassen, was sie unter die Hände bekommt? Muß sie sich nicht sogar in Gesellschaft die äußerste Gewalt antun, um ihren Unmut über sein Betragen gegen sie zu verbergen, wiewohl es so höflich ist, als eine gleichgültige Person nur immer verlangen kann? Ich schwöre dir, Zelolo, sie hat Augenblicke, wo sie sich in eine Tigerin verwandeln möchte, um mit Zähnen und Klauen über ihn herzufallen."

„Wenn dies", sagte Zelolo lachend, „ein Zeichen sein soll daß sie ihn zu lieben anfängt, so gesteh ich daß ich von der Liebe dieser Evenstöchter keinen Begriff habe."

„Das möchte wohl wirklich der Fall bei dir sein, Zelolo. Indessen behaupte ich auch nicht, daß sie ihn bereits liebe. Alles was ich für den Anfang wünschte, war bloß, daß Narcissus ihr nicht gleichgültig sein möchte. Von dem Augenblick an, da sie ihm zu zürnen anfing, ihn zu hassen, zu verabscheuen glaubte, war ich ruhig, und was ich bedaure ist nur daß diese Leidenschaften noch zu vorüberrauschend sind."

„Ich besorge sehr, Narcissus wird sich an einer Liebe, die dem Haß so ähnlich sieht, nicht genügen lassen."

„Dies ist seine und deine Sache, Zelolo; seht zu wie ihr es weiter bei ihr bringen könnt!"

„Ernsthaft zu reden, Mahadufa, ich kenne keine Liebe als die sich auf gegenseitige Hochschätzung gründet, und keine andre kann unsre Schützlinge von der Krankheit, nichts als sich selbst zu lieben, heilen. Alles was in beider Gemüte, seitdem sie sich gesehen haben, vorging, ist weiter nichts als die bittre Frucht dieser kranken Selbstliebe; wie könnte sie die glückliche Veränderung bewirken helfen, die wir beabsichtigen?"

„Die Leidenschaften der Menschen", versetzte die Perise, „scheinen mir ihrer Seele das zu sein, was die Fieber ihrem Körper. Die Natur sucht sich, durch diese stürmischen Bewegungen, eines zufälligen aber beschwerlichen Übels zu entledigen, und es gelingt ihr meistens, wo nicht allemal, wenn Seele oder Körper noch jung, kräftig und in ihren wesentlichen Lebenswerkzeugen noch unverdorben sind. Da dies der Fall bei unsern Schützlingen ist, so habe ich gute Hoffnung, daß sie auf diesem Wege genesen werden. Sie konnten sich nicht sehen, ohne einander zu gefallen und sich gegenseitig anzuziehen. Aber die Foderungen der überspannten Selbstgefälligkeit fingen den elektrischen Funken auf; getäuschte Erwartungen, gekränkter Stolz, Ungeduld über ungewohnten Widerstand mußten endlich in diese quälenden Leidenschaften ausbrechen, welche, da sie ein bloßes Mißverständnis zur Nahrung haben, von keiner längern Dauer sein können als das Mißverständnis selbst."

„Du meinst also", sagte Zelolo, „alles müßte gut werden, wenn Narcissa und Narcissus wüßten, daß sie, allem widrigen Anschein zu Trotz, eine starke Neigung haben einander zu lieben? Aber wie sollen sie sich davon überzeugen, so lange die unsinnigen Foderungen der Eigenliebe sogar die bloße Annäherung zwischen ihnen unmöglich machen?"

„Ich begreife sehr wohl", erwiderte Mahadufa, „wie dies möglich ist; aber ich gestehe, es wird Zeit erfodern, wofern ihnen nicht äußere Umstände zu Hülfe kommen."

„Sollten wir nichts tun können", sagte Zelolo, „um unvermerkt solche Umstände zu veranlassen, ohne daß wir darum ihrer Freiheit zu nahe treten müßten, was uns, wie du weißt, durch ein unverbrüchliches Gesetz verboten ist?"

„Mir schwebt so etwas vor, Zelolo, und es soll dir mitgeteilt werden, sobald ich selbst darüber im Klaren bin."

Hiemit trennten sich die beiden Geister abermal, und ich kehre wieder zu meinen Selbstliebhabern zurück.

Narcissa war, ihren zu hochgespannten Stolz (den sie freilich für bloßes Zartgefühl hielt) abgerechnet, ein edles, gutartiges und in jeder Betrachtung höchstliebenswürdiges Wesen. Die Fehler ihrer Erziehung hatten die schönen Anlagen der Natur in ihr wohl aufhalten und entstellen, aber nicht zerstören können, und selbst die Beschaffenheit ihrer Eigenliebe bewies, daß sie der edelsten Art von Liebe fähig sei. Denn sie hatte sich von der ersten Jugend an mit Eifer um alle die Eigenschaften und Vorzüge beworben, wodurch man *wirklich liebenswürdig* wird. Der Wunsch liebenswürdig zu sein, schließt den Wunsch geliebt zu werden in sich; und ich wenigstens (sagte die Erzählerin dieser Geschichte) begreife nicht wie man geliebt zu werden wünschen könne, ohne der Gegenliebe fähig zu sein. Eine unmäßige Eigenliebe, die Frucht einer unverständigen Erziehung, mit einem gerechten aber zu hoch getriebenen Stolz verbunden, hatten ihr, bis zur Zeit ihrer Bekanntschaft mit Dagobert, den allerdings scheinbaren Ruf, daß sie nichts als sich selbst lieben könne, zugezogen; aber worauf hätte *Mahadufa* die Hoffnung, sie von dieser Krankheit durch *Liebe* heilen zu können, gründen wollen, wenn es nicht auf die Gewißheit war, daß der Keim einer edlern Liebe in ihrem Busen liege? Diesen Keim hatte Dagobert zuerst belebt; und wie viele feindselige Mächte sich auch gegen die schwachen Lebensanfänge ihrer Liebe verschworen hatten, sie lebte fort, sie nahm unmerklich zu, und wurde, in der Tat, durch die Leidenschaften selbst, die ihr den Tod zu dräuen schienen, nur immer mehr entwickelt, genährt und gestärkt. Diese Leidenschaften waren nämlich nicht so gar tigerartig, als Mahadufa (die sich, nach der Genien Weise, zuweilen stärker ausdruckte als nötig war) uns vielleicht glauben machte. Narcissa war im Gegenteil von sanfter und fröhlicher Sinnesart, und wenn ja (was ihr selten begegnete) ein zornartiger Stoff in ihrem Gemüt aufbrausete, so ließ sie immer die erste Bewegung an irgend einem zwar unschuldigen aber wenigstens *gefühllosen* Dinge aus, und sogleich legte sich der Sturm, und das unbedeutende Opfer söhnte sie wieder mit der ganzen

Welt aus. So viele Ursache sie auch zu haben glaubte auf Dagoberten ungehalten zu sein, so ist doch mehr als wahrscheinlich, daß dieser Unmut, wenn er auch zuweilen in ein schnell vorüberrauschendes Ungewitter ausbrach, doch, unter gewissen Voraussetzungen, immer bereit war sich in Liebe zu verwandeln. In der Tat überraschte sie sich nicht selten in einer sanft schwermütigen sich selbst vergessenden Träumerei, wo ihre Seele mit stillem Wohlgefallen an seinem Bilde hing; und wenn es (wie die Perise sagte) Augenblicke gab, wo sie ihn hätte zerreißen mögen, so gab es deren noch mehr, wo sie, wäre er gekommen und hätte sich ihr zu Füßen geworfen, und mit zwei großen Tropfen in seinen schönen Augen um Verzeihung zu ihr aufgeblickt, sich fähig gefühlt hätte, ihm ihre Hand zum Unterpfand der Versöhnung hinzureichen. Die Stunden, worin sie sich in dieser Stimmung befand, kamen immer öfter, so daß ihre Phantasie endlich Ernst aus der Sache machte, und ihr in einem lebhaften und wohlzusammenhängenden Morgentraum jenen geheimen Wunsch ihres Herzens als etwas wirklich Geschehenes darstellte. Ob die Schutzgeister bei diesem an sich wenig bedeutenden, aber ihren Absichten sehr beförderlichen Ereignis geschäftig gewesen oder nicht, läßt sich nicht mit Gewißheit sagen; doch könnte das erstere um so eher vermutet werden, weil Narcissus, von ähnlichen Träumen angereizt, sich mehr als Einmal so mächtig versucht fühlte sie wahr zu machen, daß es wirklich geschehen wäre, wenn sein Stolz, hinter die Furcht, ihr einen gar zu großen Triumph über sich zu verschaffen, versteckt, ihn nicht noch mächtiger zurückgehalten hätte.

Um diese Zeit ereignete sich etwas, wovon zu erwarten war, daß das bisher so zweideutige und schwankende Verhältnis unsrer beiden Liebenden (wenn ich sie anders so nennen kann) aufs Reine dadurch gebracht werden könnte.

Der Kaiser von Trapezunt hatte zur Verherrlichung eines Besuchs, womit er von seinem Großoheim, dem Kaiser Esplandian von Konstantinopel, beehrt wurde, ritterliche Kampfspiele ausgeschrieben, wozu alle namhafte Ritter in der Christenheit und im Heidenland eingeladen wurden. Trapezunt war noch nie so lebhaft und glänzend gewesen als während der Feste, die bei dieser Gelegenheit gegeben wurden; der Hof und die Stadt wimmelten von mannhaften Rittern und schönen Damen; aber ein Paar, das Dagoberten und Helianen den Vorzug hätte streitig machen können, ward nicht gefunden. Jeder Höfling gestand, so laut man wollte, daß, nächst den beiden Kaiserinnen und ihren Töchtern, Enkelinnen und Basen, – jeder Ritter, daß, nächst der Dame seines Herzens, Heliane über alle andern wie der Vollmond über die Sterne hervorglänze; die Damen hingegen – gestanden zwar auch, aber jede nur sich selbst, daß Dagobert ohne Ausnahme der schönste, mannhafteste und liebenswürdigste aller Ritter sei. Was Helianen betrifft, so hatte sie alle Ursache mit dem allgemeinen und unzweideutigen Beifall vorlieb zu nehmen, den die Frauen ihr dadurch erteilten, daß sie – gar nichts von ihr sagten.

Da eine Beschreibung der besagten Feste und Spiele aus irgend einem der funfzig dicken Bände des Amadis aus Gallien und seiner Sippschaft zu borgen, und meine gefälligen Zuhörer damit zu belangweiligen, etwas ganz unverantwortliches wäre, so begnüge ich mich zu sagen: daß für die verschiedenen Gattungen ritterlicher Spiele, wobei mehr als hundert Ritter auf dem Plan erschienen, auch verschiedene Preise ausgesetzt waren; daß Narcissa von den Kaiserinnen ernannt worden war, den Dank, den der Sieger im Lanzenstechen davon tragen sollte, auszuteilen, und daß sie, bei einer so feierlichen Gelegenheit, nichts vergessen hatte, was den natürlichen Glanz ihrer majestätischen Schönheit bis zum Verblenden erhöhen konnte.

Dagobert, welcher ihr (im Vorbeigehen gesagt) seit einigen Tagen mit einer ihm ungewöhnlichen zarten Ehrerbietung begegnete, die ihr nicht unbemerkt bleiben konnte, erschien vor den Schranken in einer Rüstung von weißem Schmelz mit Gold eingelegt; auf seinem hellgeglätteten silbernen Schilde waren in goldnen Buchstaben die Worte „für die Ungenannte“ zu lesen, und ein Herold forderte in seinem Namen alle diejenigen heraus, welche nicht bekennen wollten, daß diese ungenannte Beherrscherin seines Herzens die Schönste aller Schönen sei. Dreißig junge Ritter, von welchen jeder unter den gegenwärtigen Frauen oder Jungfrauen eine Gebieterin hatte, deren erklärter Dienstmann er zu sein stolz war, fanden sich durch diesen Aufruf herausgefordert, und Dagobert-Narcissus hatte also keine andre Wahl, als entweder dreißig wackere Ritter einen nach dem andern aus dem Sattel zu heben, oder als ein windiger Prahler von mehr als hunderttausend Zuschauern mit Schimpf und Spott aus der Rennbahn hinausgelacht zu werden. Das Wagestück wär eines Paladins von Karl dem Großen würdig gewesen; und wiewohl er die Wünsche aller Zuschauer, welche gewöhnlich den Verwegensten begünstigen, auf seiner Seite hatte, so waren doch Wenige, die sich auf ihn zu wetten getrauten, und das Herzklopfen der Frauen und Jungfrauen nahm mit jeder neuen Lanze, die er brach, überhand. Indessen, sei es nun daß seine eigene Stärke und Gewandtheit alles tat, oder daß unsichtbare Arme die seinigen stärkten, genug er hatte bereits neunundzwanzig Gegenkämpfer zur Erde geworfen, und es war nur noch Einer, aber seinem Ansehen nach der furchtbarste von allen, übrig, der ihm den Preis für neunundzwanzig Siege durch einen einzigen zu entreißen drohte.

Narcissa, wiewohl durch die Ungewißheit, ob sie selbst oder eine andere die Ungenannte sei, nicht wenig beleidigt, konnte sich doch nicht erwehren, einen wärmern Anteil, als sie sich selbst gern gestehen wollte, an demjenigen zu nehmen, der das Feld gegen alle, die es mit ihm aufnahmen, so ritterlich bisher behauptet hatte; und man wollte beobachtet haben, daß eine glühende Röte sich plötzlich über ihr Gesicht und ihren Busen ergoß, als der schöne Dagobert auch den dreißigsten, unsanfter als alle vorigen, zu Boden legte, und nun allein mit emporgehobener Lanze in den Schranken stand, sich umsehend, ob noch jemand Lust habe, ihm die wohl erworbene Krone streitig zu machen.

Aber wie groß war seine Bestürzung und Helianens Erstaunen, als ein gewaltiger Ritter in einer ganz goldnen, über und über von Edelsteinen blitzenden Rüstung in die Schranken ritt, und ihn aufforderte, entweder die ungenannte Dame seines Herzens zu nennen, oder zu gestehen, daß sie mit der schönen Heliane in keine Vergleichung kommen könne.

Jedermann wurde gewahr, daß der Prinz durch diese Aufforderung in Verlegenheit geriet, und eine gute Weile unentschlossen stand, die Augen bald auf das Prachtgerüste heftend, wo Narcissa, als Austeilerin des Danks, zu den Füßen der beiden Kaiserinnen saß, bald einen grimmvollen Blick auf den unbekannten Ritter schießend, der mit großer Gelassenheit erwartete, wozu sich der weiße Ritter entschließen würde. ‚Soll ich mir', dachte Narcissus, ‚von einem Nebenbuhler, wie es scheint, den Namen meiner Ungenannten abtrotzen lassen? Kann ich es mit Ehre? Oder ist es vielleicht Heliane selbst, die mir diesen Beschwerlichen über den Hals geschickt hat? Erkläre ich mich, wenn ich mit ihm kämpfe, nicht öffentlich gegen Sie, und ist nicht die Belohnung meines Sieges über die dreißig verloren, ich mag überwinden oder überwunden werden?'

Diese Gedanken fuhren wie Blitze durch seinen Kopf, aber er hatte keine Zeit sich lange zu bedenken. „Ich nehme“, sprach er, so laut daß es alle Welt hören konnte, zu dem Unbekannten, „ich nehme deine Ausforderung unter der Bedingung an, daß ich, wenn ich dich aus dem Sattel werfe, den Namen meiner Ungenannten ihr selbst nennen will; streckst du aber mich zu Boden, so soll ihn weder ein Sterblicher noch ein Gott aus meinem Busen reißen.“

Nach dieser Erklärung, die der Fremde sich gefallen ließ, nahmen beide ihren Stand und sprengten mit eingelegten Lanzen gegen einander. Die Lanzen brachen, aber die Ritter blieben fest im Sattel, und nachdem sie sich frische Lanzen geben lassen, rennten sie zum zweiten Mal. Die Lanzen zersplitterten abermals, und Dagobert erhielt sich mit der höchsten Anstrengung noch kaum im Steigbügel: aber beim dritten Ritt raffte er alles was ihm von Kraft noch übrig war zusammen, und hob seinen Gegner so gewaltig aus dem Sattel, daß er über zwanzig Schritte weit hinausflog, und dem Ansehn nach einen sehr gefährlichen Fall getan haben mußte. Dagobert sprang von seinem Roß um dem Gefallenen zu Hülfe zu eilen; aber dieser hatte sich schon wieder, so leicht als ob ihm nichts geschehen wäre, in den Sattel eines andern für ihn bereit stehenden Pferdes geschwungen, ritt in vollem Sprung aus den Schranken, und ließ sich nicht wieder sehen.

Ein jauchzendes Siegesgeschrei des unzähligen Volks, das sich Kopf an Kopf um die Schranken her drängte, begleitete nun den von seinem Abenteuer noch verwirrten Sieger zu den Füßen der schönen, nicht weniger betroffnen Narcissa-Heliane, die, in einer seltsamen Schwebe zwischen ihrem Stolz und ihrem Herzen, nicht Zeit hatte zum Entschluß zu kommen, ob sie ihm Kaltsinn oder Teilnahme in ihren Augen zeigen sollte. Vermutlich würde das Herz die Oberhand behalten haben, wenn sie nicht in dem Blicke, womit der Prinz, indem er sich vor ihr aufs rechte Knie niederließ, ihre Augen bis auf den Grund zu durchforschen schien, den Triumph eines seiner Sache schon gewissen Siegers zu sehen geglaubt hätte. „Darf ich mir schmeicheln“, sagte er, „daß die schöne Heliane keinen Augenblick zweifelte, wer die Ungenannte sei, die allein mich in einunddreißig Kämpfen zum Sieger machen konnte?“

„Empfanget, edler Ritter“, antwortete Narcissa, indem sie ihm den Dank (eine aus goldnen Lorbeerblättern zierlich gewundne und mit Perlenschnüren durchflochtene Krone) aufsetzte, „mit meinem Glückwunsch den Preis Euerer Tapferkeit, und trauet mir soviel Bescheidenheit zu, ein Geheimnis, wofür Ihr so viel wagtet, weder erraten noch erforschen zu wollen."

Sie sagte dies mit einem Blick und einem Lächeln, die ihren Worten mehr als die Hälfte von ihrer Bitterkeit benehmen sollten: aber auf den stolzen Narcissus wirkte beides das Gegenteil; der sanfte Blick und das holde Lächeln schienen ihm die Verachtung noch durch Hohn zu schärfen. Er raffte sich hastig auf, warf einen Blick, der bloß zürnen sollte aber seinen Schmerz nicht verhehlen konnte, auf Narcissen, und entfernte sich von ihr mit einer tiefen Verbeugung, wie einer der nicht wieder zu kommen gesonnen ist.

Daß übrigens von dem goldnen Ritter, den niemand kennen wollte, und von seinem eben so plötzlichen Erscheinen als Verschwinden, bei Hof und in der Stadt etliche Tage lang viel gesprochen, vermutet und gestritten wurde, ist leicht zu erachten. Da man aber immer weniger von der Sache begriff, je mehr man sie auf alle Seiten kehrte, so blieb die allgemeine Meinung endlich bei der Voraussetzung stehen, es sei ein von Helianen angestellter Handel gewesen, um dem Prinzen eine Erklärung abzunötigen, zu welcher er, aus Ursachen, die er selbst am besten wissen müsse, sich nicht entschließen zu können scheine.

Sobald unsre Selbstliebhaber sich wieder allein sahen, fand sich, daß sie mit ihrem geliebten Selbst noch weniger zufrieden waren als eines mit dem andern. Dagobert machte sich Vorwürfe, daß er, anstatt Helianen öffentlich für seine Dame zu erklären, es darauf habe ankommen lassen ob sie sich in der Ungenannten erkennen werde; und wie sehr er sich auch durch ihre unbezwingbare Gleichgültigkeit beleidigt fühlte, so waren doch die Augenblicke die häufigsten, worin er sie entschuldigte, ja sogar rechtfertigte, und gegen sich selbst behauptete, sie habe sich ohne Verletzung alles Zartgefühls nicht anders benehmen können. Narcissa hingegen zürnte über sich selbst, daß sie seine Erklärung bei Empfang des Preises in einem Ton beantwortet hatte, der, wofern er sie wirklich liebte, sein Herz empfindlich kränken, und, falls die Liebe seinen Stolz noch nicht völlig überwältigt hatte, für eine förmliche Abweisung aufgenommen werden mußte. Beide glaubten also einander eine Art von Genugtuung schuldig zu sein, nur war die Schwierigkeit, wie dies geschehen könne ohne vielleicht einen Schritt zuviel zu tun, und das, was jedes sich selbst schuldig zu sein glaubte, auf ein ungewisses Spiel zu setzen.

Diese Bedenklichkeiten eines übertriebenen Zartgefühls gaben ihrem gegenseitigen Betragen eine Miene von zwangvoller Unschlüssigkeit zwischen Annäherung und Zurückhaltung. Sie beobachteten einander mit einer Art von mißtrauischer Teilnahme, welcher kein Blick, keine noch so leise vorübergehende Veränderung der Gesichtszüge entwischte, die aber immer geneigt war etwas Zweideutiges zu sehen, und immer zweifelhaft von welcher Seite sie es nehmen sollte. Das Peinliche eines solchen Verhältnisses brachte sie nicht selten in einem Anfall von Ungeduld zum Entschluß, es gänzlich abzubrechen; aber bei jedem Versuch überzeugten sie sich stärker von der Unmöglichkeit der Ausführung. Siegen oder Sterben schien itzt Beider Wahlspruch zu sein, und wer kann sagen, wie lange diese seltsame Art, die Liebe wie einen Zweikampf auf Leben und Tod zu behandeln, noch hätte dauern, und welche Folgen sie wenigstens für die zärter gebaute Heliane hätte haben können, wenn ihr Verhältnis nicht durch eine zufällige Begebenheit eine andere Wendung bekommen hätte.

Nicht lange nachdem in Trapezunt alles wieder seinen gewöhnlichen Gang zu gehen begonnen hatte, traf ein Fremder daselbst ein, der in kurzer Zeit die allgemeine Aufmerksamkeit auf sich zog. Er kam, seinem Vorgeben nach, aus einem so weitentfernten Lande, daß dessen Name schwerlich jemals zu Trapezunt gehört worden war; und weil sein eigener etwas schwer auszusprechen sei, sagte er, so habe er ihn ins Griechische übersetzt, und nenne sich dermalen Sophranor, so wie seine ihn begleitende Schwester, Euphrasia. Da sie sich einige Zeit zu Trapezunt aufzuhalten und auf einem ziemlich großen Fuß zu leben gesonnen waren, so mietete Sophranor einen der schönsten Paläste der Stadt, nahm zu dem Gefolge, so er mitgebracht, noch eine Menge Hausbediente aller Arten an, und richtete sich in allem so ein, als ob er immer da zu bleiben gedächte.

Beide, Sophranor und seine Schwester, hatten in Gestalt und Anstand etwas zugleich anziehendes und Ehrfurcht gebietendes; und da sie ein prächtiges Haus machten, und (was, in ihrem Falle, das Wesentlichste ist) alles bar und ohne zu handeln in gutem blankem Golde bezahlten, so wurde ohne weiteres Nachforschen angenommen, daß sie unfehlbar Personen von großer Bedeutung sein müßten; was sie denn auch um so mehr wurden, da sie sich mit einem Geheimnis umgaben, welches immer die Hoffnung irgend einer wichtigen Entdeckung oder Entwicklung übrig ließ. Alle Abende versammelte sich bei Euphrasien eine Gesellschaft, die aus allem, was der Hof und die Stadt Ausgezeichnetes hatte, bestand, und in verschiedenen Sälen und Zimmern aufs angenehmste unterhalten wurde.

Euphrasia schien eine Person von dreißig Jahren zu sein; keine eigentliche Schönheit; aber in ihrem Wuchs und Anstand war etwas das an Majestät grenzte, und in ihrer Gesichtsbildung und ihrem Auge so viel Geist, Anmut und Ausdruck, daß nur wenige, die auf den Apfel des Paris hätten Anspruch machen können, innern Wert genug besaßen, um neben ihr bemerkt zu werden. Es fiel sehr bald in die Augen, daß es nur auf Sie angekommen wäre, sich aller Männerherzen in Trapezunt zu bemächtigen, und alle Weiber zur Verzweiflung zu bringen; aber man überzeugte sich auch eben so bald, daß sie nichts weniger im Sinne habe, als die Rolle einer Ruhestörerin zu spielen. Sie schien vielmehr einen unsichtbaren Zauberkreis um sich her gezogen zu haben, an dessen Rande die Männer alle, gern oder ungern, stehen bleiben mußten; und während Sie allen, die den Zutritt in ihre Abendversammlungen hatten, mit gleicher Achtung und Artigkeit begegnete, war keiner, der sich der geringsten Auszeichnung rühmen konnte, welche nicht auf unbestrittene Vorzüge des Geistes und des sittlichen Charakters gegründet gewesen wäre.

Durch dieses Benehmen erwarb sich Euphrasia – was so selten ist – zu gleicher Zeit mit der Zuneigung und dem Vertrauen ihres eigenen Geschlechts die Hochachtung des andern, und erhielt dadurch die stillschweigende Erlaubnis so liebenswürdig zu sein als sie wollte, ohne durch Vorzüge, deren sie sich nicht bewußt schien, die Eifersucht des Einen Geschlechts zu reizen, oder vergebliche Hoffnungen in dem Andern zu erregen.

Weil die Abendgesellschaften in Sophranors Hause von niemand, der zur großen Welt in Trapezunt gehörte oder sich dazu rechnete, unbesucht blieben, so fanden sich auch Narcissus und Narcissa dabei ein, und in ziemlich kurzer Zeit schien Jener an Sophranorn und Diese an Euphrasien soviel Anziehendes zu finden, daß sie jeden Tag für verloren schätzten, von welchem sie nicht einen großen Teil in ihrem Umgang zugebracht hatten. Sophranor, dem Ansehn nach wenig älter als seine Schwester, heitern und lebhaften Geistes, wiewohl mit einem Ansatz von stiller Melancholie, der vielleicht Ursache war, warum er in den Zirkeln seiner Schwester meistens nur erschien um wieder zu verschwinden, Sophranor besaß tausend Vorzüge, wodurch sein Umgang einem fürstlichen Jüngling wie Dagobert eben so nützlich als angenehm sein mußte. Er redete beinahe alle Sprachen, war in allen Wissenschaften bewandert, mit allem was Kunst heißt bekannt, hatte alles gesehen was auf dem ganzen Erdboden sehenswürdig ist, und auf seinen Reisen einen so großen Schatz von seltnen Natur- und Kunsterzeugnissen gesammelt, daß beinahe sein ganzer Palast damit angefüllt war. Die Wißbegierde des von Natur edeln Jünglings fand also hier so reiche Nahrung, und so manche Morgen- und Abendstunden wurden zwischen ihm, Sophranorn und einigen andern einheimischen oder fremden Männern von nicht gemeinem Verdienst mit lehrreichen Unterhaltungen zugebracht, daß Narcissus, indem er so Vieles was ihm fehlte, und so Viele, die ihn an innerm Wert übertrafen, kennen lernte, unvermerkt einen großen Teil des sich zu laut ankündenden und übermäßigen Gefühls seiner Vorzüge verlor, oder, um Alles mit Einem Worte zu sagen, täglich immer weniger Narcissus wurde.

Bei der schönen Narcissa, für welche Euphrasiens hohe und eben darum so anspruchlose Liebenswürdigkeit eine ganz neue Erscheinung war, wirkte der immer vertrautere Umgang mit einer so seltnen Frau eben dieselbe glückliche Veränderung noch schneller. Ihr war als ob sich ein ganz neuer Sinn für das wahre Schöne und Gute in ihrer Seele auftue, ein Sinn, der bisher geschlummert hatte, oder von Wahnbegriffen, Eitelkeit, und einer alles bloß auf das unechte Selbst beziehenden Vorstellungsart übertäubt worden war. So wie ihre Anhänglichkeit an Euphrasia zunahm, nahm ihr bisheriges Wohlgefallen an ihr selbst ab; anstatt sich immer in ihrem eignen Bilde zu bespiegeln, verglich sie sich mit ihrer so viel vollkommnern Freundin; und statt stolz darauf zu sein, oder nur an sich selbst gewahr zu werden, daß sie ihr täglich ähnlicher wurde, sah sie mit jedem Tage heller, wie viel ihr noch fehle, um der guten Meinung, welche Euphrasia von ihr zu hegen schien, würdig zu sein. Kurz, sie nahm es immer genauer mit sich selbst, und errötete, wenn sie sich bei irgend einer Anmaßung, einem erkünstelten Gefühlsausdruck, oder was sie etwa sonst des bloßen Scheinens wegen gesagt oder getan hatte, ertappte, beinahe eben so sehr, als wenn sie von tausend fremden Augen bei einer schlechten Handlung überrascht worden wäre. Euphrasia wußte, ohne den geringsten Zwang und ohne sich jemals die Miene einer Lehrerin oder Aufseherin zu geben, jeden Anlaß zu benutzen, wo sie auf den Verstand oder das Gemüt ihrer jungen Freundin wohltätig wirken konnte, nicht indem sie ihre eigene Begriffe und Gesinnungen gleichsam in sie hinein schob, sondern indem sie bloß mit leichter Hand und unvermerkt alles wegräumte, was Helianen bisher verhindert hatte, auf die Stimme ihres eigenen Herzens zu lauschen, und seinen reinsten Trieben und Gefühlen zu gehorchen.

Während Heliane und Dagobert, von ihren neuen Freunden täglich mehr bezaubert, sich solchergestalt in ihrem Umgang und durch ihr Beispiel von den Fehlern einer verkehrten Erziehung reinigten, hätte jedermann, nach den äußerlichen Anscheinungen zu urteilen, glauben müssen, das seltsame Verhältnis, worein sie seit dem Abenteuer des Lanzenstechens geraten waren, habe sich endlich in eine entschiedene Gleichgültigkeit aufgelöst. Sie sahen einander zwar alle Tage, wiewohl nie anders als in großer oder wenigstens in Euphrasiens Gesellschaft, schienen aber da so unbefangen und hatten einander so wenig besonderes zu sagen, daß man deutlich zu sehen glaubte, sie würden sich nicht mehr zu sagen haben, wenn sie sich bloß selbander sähen. Allein das Wahre an der Sache war, daß der lebenskräftige, obschon noch unentfaltete Keim der Liebe, seitdem er von Stolz und Selbstsucht nicht mehr angefochten wurde, sich so tief in ihr Inneres eingesenkt hatte, daß er von ihnen selbst nicht mehr gespürt wurde, aber, während er seine zarten Wurzeln im Verborgenen um alle Fasern ihres Herzens schlang, in kurzem nur desto kräftiger und fröhlicher aufschoß, um zu einer der schönsten Blumen zu werden, die jemals in den Gärten der Grazien blühten.

Helfen Sie mir nur getrost lachen (sagte Rosalinde indem sie sich selbst lachend unterbrach) über diesen plötzlichen Anfall von Schönrednerei, eine arme unschuldige Metapher zu einer vollständigen zierlichen Allegorie aufzublasen – Es soll mir nicht wiederbegegnen! Ich falle sogleich, wie sichs gebührt, in meinen natürlichen Ton zurück, und sage in guter Prose: Es war wohl nicht anders möglich, als daß der tägliche Umgang mit Sophranorn und Euphrasien, die auf beständigem Anschauen beruhende Überzeugung in Dagoberten und Helianen hervorbringen mußte, daß *wahre Liebenswürdigkeit*, auf *wahres Verdienst* gegründet, ihrer Natur nach *bescheiden* und *anspruchlos* ist; und wie hätte diese innige Überzeugung durch eine natürliche Folge nicht auch sie immer bescheidener in ihrer Meinung von sich selbst, immer gemäßigter in ihren Forderungen an Andere, und, sobald sie dieses waren, auch geschickter und geneigter machen sollen, Jedes die Vorzüge des Andern zu sehen, zu schätzen, und ohne mißtrauisches, eifersüchtiges Abmessen und Abwägen, ob man nicht einen Schritt zu viel tue oder ob das Andere nicht mehr von uns empfange als wir von ihm, sich bloß dem reinen Eindruck, den das Liebenswürdige auf unsre Seele macht, zu überlassen.

Das alles entwickelte sich itzt so leicht und natürlich aus einander, daß sie, anstatt über die Veränderung ihrer ehemaligen Sinnesart betroffen zu sein, sich vielmehr wunderten, wie es möglich gewesen, alle die liebenswürdigen Eigenschaften, welche sie itzt täglich an einander entdeckten, so lange zu übersehen oder zu verkennen. Sie sahen sich itzt öfters allein, und näherten sich einander immer mit dem Zutrauen, welches die Gewißheit zu gefallen voraussetzt ohne sie anzukündigen. Ihre Gespräche waren zwangfrei, lebhaft und geistreich; an Stoff konnte es so gebildeten Personen, als beide waren, in einem Hause wie Sophranors nie gebrechen; aber, wovon auch die Rede sein mochte, Dagobert wußte ihm eine begeisternde Seite abzugewinnen, und nie wurden wohl, ohne das Wort Liebe jemals zu nennen, mehr in alle mögliche Gestalten und Einkleidungen vermummte Liebeserklärungen getan, und ohne Verlegenheit oder Ziererei mit einem feinern Zartgefühl beantwortet, als diejenigen, wovon Zelolo und Mahadufa täglich, wenn sie wollten, in den Gärten Sophranors Zeugen sein konnten.

Inzwischen war die Vertraulichkeit zwischen Sophranor, seiner Schwester und unsern Liebenden auf einen so hohen Grad gestiegen, daß jene sich nicht länger entbrechen konnten, aus dem Geheimnis, worein sie ihren Stand und die Ursache ihres Aufenthalts in Trapezunt allen andern verbargen, für ihre jungen Freunde herauszutreten.

Ein reizender Sommermorgen hatte sie einzeln in die Gärten herabgelockt, und alle vier bei einem kleinen, mit Rosen- und Myrtenbüschen umgebenen Tempel, Amorn und Psychen gewidmet, zusammentreffen lassen, wo sie sich auf einer Moosbank dem lieblichsten aller Griechischen Dichterbilder gegenüber niederließen. Alle vier waren von der Schönheit des Morgens, der Anmut des Orts und dem Vergnügen, sich ohne Abrede gerade hier, wo alles Liebe und Ruhe atmete, zusammengefunden zu haben, in eine sonderbare Stimmung versetzt. Eine gute Weile waren ihre mit Wohlgefallen auf einander ruhenden Blicke die einzigen Ableiter ihrer Empfindungen; sie fühlten zuviel um Worte zu machen, und doch war es als ob auf allen Lippen ein Geheimnis schwebte, das sich nicht länger verbergen lassen wollte, und jeden Mund, gleich einer vollen, vom innern Drang aufberstenden Nelkenknospe, mit Gewalt zu sprengen schien.

Sophranor konnte keinen günstigern Augenblick wählen. „Es ist Zeit, meine liebenswürdige junge Freunde", sagte er, „daß wir euch entdecken wer wir sind, und was uns bewogen hat, uns so lange an diesem fremden Orte aufzuhalten.

Wir sind aus der heiligen Stadt Balkh im Khorasan gebürtig, und als Parsen, oder Gebern (wie uns die rohen und unduldsamen Anhänger Muhammeds nennen) in der uralten Religion erzogen, welche das Feuer, die Quelle des Lichts und der Wärme, als das reinste Sinnbild des ewigen und unergründlichen Urwesens, verehrt. Unsre Seele, als einen Funken jener allbelebenden, aber nur dem reinsten Geistes-Auge sichtbaren allgemeinen Sonne des unermeßlichen Weltalls, von allen Befleckungen tierischer Begierden und stürmischer Leidenschaften rein zu erhalten, ist der Inbegriff aller Pflichten, zu welchen wir von Kindheit an, mehr durch Angewöhnung als mühsamen Unterricht, angehalten werden. Jede Leidenschaft wird in einem jungen Parsen gleich im ersten Aufbrausen erstickt, und er lernt kaum eher aufrecht gehen und vernehmliche Worte aussprechen, als seine Naturtriebe mäßigen, seinen Gelüsten Gewalt antun, seinen Zorn bändigen, und seinen liebsten Wünschen Stillschweigen gebieten.

In diesem Geiste wurden auch wir erzogen, und ich schmeichle weder meiner Schwester noch mir selbst, hoffe ich, zu viel, wenn ich hinzusetze, wir machten unsern Erziehern die Arbeit nicht schwer. Die angeborne innige Sympathie, die uns vereiniget, zeigte sich schon in der ersten Frühe des Lebens. Kaum konnten wir unsre kleinen Arme ausstrecken, so streckten wir sie gegen einander aus, kaum die ersten Silben stammeln, so stammelten wir einander unsere Liebe zu. Diese hielt nun mit dem Wachstum des Körpers gleichen Schritt; sobald wir gehen und reden konnten, waren wir unzertrennlich, und kannten keinen Genuß, woran das Andere nicht seinen Anteil hatte. Schon als ein Knabe von drei oder vier Jahren war ich für einen Schmerz, den meine Kantsadeh (dies ist der Parsische Name meiner Schwester) ausstehen mußte, viel empfindlicher als für meine eigenen, und wußte von keinem größern Vergnügen als etwas für sie zu leiden, oder irgend eine Arbeit für sie zu verrichten; aber beides wurde mir nur selten zu Teil, weil Kantsadeh eben dieselben Gesinnungen für mich hatte, und immer nur darauf dachte, mir etwas zulieb zu tun, oder etwas Unangenehmes von mir zu entfernen.

Unser Vater sah leicht vorher, wohin das alles führen würde, und sah es mit Vergnügen; denn die Ehe zwischen Bruder und Schwester ist bei uns nicht nur erlaubt, sondern wird als die reinste und heiligste aller ehlichen Verbindungen angesehen. Als wir uns aber den Jahren näherten, wo der Naturtrieb, den die Liebe zwar reinigt und adelt, der aber von den meisten sehr irrig mit ihr verwechselt wird, sich stärker zu äußern beginnt, hielt unser Vater, welcher in den tiefsten Geheimnissen der Magie des großen Zerdusht eingeweiht war, für nötig, die Sterne über unsere künftigen Schicksale zu befragen. Er stellte also unser Horoskop, und erhielt die Antwort: daß unsre Liebe von einem feindseligen Geiste bedrohet werde, und eine engere Verbindung unfehlbar großes Unglück über uns bringen würde. Er säumte sich nicht, uns diesen strengen Schluß des Schicksals anzukünden, und erhielt, vermöge der hohen Ehrfurcht die wir für ihn fühlten, von so lenksamen Kindern als wir waren, ohne große Mühe eine mit den heiligsten Schwüren bekräftigte Zusage, daß wir in jungfräulicher Reinigkeit und Zurückhaltung beisammen leben und auf jede nähere Vereinigung auf immer Verzicht tun wollten, wofern er nicht vielleicht in seinen erhabenen Wissenschaften ein Mittel, das angedrohte Unglück von uns abzuwenden, entdecken würde. Ich gestehe, daß ich mir nicht verwehren kann zu denken, die Sterne könnten unsers guten Vaters gespottet, und gerade das Unglück und kein anderes gemeint haben, das er durch das Mittel über uns brachte, wodurch er uns den Streichen des Schicksals zu entziehen hoffte. Sein guter Wille gegen uns und sein Glaube an die Mysterien der Magie waren indessen so groß, daß er Tag und Nacht keine Ruhe hatte, bis er endlich herausbrachte: der Dämon, der unsre Liebe verfolge, werde alle seine Gewalt über uns verlieren, sobald wir noch zwei Liebende, die anstatt (wie gewöhnlich) im Andern nur sich Selbst zu lieben, sich Selbst nur im Andern liebten, gefunden haben würden. Diese Bedingung schien uns, einer zweifachen Schwierigkeit wegen, wenig oder keine Hoffnung zu lassen: denn, wofern auch auf dem ganzen Erdenrund noch ein Paar so rein liebende Sterbliche atmeten, was für ein Mittel hatten wir es zu entdecken?

Unser Vater, von seiner Liebe zu uns angespornt, verwandte sieben ganzer Jahre auf die Erfindung eines solchen Mittels, und brachte endlich durch den hartnäckigsten Fleiß einen Talismanischen Spiegel zu Stande, der die wunderbare Tugend besitzt, reine Liebe von verkappter Eigenliebe durch ein untrügliches Zeichen zu unterscheiden."

„Und dieses Zeichen?" – unterbrach ihn Dagobert mit einer Unruhe, welche deutlich genug verriet, wie nahe seine Frage ihn selbst angehe.

„Wenn du Lust hast es durch dich selbst zu erfahren", erwiderte Sophranor lächelnd, „so gehen wir unverzüglich in den Saal, der mit den Schilderungen aller wahren und getreuen Liebhaber, die uns Fabel und Geschichte kennen lehrt, geziert ist, und du hast nichts weiter zu tun, als in eben denselben Spiegel hinein zu schauen, worin du dich, wie ich wohl den Spiegel selbst wetten wollte, gewiß schon mehr als einmal besehen hast." Dagobert und Heliane erröteten beide bei diesen Worten bis an die Fingerspitzen, und Sophranor, ohne daß er es wahrzunehmen schien, fuhr in seiner Erzählung fort.

„So lange jemand in der Person, die er zu lieben vermeint oder vorgibt, nur sich selbst liebt, könnt er sein ganzes Leben durch in diesen Spiegel hinein schauen, er würde nie etwas anders sehen als sich selbst: aber sobald das, was er für sie fühlt, reine Liebe ist, sieht ihm, statt seiner eigenen Gestalt, das Bild der geliebten Person entgegen. Dieser magische Spiegel war das letzte Werk unsers Vaters, und als er sich kurz darauf seinem Ende nahe fühlte, befahl er uns: sobald wir ihm die letzte Pflicht erstattet hätten, Khorasan zu verlassen, und so lange von einer großen Stadt zur andern zu reisen, bis wir endlich diejenigen gefunden haben würden, denen die Macht verliehen sei, den Bann, der auf unsrer Liebe liege, aufzulösen. Es sind nun bereits zehn Jahre, seitdem wir, diesem Befehl zufolge, in der Welt umher schweifen, ohne gefunden zu haben, was wir, in der Tat mit wenig Hoffnung, suchten; bis uns endlich ein Traumgesicht in der berühmten Kaiserstadt Trapezunt das Ende unserer Wanderungen und die seligste Umwandlung unsers Schicksals versprach. Wir gehorchten, wie ihr sehet, diesem Traum, und es wird sich nun bald zeigen müssen, ob er uns getäuscht oder die Wahrheit gesagt hat."

Dagobert und Heliane fanden diese Geschichte wunderbar genug, aber doch nicht wunderbarer als die Personen dieser außerordentlichen Geschwister. Beide fühlten ein ungeduldiges Verlangen, den Talismanischen Spiegel, in welchen keines von ihnen seit mehr als zehen Tagen gesehen hatte, nun, da ihnen seine Wundertugend entdeckt worden war, genauer in Augenschein zu nehmen: aber ein Rest von falscher Scham (wenn wir es nicht lieber mit ihnen Zartgefühl nennen wollen) hielt sie zurück, dieses Verlangen laut werden zu lassen.

Indessen kehrte die kleine Gesellschaft, Euphrasia an Dagoberts, Heliane an Sophranors Arm, unvermerkt in den Palast zurück, und eben so unvermerkt befanden sich alle vier in dem Saal der wahren Liebenden.

Dagobert und Heliane besahen mit großer, wiewohl etwas zerstreuter, Aufmerksamkeit die schon oft betrachteten Gemälde, und baten Sophranorn bald um diese bald um jene Erklärung, ohne daß sie den Mut hatten einander anzusehen, geschweige einen verstohlnen Blick in den Spiegel zu tun; und Sophranor wiederholte mit der größten Gefälligkeit, was über die Gegenstände dieser Gemälde, über die Kunst der Ausführung, und über die Künstler selbst, zu sagen war.

Aber welcher Sterbliche kann seinem Schicksal entgehen?

Wie lange sie auch mit immer stärker klopfendem Herzen den entscheidenden Augenblick aufzuhalten suchten, endlich mußt er doch kommen; und er kam. Unfreiwillig, wie von einer unsichtbaren Macht angezogen, fanden sie sich endlich beide vor dem Zauberspiegel, blickten beide zugleich hinein, und indem Dagobert mit schauderndem Entzücken Helianen und Heliane Dagoberten in der Stelle ihres eigenen Bildes erblickten, sanken sie einander in die Arme, und erst nach einer ziemlichen Weile, da sie die Augen wieder aufschlugen, sahen sie anstatt Sophranors und Euphrasiens zwei Lichtgestalten durch die hohe Decke des Saals hinwegschwinden; – und ich, meine lieben Freunde (setzte Rosalinde hinzu), bitte demütig mit meinem Märchen vorlieb zu nehmen; denn es hat, vielleicht zu Ihrem allerseitigen Vergnügen, hier auf einmal ein Ende.

Rosalinde hatte zu geneigte Zuhörer, um nicht im voraus auf die Höflichkeiten rechnen zu können, die ihr nach Endigung ihres Märchens von allen Seiten gesagt wurden. Sie schien von der Aufrichtigkeit dieser Lobsprüche nicht überzeugt genug, um sich viel darauf zu gute zu tun, und konnte sich, da es ihr in der Tat nicht an Eitelkeit fehlte, nicht enthalten mit gehöriger Feinheit zu verstehen zu geben, sie habe, um ihren Nachfolgern das Verdienst sie zu übertreffen desto leichter zu machen, ungefähr eben dieselbe Vorsicht gebraucht, wie jener Schnellfüßige in einem bekannten Feenmärchen, der, wenn er auf die Jagd ging, eine Art von Hemmkette um seine beiden Füße legte, um dem Hasen nicht wider seinen Willen zuvor zu laufen.

Wie dem aber auch sein mochte, die Gesellschaft fand diese Art sich zu einem guten derben Schlaf vorzubereiten angenehm genug, um an einem der nächsten Abende den jungen Wunibald von P*** freundlich zu erinnern, daß ihn das Los zu Rosalindens nächstem Nachfolger ernannt habe. Herr Wunibald erklärte sich sogleich bereit und willig. „Ich könnte mir", sagte er, sich ein Ansehen von komischer Wichtigkeit gebend, „ungestraft das Verdienst beilegen, der Erfinder des sinn- und wunderreichen Märchens zu sein, womit ich die Gesellschaft zu bedienen gedenke; denn ich bin gewiß, daß es noch in keiner Sprache gedruckt erschienen ist: aber ich bin zu stolz mich mit fremden Federn zu brüsten, und bekenne also von freien Stükken, daß ich es aus einer ziemlich starken Sammlung so betitelter Milesischer Märchen genommen habe, welche durch einen Zufall, der hier nichts zur Sache tut, in meine Hände gekommen ist, und deren Urheber, vermutlich weil sein Name seine Märchen nicht besser gemacht hätte, sich zu nennen nicht beliebt hat. Nach dem berühmten Märchen von Amor und Psyche (dem einzigen Milesischen Märchen, das von den Alten bis zu uns gekommen ist) erwarten Sie von dem meinigen schon voraus, daß es von der wunderbarsten Gattung sei. Das ist es auch, und der Erfinder, wer er auch sei, hat daher wohl getan, Thessalien zur Szene desselben zu machen." – „Mein Sohn", sagte Frau von P., „du läufst Gefahr unsre Erwartung höher zu spannen als dir vielleicht lieb sein dürfte, wenn du uns mit einer längern Vorrede aufhältst."

„Ich gehorche", versetzte Herr Wunibald, und begann wie folget.

DAPHNIDION

Ein Milesisches Märchen

Ein Thessalischer Jüngling, dessen Familie ihr Geschlechtsregister bis in die Zeiten, wo der goldlockige Apollo die Herden des Königs Admet hütete, hinauf führte, und einen Kebssohn dieses Gottes zum Stammvater zu haben stolz war, – durchschlenderte in der vornehmen Geschäftslosigkeit eines bloß zum Verzehren gebornen Göttersohns, mit einem Blaserohr in der Hand, einen zu den großen Besitztümern seines Vaters gehörigen Wald am Fuße des Berges Oeta, um zum Zeitvertreib kleinen Vögeln Verdruß zu machen: als er in einiger Entfernung eine schlanke leichtbekleidete weibliche Gestalt durch das Gesträuch rennen sah, die ihn beim ersten Anblick ungewiß ließ, ob er sie für eine Sterbliche, oder für eine der Nymphen halten sollte, welche, nach den Dichtersagen und dem Volksglauben seiner Zeit, Berge, Wälder, Quellen und Grotten zu bewohnen pflegten, und nicht leicht sichtbar wurden und flohen, wenn sie nicht die Absicht hatten gesehen und gehascht zu werden.

Seit seinem göttlichen Urahnherrn Apollo hatte sich in seiner Familie die böse Gewohnheit, allen hübschen Mädchen, die vor ihnen flohen, nachzusetzen, von Vater und Sohn fortgeerbt, und Phöbidas (so hieß der jüngste Sprößling dieses edeln Stammes) schlug nicht aus der Art. Die fliehende Nymphe, dem Ansehen nach ein Mädchen von sechzehn Jahren, hatte sich, indem sie Erdbeeren suchte, unvermerkt aus ihrem gewöhnlichen Bezirk in einen fremden verirrt, und war endlich aus Ermüdung im Gebüsch eingeschlummert, als sie vom raschelnden Aufflug eines von Phöbidas getroffenen Vogels wieder aufgeweckt wurde. Erschrocken sah sie sich um, und wie sie einen Jüngling, den sie seiner Schönheit wegen für einen der ewig jugendlichen Götter, Merkur, Apollo oder Bacchus, ansehen mochte, kaum zehen Schritte weit von sich entfernt erblickte, raffte sie sich auf, und rannte so schüchtern und schnellfüßig, als ein aufgeschrecktes Reh, durch Büsche und Hecken davon.

Phöbidas, der ihr an Behendigkeit wenig nachgab, rief ihr vergebens eben so freundliche Worte nach, als Ovid seinen Stammvater der fliehenden Daphne zurufen läßt:

Bleib, ich bitte dich, bleib, o Nymphe! nicht feindliches Sinnes
Folg ich dir nach –

Sie horchte eben so wenig auf seine Locktöne und sah sich eben so wenig um, als die keusche Tochter des Peneus; und unbekümmert daß ein Teil ihres leichten Gewandes an den Gebüschen, durch welche sie sich drängen mußte, hangen blieb, und daß ihre Gefahr durch diesen Umstand notwendig mit jedem Schritte größer werden mußte, lief sie so lange, bis sie endlich eine hohe, mit Efeu und leichtem Gesträuch umwebte Felsengrotte erreichte, in welche sie sich hineinstürzte, da kaum noch zwanzig Schritte fehlten, daß sie von ihrem keuchenden Verfolger erhascht worden wäre.

Phöbidas, der nun sicher zu sein glaubte daß sie ihm nicht entgehen könne, hielt, um wieder zu Atem zu kommen, einige Augenblicke still, und ging dann gelassenen Schrittes auf die Höhle zu, die er beim Eintritt viel geräumiger fand, als er sich vorgestellt hatte. Aber von seiner Nymphe war keine Spur zu sehen. An ihrer Statt fand er im Eingang eine runzlichte Alte, die aus Deukalions und Pyrrhens Zeiten übrig geblieben zu sein schien, bei ihrem Spinnrocken sitzen, und, ohne zu ihm aufzusehen, so behend und zierlich fortspinnen, daß die junge Nymphe selbst es ihr kaum hätte zuvor tun können. „Alte Mutter“, schrie sie der ungeduldige Jüngling etwas hastig an, „wo ist das junge Mädchen, das ich so eben in diese Höhle hinein rennen sah?“

„Was für ein junges Mädchen?“ sagte die Alte, immer ohne aufzuschauen fortspinnend.

„Ich sage dir ja“, schrie Phöbidas, „das Mädchen oder die Nymphe, die diesen Augenblick bei dir vorüber rannte.“ –

„Was kümmert das Dich?“ versetzte die Alte, indem sie aus ihren hohlen Augen einen Blick von böser Vorbedeutung auf ihn schoß.

„Ich muß sie sehen, ich muß mit ihr sprechen, sage ich dir.“ –

„Ich sehe die Notwendigkeit nicht, junger Mensch.“

„Ich will sie aber sehen“, schrie Phöbidas, mit dem Fuß auf den Boden stampfend.

„Nur gelassen", sagte die Spinnerin; „Du magst es wollen, aber Ich will nicht."

„Das wollen wir doch sehen! Weißt du wohl wer ich bin?"

Die Alte sah ihn mit einem verächtlich spöttischen Blick an und spann fort.

„Daß ich der Sohn des Fürsten bin, dessen Eigentum diese ganze Landschaft ist?"

„Desto schlimmer für ihn und dich und die ganze Landschaft! denn du scheinst mir ein ungezogenes Bürschchen zu sein. Aber ich will versuchen ob noch was Besseres aus dir zu ziehen ist."

Diese Rede der Alten und das Ganze ihres Benehmens brachte den Jüngling ein wenig zur Besinnung. ‚Es könnte doch wohl mehr', dacht er, ‚hinter dieser alten Gräe sein als ihr Ansehen ankündigt; ich muß einen sanftern Ton anstimmen.' „Verzeihe, wenn ich dich verkannt haben sollte", sagte er etwas höflicher, „und sei meinem Verlangen nicht länger entgegen. Ich muß die junge Nymphe sehen, die hieher geflohen ist, oder ich sterbe zu deinen Füßen."

„Weißt du auch", erwiderte die Alte, „was es auf sich hat, junge Nymphen wider ihren Willen zu sehen? Hast du nie gehört, daß es nichts geringers als den Verstand, oder, in deinem Fall, wenigstens die Augen kostet? Wenn sie dich hätte sehen wollen, so wäre sie nicht so hastig vor dir geflohen, daß sie die Hälfte ihres Gewandes an den Hecken gelassen hat, und die andere Hälfte nur noch in Fetzen nachschleppte."

„Das pflegt nicht immer zu folgen, gute Mutter. Aber, was auch bei der Sache zu wagen sein mag, auf meine Gefahr! Sei nicht unerbittlich! Laß mich sie nur sehen und sprechen, wenn es auch nicht anders als in deiner Gegenwart geschehen könnte."

„Du bist ein ungestümer Mensch", erwiderte die Spinnerin. „Was geht das Mädchen mich an? Wenn sie herein gekommen ist, so wird sie noch da sein; die Grotte ist groß, suche sie meinetwegen."

Phöbidas ward itzt auf einmal in der Vertiefung der Grotte die Öffnung eines schmalen Gangs gewahr. Er zwängte sich hinein, die Höhle wurde immer weiter und höher, und teilte sich in eine Menge schwach erleuchteter Kammern, die keinen andern Ausgang hatten als den, woher er gekommen war. Er durchsuchte sie alle nach der Reihe, aber vergebens; er sah und fühlte nichts als leere Wände.

Er rief so laut er konnte: „Höre mich, holde Nymphe! Zeige

dich mir nur einen Augenblick!“ – Umsonst! Nichts als seine eignen Worte hallten ihm vervielfältigt von den öden Felsenwänden entgegen. Immer fing er wieder von neuem an zu suchen, verirrte sich zuletzt in dem helldunkeln Labyrinth, und fand nur mit großer Mühe den schmalen Gang wieder, durch den er gekommen war.

Er wollte nun seinen ganzen Unmut über die alte Spinnerin ausgießen, welche, wie er glaubte, seiner gespottet hätte: aber, siehe da! die Alte war verschwunden, und eine schöne Frau von majestätischem Ansehen saß an ihrer Statt am Rocken, und spann mit einer Grazie, die den kältesten aller Stoiker bezaubert hätte.

„Was suchst du hier, junger Mensch?“ fragte sie den bestürzten Phöbidas in einem sanften Ton, aber mit einem Scharfblick in seine Augen, der wie ein Blitz durch sein ganzes Wesen fuhr. Ein glühendes Rot entbrannte plötzlich auf seinen Wangen, er wußte nicht was er antworten sollte, und verstummte.

„Ein gutes Zeichen“, sagte die Dame, den Kopf seitwärts drehend, „er kann noch erröten.“

„Besser, wenn er über nichts zu erröten hätte“, antwortete eine unsichtbare Stimme, die nur einer der Musen angehören konnte, und durch ihren lieblichen Silberton den immer mehr erstaunenden Jüngling beinahe noch mehr entzückte als die Gestalt der fliehenden Nymphe getan hatte, wiewohl der Sinn ihrer Worte nicht von der besten Vorbedeutung war. Aber zu sehr bestürzt über alles was er in dieser wunderbaren Grotte sah und hörte, konnt er noch immer keine Worte auf seiner Zunge finden, und blieb, wie in den Boden eingewurzelt, stumm und unbeweglich stehen.

„Wofern du, wie es scheint, hier nichts zu suchen hast“, sagte die schöne Spinnerin, „würdest du nicht übel tun dich zurückzuziehen.“

Dieses Wort, in einem milderen Ton gesprochen als sein Inhalt und der Blick, der es begleitete, versprach, gab ihm auf einmal die Sprache wieder.

„Wenn du, wie mich alles glauben heißt, eine Göttin bist“, sagte er, „so sei gütig und verzeihe mir. Ich bin meiner selbst nicht mächtig. Diesen Morgen, da ich im Wald umher irrte, erblick ich eine junge Nymphe, die, sobald sie mich gewahr wird, die Flucht ergreift. Es war mir unmöglich ihr nicht nachzusetzen. Sie läuft schneller als der Wind, und ich verfolge sie durch Busch und Wald, über Berg und Tal, bis zu dieser Grotte, in welche sie sich hineinstürzt. Auch hieher folgt ich ihr, aber sie war verschwunden, und –"

„– du fandest an ihrer Stelle eine alte Spinnerin an diesem Rocken sitzen, die dich nicht allzufreundlich anließ?"

Phöbidas, in der Ungewißheit, ob die schöne Dame, die er vor sich sah, und die Alte nicht eben dieselbe Person sei, verstummte abermals. „Du bist ein wunderlicher Mensch", sagte die Dame. „Gestehe mir aufrichtig wer bist du?"

„Der Sohn des Thessalischen Fürsten, dem diese Landschaft angehört."

„Die Alte hatte recht", versetzte die Dame; „wenn dem so ist, desto schlimmer für dich! – Aber wo glaubst du zu sein?"

„Wo anders als im Gebiete meines Vaters, welches sich vom Fuß des Oeta über die ganze Gegend um Elateia erstreckt?"

„Deine Nymphe hat dich weiter geführt als du glaubst. Diese Grotte ist ein Teil des Parnassus, und du bist im Gebiete – des Delphischen Gottes und seiner Schwester."

„Ists möglich?" rief Phöbidas bestürzt.

„Einer törichten Leidenschaft ist alles möglich", sagte die Dame. „Du bist, wie du siehest, in meinem Gebiet; aber das würdest du auch im Gebiete deines Vaters sein. Deine Leidenschaft hat dich in meine Gewalt gegeben."

„Ich unterwerfe mich ihr willig; nur bitte ich, bediene dich ihrer mit Milde."

„Was wünschest du von mir, Phöbidas?"

„Du weißt es und vermagst hier alles. Ich beschwöre dich bei der Göttin, die dich geboren hat, laß mich das liebliche Mädchen wiedersehen, das mich mit unwiderstehlicher Gewalt bis hieher gezogen hat."

„Es gibt keine unwiderstehliche Gewalt, junger Mensch. Bloß deine Schwäche macht dich zu unserm Sklaven. Gebiete dir Selbst, so bist du frei!"

„Ich will nicht frei sein", rief der Jüngling. „Eben so leicht könnt ich mir gebieten, den Parnaß auf den Oeta zu setzen, als die Holde nicht zu lieben, die du mir entrissen hast."

„Zu lieben", sagte die Dame ironisch lächelnd; „du liebst also meine Daphnidion?"

„Sonst wußt ich nicht was Liebe ist. Noch gestern glaubt ich alle Mädchen zu lieben, die mir gefielen; es war lauter Spiel und Kinderei. Was ich itzt fühle, ist ganz was anders; es gilt Leben oder Tod."

„Diese Sprache führen alle deinesgleichen. Ich glaube an keine so plötzlich von bloßem Ansehen aufgebrausete Liebe; und du, lächerlicher Mensch, hast deine Geliebte sogar nur von hinten gesehen."

„Gleichviel", rief Phöbidas; „was ich sah hat ein unauslöschliches Bild in meiner Seele zurückgelassen, das nie aufhören wird sie auszufüllen bis ich Sie Selbst wiedersehe. Ich werde wahnsinnig darüber werden. Was kannst du für eine Freude haben mich elend zu machen?"

„Beinahe", sagte die Dame, „könntest du mich verführen Mitleiden mit dir zu haben."

„Die Frage ist noch, ob er es verdient?" sagte die unsichtbare Stimme.

„Das soll sich bald zeigen", erwiderte die Dame. „Du verlangst deine Nymphe zu sehen und zu sprechen; du sollst sie sogar berühren, um gewiß zu sein, daß es keine Luftgestalt ist. Aber, merke wohl, mehr als Einen Sinn zu befriedigen ist dir nicht erlaubt. Es kommt auf dich an, ob du sie sehen willst ohne mit ihr zu reden, oder mit ihr reden ohne sie zu sehen, oder sie berühren ohne sie weder zu sehen noch zu hören. Wähle!"

Phöbidas, nicht gewohnt lange zu überlegen was er wollte, und vom Bilde der fliehenden Daphnidion erhitzt, dachte bei sich selbst: ‚ich habe sie bereits gesehen und gehört; denn vermutlich war die Stimme der Unsichtbaren die ihrige; aber berührt hab ich sie noch nicht, und lief ich ihr denn aus einer andern Absicht so lange bis mir der Atem ausblieb nach, als um sie zu erhaschen?' – „Ich wähle das letztere", sprach der Unbesonnene.

„Das hat dir dein böser Dämon geraten, denn es ist das gefährlichste", sagte die Dame mit einem beinahe unsichtbaren Lächeln; „ich rate dir nicht dazu; aber du bist frei nach deinem eigenen Belieben zu wählen."

„So bleibts bei meiner ersten Wahl", rief Phöbidas; und kaum war das letzte Wort über seine Lippen gekommen, so verbreitete sich ein lieblich dämmerndes Rosenlicht durch die Grotte, worin alles Sichtbare, sogar seine eigene Gestalt sich aufzulösen und zu zerfließen schien; er sah nichts mehr, er hörte nichts mehr, er glaubte die Sprache verloren zu haben; aber indem er die rechte Hand ausstreckte, berührte er eine kleine niedliche, lieblichwarme Hand, weicher als Schwanenflaum und sanfter als die Blätter der Sammetblume. Ein zuckender Schauer blitzte durch alle seine Nerven; er drückte seinen brennenden Mund auf die liebliche Hand, die sich nicht zurückzog. Glücklich wenn er, wie von einem zärter fühlenden Liebhaber zu erwarten war, sich an dieser Seligkeit genügen ließ! Vielleicht würde er, zur Belohnung seiner Bescheidenheit, sie auch noch zu sehen bekommen haben. Aber die Thessalischen Jünglinge jener Zeit waren nicht bescheiden genug um so genügsam zu sein. Allmählich immer kühner und lüsterner schlug er endlich seinen linken Arm um ihre Hüfte, und – mit einem furchtbaren Donnerschlag schwand die schöne Nymphe, wie Luft, aus seiner Umarmung dahin; er taumelte wie ein Trunkner vorwärts, seine Arme ins Leere ausstreckend; der Tag erleuchtete die Grotte wieder, und die dürre Alte saß wieder an ihrem Rocken und spann.

„Tragt ihn an seinen Ort", sagte sie, ohne ihn anzusehen, zu zwei langöhrigen Knaben mit ungeheuren Rabenflügeln, die ihr zur Seite standen; und sie ergriffen den armen, sich vergebens sträubenden Phöbidas, und in wenig Augenblicken befand er sich wieder an demselben Platz, wo er die reizende Nymphe zuerst gesehen hatte. Verblüfft und betäubt von einem so seltsamen Abenteuer blieb er eine gute Weile ohne Besinnung auf der Erde liegen, wo ihn die Knaben mit den langen Ohren hingelegt hatten, und als er wieder zu sich selber kam, würde er alles, was ihm begegnet war, für einen Traum gehalten haben, wäre das Bild der fliehenden Nymphe und die Erinnerung an den Augenblick, wo er sie in seinem Arm gefühlt hatte, nicht so lebendig in ihm gewesen, daß er eher an seinem eignen Dasein, als an der Wahrheit dessen was er gefühlt und gesehen, hätte zweifeln können.

Das Verlangen die schöne Daphnidion, allen magischen Spinnerinnen zu Trotz, in seine Gewalt zu bekommen, wurde nun in kurzer Zeit so heftig, daß er bereit war, die Befriedigung desselben um jeden Preis zu erkaufen. Er bestimmte sich also, nach mehr als Einem Einfall, den er als unausführlich wieder verwerfen mußte, zuletzt als ein echter Thessalier, seine Zuflucht zur Zauberkunst zu nehmen, welche (wie jedermann weiß) von uralten Zeiten her in dieser griechischen Provinz einheimisch war. ‚Haben sie sich nicht', dacht er, ‚zauberischer Gaukeleien gegen m i c h bedient? Warum sollt ich Bedenken tragen, sie mit ihren eignen Waffen zu bekämpfen?'

Auf einer der Spitzen des Berges Oeta wohnte damals ein Mann, der im ganzen Lande für einen großen Meister in den geheimen Wissenschaften der Magier gehalten wurde. Zu diesem öffnete er sich den Zutritt durch ein ansehnliches Geschenk, entdeckte ihm sein Anliegen, und bat ihn, daß er ihm durch seine Kunst zum Besitz der widerspenstigen kleinen Daphne verhelfen möchte, bevor sie ihm etwa, wie ihre Vorfahrerin seinem Urahnherrn, den Streich spiele, sich in einen Lorbeerbaum oder in irgend einen andern Baum oder Strauch verwandeln zu lassen.

Hippalektor (so nannte man den Schwarzkünstler) rühmte sich, vielleicht ohne Grund, im Besitz des berühmten magischen Bilderbuchs zu sein, welches viele Jahrhunderte später in der Geschichte der schönen Alie und ihres Widders eine so wichtige Rolle spielt. Aber bevor man etwas gegen die kleine Daphne und ihre Beschützerinnen unternehmen konnte, mußte man wissen wer sie wären, und Hippalektor gestand, daß er wenigstens drei Tage nötig habe, um den Schleier zu zerreißen, den die Spinnerin, welche er unter ihren beiden Gestalten nur für Eine Person hielt, um sich her gewebt habe.

Phöbidas mußte sich also auf den vierten Tag vertrösten lassen, und inzwischen selbst auf Mittel bedacht sein, die peinliche Ungeduld, die ihn zu so ungebührlichen Maßregeln trieb, einzuschläfern.

Während Hippalektor in seinem Bilderbuch, oder (was wenigstens eben so wahrscheinlich ist) in der Nachbarschaft des Orts, wo die Gegenstände seiner Wißbegierde wohnten, nach Aufschlüssen forschte, war Dämonassa (so hieß die weise und mächtige Beschützerin der jungen Daphnidion) nicht weniger beschäftigt, diese ihre, wie ihr eigenes Kind geliebte, Nichte vor den Nachstellungen des leichtsinnigen und sich alles erlaubenden jungen Centauren zu sichern. Einige talismanische Ringe, die sie von ihrem Vater geerbt und dieser von einem Persischen Weisen, welchem er zufälliger Weise das Leben gerettet hatte, zum Geschenk empfangen, gaben ihr über das gemeine Zaubervolk in Thessalien eine entschiedene Obermacht: aber die Natur selbst hatte sie mit zwei angebornen Talismanen versehen, die in den meisten Fällen den Gebrauch der künstlichen unnötig machen. Diese waren ein Scharfblick, dem nichts entging was zu sehen, und eine Besonnenheit, die immer auf der Stelle das Beste fand, was zu tun war.

Dämonassa zweifelte nicht, daß Phöbidas, gewohnt der Befriedigung seiner Gelüste und Launen alles aufzuopfern, den kürzesten Weg einschlagen, und die Zauberkünste seines Nachbars Hippalektor zu Hülfe nehmen werde, um ihre Daphnidion in seine Gewalt zu bekommen. Hätte sie darauf rechnen können, daß er sich keiner andern Mittel als der gewöhnlichen Verführungskünste gegen sie bedienen würde, so wäre Sie ihrentwegen ganz ruhig gewesen; denn Daphnidion war ein verständiges Mädchen, und dessen was das Weib sich selbst schuldig ist, sich sehr lebhaft bewußt, von ihr selbst erzogen, und überdies seit einiger Zeit von einem liebenswürdigen jungen Manne, dessen Gut an das ihrige grenzte, zur Ehe begehrt, dem sie wenigstens nicht abhold schien, wiewohl sie noch immer eine größere Neigung zeigte, sich nach dem Beispiel ihrer Beschützerin dem Dienst der jungfräulichen Göttin Artemis zu widmen. Eine solche Person hat von gewöhnlichen Nachstellungen nichts zu besorgen; aber hier war es nötig, sie gegen hinterlistige und gewaltsame Unternehmungen sicher zu stellen.

Daphnidion hatte in dem Augenblick, da sie sich vor dem nachsetzenden Phöbidas in die Grotte flüchtete, einen Ring von Dämonassen empfangen, welcher, an der rechten Hand getragen, nichts weiter als ein unscheinbares goldnes Reifchen war, aber unsichtbar machte, sobald er an den Goldfinger der linken Hand gesteckt wurde. Itzt beschenkte Dämonassa sie noch mit einem andern, der die Tugend hatte, jedes Zaubergebilde, sobald es mit dem darein gefaßten Stein berührt wurde, in seine natürliche Gestalt zurückzuzwingen. Mit diesen beiden Ringen konnte die schöne Daphnidion allen Zauberern und Hexen in ganz Thessalien Trotz bieten; und so überließ sie sich dann auch ihren gewöhnlichen Geschäften und Ergetzungen mit der ruhigsten Unbefangenheit.

Inzwischen hatte Hippalektor sich in den Stand gesetzt, seinem edeln Schützling bei ihrer nächsten Zusammenkunft hinreichende Nachrichten von seiner Unbekannten zu erteilen. Dämonassa (die schöne Spinnerin in der Parnassischen Grotte) war der letzte Sprößling eines edeln Geschlechts, welches von sehr alten Zeiten her nahe bei Delphi am Fuß des Parnassus begütert war. Sie hatte einen Teil ihres beträchtlichen Erbgutes der jungfräulichen Zwillingsschwester des Delphischen Gottes geheiligt, und bewohnte an der Spitze einiger der Göttin geweihter Jungfrauen die zu ihrem Tempel gehörigen Gebäude. Das benachbarte Landvolk verehrte sie als eine heilige und von der Göttin hochbegünstigte Person, die durch Dianens unmittelbaren Beistand alles vermöge; „und in der Tat“, sagte Hippalektor,

„muß sie im Besitz großer Geheimnisse sein, da sie sich, ohne zu unserm Orden zu gehören, allen Genossen der magischen Kunst furchtbar gemacht hat. Jeder Versuch mit Gewalt etwas gegen sie auszurichten, würde vergeblich sein."

„Das gibt schlechte Aussichten", sagte Phöbidas. „Aber in welchem Verhältnis steht meine Daphnidion mit dieser furchtbaren Dianenpriesterin? Sollte vielleicht der Delphische Gott, oder einer seiner Priester in seinem Namen –?"

„Es fehlt nicht an Beispielen eine solche Vermutung zu rechtfertigen", erwiderte Hippalektor; „aber Daphnidion ist wirklich die Tochter einer schon lange verstorbenen Schwester Dämonassens, und zur Erbin der andern Hälfte ihres Vermögens von ihr bestimmt, wofern sie sich entschließt die Gattin eines gewissen Terpsion zu werden, dessen Güter an die ihrigen stoßen und der in der Tat für einen Landmann liebenswürdig genug ist."

„Ich für meine Person finde ihn sehr hassenswürdig", sagte Phöbidas; „könnten wir ihm nicht durch ein kleines heroisches Mittelchen die Lust zum Heuraten vergehen machen?"

„Auch Terpsion steht unter Dämonassens und ihrer Göttin Schutz", versetzte der Schwarzkünstler, „und ich wollte dir nicht raten dich an ihm zu vergreifen. Mit List werden wir weiter kommen."

„Wenn wir nicht selbst überlistet werden", sagte Phöbidas; „die heilige Priesterin ist eine verschmitzte Person, das kannst du mir auf mein Wort glauben."

„Höre mich nur an und tue dann was du willst. Ich habe ausfindig gemacht, daß die ganze Sicherheit des Mädchens auf einem Ringe beruht, der alle Zauberei an ihr unkräftig macht. Sie trägt ihn am kleinen Finger der rechten Hand, und sie ist dein, sobald du ein Mittel findest dich des Rings zu bemächtigen."

„Es wird schwer halten ihr so nahe zu kommen", sagte Phöbidas; „wenn Du nicht glücklicher im Erfinden bist als ich –"

„So höre nur! das Mittel ist bereits gefunden. Morgen abends wird Dämonassens Geburtsfest von allen dazu eingeladenen jungen Dirnen der Gegend mit Tänzen und Spielen gefeiert werden. Ich gebe dir, wenn du es zufrieden bist, die Gestalt eines hübschen Delphischen Mädchens, und begleite dich in Gestalt ihrer Mutter. Es wird dann *deine* Sache sein, dich so artig gegen Daphnidion zu benehmen, daß sie dir gut wird, und dich in den Reihentänzen, einmal wenigstens, zu ihrer Mittänzerin wählt. Daß ein Mädchen ein anderes in einer Anwandlung von Zärtlichkeit umarmt, ist nichts so ungewöhnliches, daß Daphnidion, wenn sie in einem schicklichen Augenblick einen solchen Beweis ihrer Liebenswürdigkeit von dir erhält, sich dadurch befremdet finden könnte. Im Gegenteil, sie wird deine Umarmung erwidern, und ich müßte dir wenig Gewandtheit zutrauen, wenn du dich bei dieser Gelegenheit des Rings, den sie am kleinen Finger der rechten Hand trägt, nicht solltest bemächtigen können. Von dem Augenblick an, da dies geschieht, ist sie in deiner Gewalt, und so wie du die drei magischen Worte *Axia tuxil naxum* aussprichst, wirst du mit ihr emporgehoben und in einer verbergenden Wolke pfeilschnell durch die Lüfte in meine Wohnung auf der Spitze des Oeta getragen werden."

„Kann man sich darauf verlassen, alter Eisbart, daß alles so erfolgen wird?" fragte Phöbidas mit einer angenommenen ungläubigen Miene.

„Wenn du alles, was ich gesagt habe, genau beobachtest, nichts durch deine eigene Schuld verderbst, und vornehmlich die drei mächtigen Worte *Axia tuxil naxum* nicht vergissest, so steh ich mit meinem Leben für den Erfolg."

Phöbidas wiederholte diese drei Zauberworte so oft, daß er eher seinen eigenen Namen hätte vergessen können, und, wiewohl er den Freigeist hatte spielen wollen, fiel ihm doch nicht ein, sich zu verwundern, daß er drei Zauberworte, welche ein einziges Mal ausgesprochen ein solches Wunder wirken sollten, mehr als hundert Mal hinter einander hersagen konnte, ohne daß nur ein welkes Rosenblatt davon in die Höhe stieg. Sein Glaube an *Axia tuxil naxum* nahm mit jedem Male, daß er diese Worte wiederholte, zu, und er konnte den Abend, da sie die reizende Daphnidion in seine Arme zaubern sollten, kaum erwarten.

Während dieser frevelhafte Anschlag gegen die liebenswürdige Daphnidion geschmiedet wurde, machte Dämonassa die Überlegung, daß ein so verwegener und sittenloser Fürstensohn wie Phöbidas, von einem Ratgeber wie Hippalektor unterstützt, leicht auf den Einfall geraten könnte, die Gelegenheit ihres Festes auf die eine oder andere Art zu seinen Absichten zu benutzen; und wiewohl sie sich die Mühe nicht nehmen wollte die Art und Weise zu erraten, so deuchte ihr doch das Sicherste, die Anschläge des Feindes durch eine Maßnehmung zu vereiteln, die auf alle mögliche Fälle gleich gut passe. Sie redete also, kurz zuvor ehe die Jungfrauen sich zum Tanz versammelten, mit ihrer Nichte ab, daß sie ihre Nymphengestalt und ihren zauberlösenden Ring auf einige Stunden gegen das rotbackigte Vollmondsgesicht, die muskeligen Arme und Beine und den reichbegabten Busen einer jungen Bauerdirne, Mykale genannt, der Tochter eines ihrer Freigelaßnen, vertauschen sollte, so daß Phöbidas auf alle Fälle Mykale für Daphnidion halten, sie selbst aber in Gestalt der Mykale unter mehr als funfzig Landmädchen keiner Aufmerksamkeit wert achten würde.

Nach diesen auf beiden Seiten getroffenen Anstalten erwartete die schöne Daphnidion ruhig, Phöbidas mit ungeduldig klopfendem Herzen, die Stunde des Festes. Sie kam und der junge Thessalier erschien mit seiner untergeschobenen Mutter als eine schöne junge Delphierin, zierlich zum Tanz geschmückt, und seine Rolle, wie er sich schmeichelte, so gut spielend, daß alle Anwesenden, Tänzerinnen und Zuschauende, dadurch getäuscht werden müßten. In der Tat war auch niemand, der den mindesten Zweifel hegte, daß er nicht Timandra, Menalippens Tochter sei, welche den meisten Anwesenden nicht unbekannt war, da man sie vor kurzem an einem großen Feste zu Delphi im Chor der Jungfrauen, die den Päan sangen, glänzen gesehen hatte. Nur Dämonassa entdeckte den Betrug beim ersten Blick in die leichtfertigen Augen des vorgeblichen Mädchens, und wurde, je länger sie dieselbe beobachtete, durch tausend kaum merkliche Kleinigkeiten, die den verkappten Centaur verrieten, in ihrer Vermutung bestärkt.

Phöbidas, ob er sich schon gegen die vermeinte Daphnidion sehr ehrerbietig und anständig zu betragen glaubte, konnte sich doch nicht so gut zurück halten, daß eine andere als Mykale nicht ein wenig Argwohn hätte schöpfen mögen: aber die gute Dirne tat sich so viel auf die Person, die sie vorstellte, zugut, und fühlte sich durch die ungewohnten Schmeicheleien und Liebkosungen, die ihr von der unechten Timandra gesagt und gemacht wurden, so glücklich, daß sie den von Dämonassa empfangenen Unterricht, wie sie sich zu verhalten habe, unvermerkt vergaß, und in Daphnidions Gestalt so ziemlich ihre eigene Person zu spielen anfing.

Der verkappte Phöbidas, anstatt etwas auffallendes in ihrem Betragen zu finden, war eitel genug, alles, was einen wahren und zartfühlenden Liebhaber befremdet hätte, zu seinem Vorteil zu deuten. Die Natur, meinte er, spreche hier, und die Sympathie entwickle, durch eine geheime Ahnung der Gegenwart eines

Liebhabers, Gefühle in ihr, die ihr vermutlich zu neu seien, als daß sie sich ihnen nicht ohne alles Mißtrauen überlassen sollte. Diese Gedanken und die durch den Tanz sich immer mehr belebenden und erhöhenden Reize der schönen Nymphe, wirkten endlich so stark auf ihn, daß er den ersten Augenblick, wo es mit einiger Schicklichkeit geschehen konnte, ergriff, und, indem er die vermeinte Daphnidion liebkosend umarmte, ihr zugleich, wiewohl mit zitternder Hand, den gefährlichen Ring vom Finger zu ziehen suchte.

Ob die ehrliche Mykale wirklich, ohne es zu wollen und zu wissen, etwas sympathetisches in diesem Augenblick fühlte, oder ob sie nur Höflichkeit mit Höflichkeit erwidern wollte, genug sie gab der verkappten Timandra ihre Liebkosung mit der treuherzigsten Wärme zurück: aber sobald sie merkte, daß es bloß auf den Ring, dessen Bewahrung ihr sehr ernstlich eingeschärft worden war, abgesehen sei, und daß Timandra sich dessen mit Gewalt bemächtigen wolle, verwandelte sich ihre getäuschte Zärtlichkeit plötzlich in Ingrimm, und sie setzte sich so tapfer zur Wehr, daß der talismanische Stein seine Wirkung zugleich an beiden tat, und, bevor Phöbidas sein *Axia tuxil naxum* anbringen konnte, zu größtem Erstaunen der ganzen zahlreichen Versammlung, in der schönen Timandra einen kräftigen Jüngling, und in der vermeinten Daphnidion die hochgebrüstete Mykale darstellte, in einem unbegreiflichen Zweikampf begriffen, der beinahe in ebendemselben Augenblick anfing und aufhörte, und den eben so bestürzt als beschämt zurückprallenden Thessalier einem allgemeinen Gelächter preisgab.

Aber dieses verwandelte sich, nur zu bald für ihn, in laute Ausbrüche des stärksten Unwillens; und während tausend zugleich erschallende Stimmen die Bestrafung eines so unerhörten Frevels foderten, fielen mehr als zwanzig derbe Bauermädchen über den unglücklichen, bald um Gnade bittenden, bald mit Faust und Ferse sich wehrenden Sünder her, und würden ihn wahrscheinlich das klägliche Schicksal des Orpheus und Pentheus haben erfahren lassen, wenn Hippalektor (den alle seine Zauberkünste in diesem furchtbaren Augenblick im Stiche ließen) sich der Priesterin nicht zu Füßen geworfen, und um Gnade für seinen Schützling und sich selbst gebeten hätte. Dämonassa war zu menschlich, um dem Gedemütigten nicht zu verzeihen. Sie gebot von dem Jüngling abzulassen; glücklicher Weise für ihn noch früh genug, daß er, einige Schrammen, Beulen und blaue Mäler, und ein paar Hände voll ausgerißner Haare abgerechnet, mit allen seinen Gliedmaßen davon kam, von welchen einige der edelsten in großer Gefahr gewesen waren.

Dämonassa ließ den jungen Thessalier und seinen Ratgeber die in dieser Geschichte offen genug zu Tage liegende Moral selbst daraus ziehen, und begnügte sich, beiden die Betretung ihres Dianen geheiligten Bodens und jeden fernern Versuch auf ihre kleine Daphne scharf genug zu untersagen, um ihnen die Lust dazu auf immer vergehen zu machen.

Aber, wiewohl Phöbidas durch die schmachvolle Vereitlung seines Anschlags und die Todesangst, die er unter den Nägeln von zwanzig grimmigen Dorfnymphen ausgestanden, für seine Leichtfertigkeit hart genug gezüchtiget schien, so konnte oder wollte die Priesterin doch der öffentlichen Stimme nicht entgegen sein, welche verlangte, daß das Andenken dieser Begebenheit erhalten und zu einem warnenden Beispiel für die künftigen Zeiten aufgestellt werden sollte. Sie verordnete also, oder ließ es (was mir wahrscheinlicher ist) bloß geschehen, daß so oft der Jahrstag derselben wiederkehrte, alle Mädchen der Gegend auf einem großen Rasenplatz am Eingang des Hains, den sie Dianen geheiligt hatte, sich unter den Augen ihrer Mütter zu fröhlichen Spielen und Tänzen versammelten, und wenn der letzte große Rundtanz geendigt war, einen aus Lumpen zusammengeflickten und mit gehacktem Stroh ausgestopften Popanz, der Phöbidas genannt, unter großem Jubel so lange mit Hasenpappeln peitschten, bis er ihnen in lauter einzelnen Fasern um die Köpfe flog. Diese Gewohnheit soll mehrere Jahrhunderte durch in Übung geblieben sein; und wenn einer von den vielen gelehrten und forschlustigen Wandersmännern, welche seit einiger Zeit Griechenland nach allen möglichen Richtungen bereisen und durchforschen, falls er in diese Gegend kommt, Nachfrage tun will, so wird sich vielleicht finden, daß sie sich bis auf diesen Tag erhalten hat.

Ob übrigens der wirkliche Phöbidas sich die auf eigene Kosten erworbene Erfahrung, und die jährliche Züchtigung seines leblosen Stellvertreters zur Besserung habe dienen lassen, ist nicht bekannt, dürfte aber aus mehrern Ursachen, deren Anführung den Scharfsinn meiner Zuhörer beleidigen würde, mit gutem Fug bezweifelt werden.

Die Erzählung, womit die Gesellschaft zu Rosenhain am dritten Abend unterhalten werden sollte, war durchs Los dem Fräulein Amanda von B***, einer entfernten Verwandtin des Hauses, zugeteilt worden.

Alle Glieder des freundschaftlichen Kreises zeigten ihr so unverhohlen, wie viel Vergnügen man sich von diesem Abend verspreche, daß auch eine viel weniger bescheidene junge Person, als Amanda, ein wenig verschüchtert hätte werden mögen. „Ich bedarf Aufmunterung“, sagte sie, „und Sie machen mich durch Erwartungen zittern, die ich zu erfüllen nicht hoffen kann. Bedenken Sie, wie sehr ich schon dadurch im Nachteil bin, daß ich auf Herrn von P. folge. Der Abstich wird“ – „schwerlich zu meinem Vorteil sein“, fiel ihr dieser ins Wort – „aber auf jeden Fall ist es um keinen Wettstreit, sondern um eine bloße Unterhaltung zu tun, die auf beiden Seiten gleich anspruchlos ist. Wir geben was wir haben, und unsre Zuhörer, in billiger Erwartung daß wir unser Bestes tun, sind bereit mit dem, was wir geben, vorlieb zu nehmen.“

„Auf diese Bedingung“, sagte Fräulein Amanda lächelnd, „kann ich es um so getroster wagen, Ihnen sogar ein Feenmärchen zum besten zu geben.“

DIE ENTZAUBERUNG

Rosalie von Eschenbach, ein liebenswürdiges junges Mädchen, welches seine Eltern schon in der Kindheit verloren hatte, war unter den Augen einer bejahrten und begüterten Vatersschwester, zu deren Erbin sie bestimmt war, mit allen Vorteilen und Nachteilen einer ländlichen Erziehung, fern von der Hauptstadt auf einer alten Ritterburg in einer wildanmutigen romantischen Gegend erzogen worden. Von ihren frühesten Jahren an war Lesen ihr angenehmster Zeitvertreib; das gute Kind hatte aber nichts zu lesen als Ritterbücher und Feenmärchen, wovon die alte Tante selbst eine große Liebhaberin war, und deren sie eine ziemliche Menge besaß, welche, nebst einigen Andachtsbüchern und einer mit silbernen Buckeln beschlagenen großen Kupferbibel, die ganze Bibliothek des Schlosses ausmachte. Im Lesen und Schreiben hatte das Fräulein von dem Pfarrer des Orts, in der Musik von dem Kantor eines benachbarten Städtchens, in weiblichen Arbeiten von einer ziemlich geschickten Hausjungfer, und im Tanzen von einem gewesenen Kammerdiener ihres Vaters, einem alten Hausratsstück des Schlosses, Unterricht bekommen. Von der Ausbildung, so sie auf diese Weise erhielt, war eben kein hoher Grad von Vollkommenheit zu erwarten: aber die Natur hatte das Beste bei ihr getan, und da Fähigkeit und innerer Trieb sie in allen weit über ihre Lehrmeister hinaus führte, so fand sichs, daß sie, den Mängeln ihrer Erziehung zu Trotz, mit einer sehr einnehmenden Gesichtsbildung, einem nymphenmäßigen Wuchs, einer festen blühenden Gesundheit und einer sanften, gutlaunigen und gefälligen Gemütsart, in ihrem sechzehnten Jahr das reizendste und liebenswürdigste Fräulein auf zwanzig Meilen in die Runde war.

Alles dies, mit dem nicht unbedeutenden Zusatz der gewissen Anwartschaft auf ein ansehnliches Vermögen, machte Rosalien zum Gegenstand der Bewerbung aller heuratslustigen Jünglinge, Hagestolzen und Witwer ihres Standes weit umher. Aber unter den Wenigen, welche von irgend einer Seite Mittel gefunden hatten einige Auszeichnung von ihr zu erhalten, war doch nur ein einziger, der sich schmeicheln konnte mit einer Achtung von ihr begünstiget zu werden, die den Keim einer geheimen, vielleicht ihr selbst noch verborgenen, Neigung zu verraten schien.

Dieser Glückliche war Alberich, eine Art von irrendem Ritter von der fröhlichen Gestalt, dem die besondern Gnaden, worin er bei den Schönen stand, und die Vorteile, so er daraus zu ziehen wußte, einen glänzenden Namen in der Hauptstadt des Landes gemacht hatten. Er war mehrere Jahre lang im Besitz des Rufs gewesen, daß seinen Reizungen, und seiner Gewandtheit in den Künsten der Verführung nicht zu widerstehen sei. Dieser Ruf wird (wie ich höre) oft so wohlfeil erkauft, daß seine Besitzer wenig Ursache haben stolz auf ihn zu sein. Ob dies auch bei Alberichen der Fall war, ist mir unbekannt; genug, nach einigen Jahren hatte der Aufwand, den er zu Behauptung desselben machte, von seinem sehr mäßigen Erbgut so viel aufgezehrt, daß er sich genötigt sah, aus dem Kreise, worin er bisher geschimmert hatte, herauszutreten, und sich in die Provinz, wo Rosalie wohnte, zurückzuziehen, in der Absicht um irgend eine reiche Erbin zu werben, die ihn in den Stand setzen könnte, mit neuem Glanz in der Hauptstadt zu erscheinen und seine gewohnte Lebensart fortzusetzen.

Unter denen, die er zu dieser Absicht tauglich fand, schien ihm Rosalie von Eschenbach, durch ihre Unerfahrenheit, Unschuld und wenige Weltkenntnis diejenige zu sein, deren Eroberung die wenigste Mühe kosten würde; und da sie zugleich die reichste und schönste war, so hatte er durch bedeutende Empfehlungen aus der Hauptstadt sich um so leichter Zutritt bei der alten Tante verschafft, da er aus einer wohlbeurkundeten, obgleich etwas entfernten Verwandtschaft seines Hauses mit dem Ihrigen sich eine ganz besondere Ehre machte, und der unbegrenzten Gefälligkeit, die er für ihre Eigenheiten und Grillen zeigte, durch seine persönlichen Vorzüge einen desto höhern Wert in ihren Augen zu geben wußte. Denn Ritter Alberich, ungeachtet dessen, was einige Hauptstädte Europens von seiner Blüte abgestreift, war noch immer der schönste Mann, den sie je gesehen hatte, und, wären nicht vierzig wohlgezählte Jahre zwischen ihnen gestanden, sie würde sich nicht lange bedacht haben ihn für sich selbst zu behalten.

So leicht war nun freilich die junge, zartfühlende, und ihres eignen Werts sich nicht ganz unbewußte Rosalie nicht zu gewinnen. Indessen hatte doch die blendende Außenseite des Ritters ihre Augen – die geschmeidige Leichtigkeit, womit er sich in den unbedeutendsten Dingen nach ihrer Denkart und ihrem Geschmack richtete, ihre Eigenliebe – und die vorgebliche Übereinstimmung ihrer Gemüter, die er mit der feinsten Schauspielerkunst zu heucheln wußte, ihr Herz, zu seinem Vorteil bestochen; und wenn gleich das, was Sie für ihn fühlte, noch nicht Liebe war, so schien es doch das namenlose Etwas zu sein, woraus, mit Zeit, Geduld, und unablässiger Sorgfalt es fein warm zu halten, zuletzt unversehens Liebe hervorgekrochen kommt.

Unter Rosaliens übrigen Verehrern, die nicht bedeutend genug sind um uns in nähere Bekanntschaft mit ihnen zu setzen, war nur einer, der eine Ausnahme zu verdienen scheint. Es war der einzige Sohn eines begüterten Landmanns, welcher den Willen und das Vermögen gehabt hatte, seinem Sohn eine bessere Erziehung zu geben, als seinesgleichen gewöhnlich erhalten. Hulderich (so nannte man den jungen Mann) besaß zu einem hellen, ruhigen, mehr gründlichen als schimmernden Verstand ein so warmes und gefühlvolles Herz, als je in der Brust des adeligsten aller Ritter der Tafelrunde schlug. Sein Äußeres war eben so wenig blendend als das Innere; doch konnte er, sogar neben dem schönen Alberich, für einen wohlgebildeten Mann gelten, und (wessen sich dieser nicht zu rühmen hatte) sein Blut war rein wie seine Sitten, und sein Körper so gesund und ungeschwächt wie seine Seele. In der Tat hatte er nur einen einzigen Fehler, der ihm aber größern Schaden tat, als Alberichen alle seine Laster. Eine Bescheidenheit, die zuweilen an Schüchternheit grenzte, warf auf seine ohnehin nicht schimmernden Verdienste einen Schatten, der sie den Augen derjenigen entzog, die ihn nur eines flüchtigen Anblicks würdigten; und unglücklicher Weise war Rosalie eine dieser Unachtsamen.

Hulderichs Vater hatte zu einem hübschen Gut, das sein Eigentum war, die Ländereien der alten Dame gepachtet. Dieser Umstand hatte dem Sohn, von früher Jugend an, häufige Gelegenheit verschafft, in das Schloß zu kommen, und Rosalien, so lange sie noch unter vierzehn Jahren war, öfters zu sehen und zu sprechen; und so hatte sich das Bild ihrer Liebenswürdigkeit nach und nach tief in sein Gemüt eingesenkt. Ihr munteres, sanftes und holdseliges Wesen, die Güte ihres Herzens, und die Anlage zu allen weiblichen Tugenden, die er darin aufkeimen sah, hatte sich des seinigen unvermerkt dergestalt bemächtigt, daß er

Sie wie seine Seele liebte, und daß ihm nichts so schwer deuchte, daß er es nicht für Sie zu unternehmen, nichts so kostbar, daß ers Ihr nicht aufzuopfern, nichts so peinvoll, daß ers nicht für Sie zu leiden bereit war. Diese Gesinnung für Rosalien verwebte sich so innig mit seinem ganzen Wesen, daß sie noch immer in gleicher Stärke fortdauerte, als Rosaliens Übergang in das Alter der aufblühenden Jungfrau ihm beinahe alle Gelegenheit entzog, ein paar Worte mit ihr zu wechseln, oder sie nur in der Nähe zu sehen. Er fühlte diesen Verlust schmerzlich; aber, da er es schon für Verbrechen gehalten hätte, sich ihren Besitz nur als etwas Mögliches zu denken, so genügte ihm daran, sie schweigend und von fern zu lieben; und es würde ihm, glaubte er, nichts zu wünschen übrig geblieben sein, wenn sie ihm nur zuweilen durch Einen gütigen Blick hätte zu erkennen geben wollen, daß sie seinem Herzen Gerechtigkeit widerfahren und sich eine Liebe gefallen lasse, welche, in der Tat, mehr von der andächtigen Inbrunst eines frommen Einsiedlers zu der Königin des Himmels, als von dem irdischen Feuer einer eigennützigen Leidenschaft für eine Sterbliche, in sich hatte. Aber Rosalie schien seit ihrem funfzehnten Jahre, und noch mehr seit ihrer Bekanntschaft mit Alberich, nicht die mindeste Kenntnis mehr von dem armen Hulderich zu nehmen. Daß es nicht stolze Verachtung war, dafür bürgt uns die Güte des Herzens, wovon sie täglich bei allen Gelegenheiten die unzweideutigsten Beweise gab; auch war es wirklich weiter nichts, als daß Hulderich gänzlich aus ihrem innern Gesichtskreise verschwunden, oder wenigstens in den tiefen Schatten zurückgetreten war, worin tausend andere von ihr unbemerkte Menschen standen, mit denen sie, weil sie weder ihres Mitleidens noch ihrer Wohltätigkeit nötig hatten, sich außer allem Verhältnis glaubte.

Alles dies, meine gnädigen Damen und Herren, mußte ich vorausschicken, bevor ich zu dem Abenteuer fortgehen konnte, welches der eigentliche Stoff meiner Erzählung ist.

Ich sagte gleich anfangs, daß Rosalie, aus Mangel eines Bessern, von Kindheit an nichts als Ritterbücher und Feenmärchen gelesen habe. Aus diesen Quellen hatte sie eine Art von idealischer Welt- und Menschenkenntnis geschöpft, die mit dem wirklichen Lauf der Welt und dem Tun und Lassen der wirklichen Menschen einen starken Abstich machte, und sehr vieler Berichtigungen und Zusätze bedurfte, wenn sie auch nur für den engen und einförmigen Kreis, worin sie lebte, zureichen sollte; aber auf keine Weise so beschaffen war, daß sie auf einem größern Lebens-Schauplatz eine anständige Rolle glücklich hätte spielen, oder den vielfältigen Gefahren und Unfällen entgehen können, denen sie sich durch so manche täuschende Einbildungen und Erwartungen ausgesetzt befand.

Es war also nicht mehr als billig, daß, bei Entstehung andrer gewöhnlicher Hülfsmittel, die Feen sich des guten Mädchens annahmen, und was sie durch kindliche und kindische Spielwerke der Phantasie an der natürlichen Gesundheit ihres Verstandes eingebüßt hatte, durch andere, auf Wiederherstellung derselben abzweckende Spiele ihrer Zauberkunst zu vergüten suchten.

Bei einem jungen Mädchen, das, so zu sagen, unter lauter Feen und Feerei aufgekommen war, scheint, unter den mancherlei wunderlichen Wünschen, welche jungen Mädchen durch den Kopf zu flattern pflegen, keiner natürlicher zu sein, als der, sich wirklich einmal in dieses Feenland versetzt zu sehen, von dessen Herrlichkeiten sie so viel gehört und gelesen hatte. Rosalie hing diesem phantastischen Gedanken seit einiger Zeit so häufig nach, daß sie ihn zuletzt gar nicht wieder los werden konnte.

Einsmals, da sie, bei Aufgang der Sonne, um die Natur im Erwachen zu belauschen und dem Morgenjubel der Lerchen und Nachtigallen zuzuhören, in den Gebüschen des Schloßgartens umherschlich, gab der Zauber, unter welchen diese lieblichen Natur-Erscheinungen alle ihre Sinne setzten, jenem Gedanken eine solche Stärke, daß er auf einmal laut wurde, und in Worte ausbrach, wovon sie keine Zeugen zu haben glaubte.

Plötzlich sah sie eine hohe Gestalt vor sich stehen, die eher einer Göttin als einer Sterblichen ähnlich sah. Ein begeisterndes Feuer wallte in ihren großen schwarzen Augen, und die üppigste Fülle goldner Haare floß in langen Ringeln um ihren schönen Kopf und den blendenden Liliennacken. Sie war in ein schimmerndes Gewand von tausend durch einander gewebten Farben gekleidet, und trug ein dünnes Stäbchen von Ebenholz in der rosenfingrigen Hand. „Dein Wunsch sei dir gewährt", sagte sie zu Rosalien und berührte sie mit ihrem Stäbchen.

In demselben Augenblick lag Rosalie wie schlummernd auf einem prächtigen Ruhebette; ein Schwarm von gaukelnden Zephyrn hob es empor, und schwebte mit der schönen Last so leicht durch die Lüfte hin, als ob sie nur ein flockichtes Abendwölkchen vor sich her hauchten.

Rosalie erwachte in den Zaubergärten der Feenkönigin. Große immergrüne Rasenplätze; Blumenstücke, wo Florens schönste Kinder wetteiferten, das Auge mit ihren Bildungen und Farben, und den Geruch mit dem süßen Balsam ihrer vermischten Düfte zu entzücken; Zitronenwäldchen und Gebüsche aller Arten blühender und duftender Sträuche, von spiegelhellen, über Goldsand und Perlen flüchtig hinweg rieselnden Bächen durchschlängelt; liebliche Täler und Anger, mit silberwollichten Herden bedeckt, und an allmählich emporsteigende Wälder gelehnt; in die Wolken aufstrebende Bäume, die mit der Schöpfung gleiches Alters zu sein schienen; in tiefer Ferne eine Kette von ungeheuren Felsen, zwischen welchen aus den Wolken herabstürzende Ströme, bald in funkelnde Staubregen aufgelöst, bald in ungeheuren Schaum-Massen durch die geborstnen Klippen sich drängend, unzähliche Wasserfälle bildeten, deren Donner aus der weiten Entfernung in schlafeinladendes Rauschen sich verlor: kurz, Alles, was Natur und Kunst in den Halbzirkel eines weit ausgedehnten Gesichtskreises Prächtiges, Erhabenes, Schönes und Anmutiges zusammenzaubern können, war hier mit verschwenderischer Üppigkeit und in einer anscheinenden Unordnung, die im Ganzen zur schönsten Harmonie wurde, vereinigt, um die Seele in einen einzigen reinen, entzückenden Genuß aufzulösen.

Rosalie schwamm in Wonne; ihr war als erinnere sie sich dunkel, wie eines verschwebten Traums, daß sie schon an einem solchen Ort gewesen sei: aber daß sie hier verwirklicht sah, was ihr vormals nur in matten, in einander zerrinnenden Luftgestalten erschienen war, das eben war es was ihr keinen Zweifel ließ, daß sie sich wirklich im Lande der Feen befinde.

In diesem wundervollen Lande geht alles nach einer andern Regel, als in unsrer Alltagswelt, wo wir armen Erdenkinder, an Raum und Zeit gefesselt, nicht von einem Ort zum andern, ohne den Zwischenraum zurückzulegen, noch vom Abend zum Morgen kommen können, ohne die ganze Nacht dazwischen durchlebt zu haben, ohne daß auch nur eine einzige Minute daran erlassen wird.

Rosalie erhielt in wenig Augenblicken einen neuen Beweis, daß sie im Feenlande sei; denn auf einmal verschwanden die Zaubergärten, und sie befand sich in einem großen prächtig erleuchteten Saal, der jenem wenig nachgab, den der glückliche Schneiderssohn A l a d d i n, in den A r a b i s c h e n M ä r c h e n, mit Hülfe des Genius der Lampe und seiner Gesellen, zu großer

Freude des Sultans seines Schwiegervaters in einer einzigen Nacht zu Stande bringt. Dieser Saal war mit einer unendlichen Menge schöner und zierlicher Damen und Herren angefüllt, die in buntschimmerndem Gewimmel, paar- und gruppenweise, durch einander schwärmten, und denen man auf den ersten Blick ansah, daß sie nichts zu tun hatten noch wußten, als ewig dem vor ihnen her fliehenden Vergnügen nachzujagen.

Rosalie erkannte sogleich den holden Alberich, der sich mit Unterhaltung einiger Schönen, die ihn umringten, zu beschäftigen schien, aber, sobald er die Dame seines Herzens erblickte, auf sie zueilte, und ihr sein Entzücken, Sie hier zu finden, in den lebhaftesten Figuren und Wendungen ausdrückte. Rosalie fühlte sich unter einer Art von Zauber, dem sie nicht widerstehen konnte, vielleicht weil es ihr an – Willen zum Widerstehen fehlte. Ihr war als ob sie nicht ganz dieselbe sei, die sie immer gewesen; sie suchte sich in sich selbst, und erstaunte über die neuen Gefühle, die sich in ihr regten, und ihr zwar fremd, aber zu angenehm waren um sich ihnen nicht sorglos zu überlassen. Noch nie hatte Alberich ihr so liebreizend geschienen, nie die zärtlichen Schmeicheleien, die er ihr sagte, nur halb so viel Eindruck auf sie gemacht, und sie mußte sich Gewalt antun, um es ihm nicht auf die lebhafteste Art zu erkennen zu geben. Kein Wunder, daß der arme Hulderich (der, mit seiner gewohnten Schüchternheit, um nicht bemerkt zu werden hinter einem mit Kränzen umwundenen Pfeiler stand und ganz in ihrem Anschauen verloren schien) kaum eines von ungefähr sich zu ihm verirrenden flüchtigen Blicks gewürdiget wurde.

Eine durch den Saal erschallende und zum Tanz einladende Musik stimmte sie plötzlich auf einen andern Ton. Sie ergriff Alberichs Arm, und flog mit der Leichtigkeit einer Nymphe, kaum den Boden berührend, durch den Saal mit ihm dahin. Ermüdet sanken sie endlich auf die weichen, hoch aufgeschwellten Polster, womit eine von reichen Tapeten schimmernde Estrade belegt war. Die blendende Beleuchtung des Saals verlor sich in ein allmählich immer matter werdendes Dämmerlicht, und die rauschende Musik in die sanft verschwebenden Töne eines sich selbst immer leiser nachahmenden Echo. Rosalie erschrak, da sie sich plötzlich mit Alberichen allein und von einem seiner Arme umschlungen sah. Vergebens suchte sie sich von ihm los zu winden, als plötzlich eine große majestätische Frau, mit einer kleinen goldnen Krone auf ihrem zusammengeflochtnen Haar und einem schwarzen Stäbchen in der Hand, vor ihnen stand. „Folge mir, Rosalie", sagte sie, Alberichen mit ihrem Stabe berührend. Sogleich schwand er aus Rosaliens Augen, und sie stand auf und folgte der Dame.

Eine große elfenbeinerne Pforte tat sich vor ihnen auf. „Gehe vorwärts", sagte die Feenkönigin; „entsetze dich vor nichts das dir begegnen wird, und vertraue auf meinen Beistand." So wie Rosalie über die Schwelle der elfenbeinernen Pforte geschritten war, fuhr ihr die Fee mit leiser Hand über das Gesicht und verschwand. Eine kaum sichtbare Flamme, die aus der Hand der Fee zu fahren schien, verbreitete auf einen Augenblick eine fliegende Hitze über ihr ganzes Gesicht; aber alle ihre Sinnen beruhigten sich, und sie glaubte sich auf einmal selbst wieder gefunden zu haben, wiewohl sie eine kleine Weile in die dickste Finsternis eingehüllt stand. Sobald diese verschwunden war, sah sie sich wieder auf eben der Stelle des Gartens, wo ihr die Fee mit den goldnen Haaren erschienen war.

Von einer seltsamen Mattigkeit befallen, warf sie sich auf die nächste Bank, als sie Alberichen ganz nahe vor ihr vorbeigehen sah. Er schielte einen flüchtigen Blick auf sie und ging vorüber. Rosalie rief ihn zurück. „Was wollen Sie meiner?" fragte er –

„Welche Frage? Wer bin ich denn? Seit wann kennen Sie mich nicht mehr, Herr Alberich?" – Alberich erschrak itzt, da er sie genauer ansah, so heftig, daß er die Sprache nicht gleich wieder finden konnte.

„Verzeihen Sie, Fräulein", stammelte er endlich in größter Verwirrung; „ich muß bezaubert sein – Ich höre Ihre Stimme, ich sehe Ihre Gestalt, Ihre Kleidung; aber Ihr Gesicht ist so wenig Ihr eigenes, daß ich zehnmal bei Ihnen hätte vorbeigehen mögen, ohne Fräulein Rosalie von Eschenbach in Ihnen zu erkennen."

„In der Tat, Herr Alberich, Sie sind bezaubert – oder etwas noch schlimmeres. Vor wenigen Minuten sagten Sie mir noch die schmeichelhaftesten, zärtlichsten Sachen von der Welt – Was ist mit Ihnen vorgegangen? Ich besorge sehr, es steht nicht ganz mit Ihnen wie es sollte, Herr Alberich!" –

„Ich fürchte vielmehr, –" sagte dieser, hielt aber plötzlich inne – „Beim Himmel, Fräulein, es ist etwas Unbegreifliches in dieser Sache", fuhr er fort, indem er einen kleinen Taschenspiegel hervorzog und ihr hinreichte; „aber sehen Sie selbst, und Sie werden mir Gerechtigkeit widerfahren lassen."

Rosalie blickte in den Spiegel, und erschrak nicht viel weniger als Alberich; denn die Spuren, die der elektrische Schlag, so sie von der Fee empfangen, zurückgelassen hatte, waren in der Tat auffallend. Alle Lilien und Rosen ihres Gesichts waren verschwunden, und statt eines Paars holdseliger Grübchen, die ihrem Lächeln einen unwiderstehlichen Zauber gegeben hatten, waren ihre feinen Gesichtszüge von einer Menge tiefer, Pockengruben ähnlicher Furchen und braunroter Flecken so entstellt, daß ein Liebhaber wie Alberich wirklich zu entschuldigen war, wenn er sie auf den ersten Blick für eine andre ansah. Aber, es sei nun daß das Wort der Feenkönigin ihr wieder zu Sinne kam, oder daß, durch eine natürliche Täuschung der Eigenliebe, auch die Häßlichste sich selbst immer schöner vorkommt als allen andern Menschen – genug, Rosalie faßte sich sogleich wieder, und sagte zu Alberich, indem sie ihm seinen Spiegel zurückgab: „Wenn Ihr Spiegel mich nicht verleumdet, so ist in der Tat etwas mit mir vorgegangen, das ich nicht begreife. Aber Sie, Herr Alberich, Sie, der mir vor wenig Augenblicken noch die feurigste Liebe zuschwor, der mich mit den Augen der Liebe sehen sollte, Sie hätten diese Veränderung gar nicht gewahr werden sollen."

„Ich verstehe Sie nicht, gnädiges Fräulein", erwiderte Alberich, der sie mit immer größerer Bestürzung anglotzte, weil er sich in dem Gedanken bestätigt sah, daß ihr Kopf bei dieser unerklärbaren Verwandlung gelitten haben müsse; „erlauben Sie daß ich zu einem Arzt eile, der hier, wie es scheint, ganz allein Rat schaffen kann." – Mit diesen Worten entfernte sich der getreue Schäfer so schnell er konnte, nicht um einen Arzt aufzusuchen, sondern sich in der Stille mit sich selbst zu beraten, was für einen Entschluß er bei diesem seltsamen Unfall zu nehmen habe.

Das Fräulein hatte ihn kaum aus den Augen verloren, so kam Hulderich (den die alte Dame seit kurzem zum Aufseher über ihre Gärten bestellt hatte) mit einem prächtigen Blumenstrauß in der Hand von einer andern Seite heran, und schien einen Augenblick zweifelhaft, ob er sich nähern und Rosalien die Blumen, die er alle Morgen für sie zu pflücken pflegte, selbst überreichen, oder (nach bisheriger Gewohnheit) durch ihr Mädchen auf ihren Putztisch legen lassen sollte.

Sobald ihn Rosalie erblickte, erinnerte sie sich der Stellung, worin sie ihn im Palast der Feenkönigin gesehen, und befahl ihm in einem freundlichen Tone, näher herbei zu kommen. Ein milder gütiger Blick schien ihm die Erlaubnis zu geben, ihr seine

Blumen selbst zu überreichen, und er tat es mit einer so ehrerbietigen und bescheidenen Art, daß sie ihm, in der Stimmung worin sie war, beinahe Dank dafür wußte. Der Schleier, den sie über ihren Kopf gezogen hatte, ließ von ihrem Gesichte wenig mehr als die Augen sehen, und der einzige Blick, den der bescheidene Jüngling zu ihr zu erheben gewagt hatte, entdeckte ihm nichts an ihr, was ihn hätte befremden können. Aber itzt schlug das Fräulein den Schleier zurück, sah ihm scharf ins Gesicht und sagte: „Wir sind alte Bekannte, guter Hulderich; betrachte mich wohl, und sage mir, wie ich dir vorkomme.“ – „Sie haben, wie ich sehe, während ich von Eschenbach abwesend war, die Blattern gehabt, gnädiges Fräulein; Gottlob! daß es so glücklich abgegangen, und daß Ihre schönen Augen nichts dabei gelitten haben!“

„Rede wie dirs ums Herz ist; du findest mich also nicht so gar häßlich?“

„Häßlich? (rief Hulderich) das verhüte der Himmel, gnädiges Fräulein! In meinen Augen können Sie nie häßlich werden, das ist unmöglich.“ – Er wurde feuerrot, wie dies Wort über seine Lippen gekommen war, weil er fürchtete etwas gesagt zu haben das ihm nicht gezieme.

Rosalie dankte ihm für seine Blumen und seinen guten Willen gegen sie, und entließ ihn mit einem Lächeln, wobei ihm war als ob sich der Himmel auftue, und aus jeder Grube ihres Gesichts ein Engelsköpfchen hervorlächle.

Das Fräulein kehrte ins Schloß zurück, und da es unmöglich war ihrer Base die leidige Veränderung, die ihr Gesicht erlitten hatte, zu verhehlen, so hüllte sie sich, um ihr das Unangenehme der Überraschung zu ersparen, in ihren Schleier ein, und berichtete ihr umständlich, was ihr diesen Morgen mit den beiden wunderbaren Damen begegnet war. Die Alte glaubte zu stark an das Feenwesen, um in der Überzeugung, daß es Feen gewesen, nicht hinlänglichen Grund zur Beruhigung zu finden. „Sie haben ganz gewiß, trotz dem widrigen Anschein, etwas Gutes mit dir vor“, sagte sie; „befahl dir die Feenkönigin nicht ausdrücklich, dich vor nichts zu entsetzen und auf ihren Beistand zu vertrauen?“ Aber da die gute Rosalie sich nicht enthalten konnte, von Zeit zu Zeit einen verstohlnen Blick in einen großen Venezianischen Spiegel zu werfen, der ihr gegen über hing, so war es ihr nicht wohl möglich, sich, mit allem ihrem Respekt vor den Feen, eines kleinen Grolls gegen die Launen dieser Halbgöttinnen zu erwehren, und sie konnte sich selbst nicht überreden, die Pockengruben und Leberflecken, die sie ihr angezaubert hatten, für ein Unterpfand zu nehmen, daß sie viel Gutes mit ihr im Sinne hätten.

Tante und Nichte besprachen sich noch über diese seltsamen Ereignisse, als der ersten ein Brief gebracht wurde, der ihr ankündigte, daß sie durch den plötzlichen Fall eines der ersten Handelshäuser in der Hauptstadt um den größten Teil ihres Vermögens gekommen sei. Die gute Dame klebte noch zu stark am Irdischen, als daß ihr eine solche Nachricht hätte gleichgültig sein können, und die Reihe war nun an der Nichte, die jammernde Tante zum Vertrauen auf den guten Willen der Feen aufzufodern. „Wem geht es schlimmer dabei als dir", sagte die Alte; „ich habe wenig Ansprüche mehr an die Welt; du allein dauerst mich. Aber ich glaube wirklich, du wärest leichtsinnig genug, wenn die Feen es auf deine Wahl ankommen ließen, deine Pockennarben und Leberflecken mit meinem ganzen Vermögen abzukaufen."

Man mußte nun auf große Einschränkungen denken; denn außer dem Gute Eschenbach, dessen Ertrag nicht sehr beträchtlich war, blieb unsern beiden Damen nichts als die alte Burg, und was etwa an Silbergeräte, Kleinodien, vergoldeten Pokalen, alten Schaupfennigen und dergleichen, von Großmüttern und Ältermüttern auf sie vererbt worden war. Mit allem diesem war Rosalie freilich keine reiche Erbin mehr, und der edle Ritter Alberich, der sehr lebhaften Anteil an diesem neuen Unfall nahm, mußte gestehen, daß es ein hartes Schicksal für die liebenswürdige Rosalie sei, an einem und demselben Tage Schönheit und Vermögen zu verlieren. Er ließ es indessen vor der Hand nicht an schönen Trostgründen fehlen, womit er sich aus einer alten Übersetzung des Seneca bewaffnet hatte; und, wiewohl er sehr ernstlich auf seinen baldigen Abzug bedacht war, so hatte er doch zu viel Artigkeit und Gefühl des Schicklichen, um das Schloß, wo ihm seit einigen Tagen ein Zimmer eingeräumt worden war, auf der Stelle zu verlassen. Dieser Umstand gab ihm Gelegenheit, seinen Charakter in einem noch blendendern Lichte zu zeigen.

Der Unstern der Damen von Eschenbach hatte seinen höchsten Punkt noch nicht erreicht. In der Nacht, die auf diesen Unglückstag folgte, kam, um die Zeit da alles im ersten Schlafe lag, Feuer im Schloß aus. Die Flamme griff schnell um sich, und die winklichte altfränkische Bauart dieser Ritterburg machte die Gefahr der Bewohner um so viel größer. Der edle Alberich, des klugen Spruchs eingedenk, „Jeder ist sich selbst der nächste“, war der erste, der – seine eigene Person in Sicherheit brachte; doch vergaß er nicht, beim Abschied den kopflos durch einander rennenden Bedienten die Rettung ihrer Gebieterinnen bestens zu empfehlen. Für das Fräulein hatte bereits eine große majestätische Frau gesorgt, die gleich anfangs, als das Feuer ausbrach, von mehrern gesehen worden war, wie sie die widerstrebende Rosalie auf ihren Armen davon trug, und sie durch die Versicherung zu beruhigen suchte, daß für die Tante bereits gesorgt sei. Dies schien indessen keineswegs der Fall zu sein. Denn während die Hausbedienten (wie in solchen Fällen gewöhnlich ist) beschäftigt waren, die geringfügigsten Sachen zu retten, hatte das Feuer das Schlafzimmer der alten Dame ergriffen, die, vom Rauch halb erstickt, um Hülfe schrie, ohne daß jemand den gefährlichen Versuch wagen wollte, sie den immer näher zückenden Flammen zu entreißen.

In dieser äußersten Not kam plötzlich ein keuchender Jüngling herbeigerannt, der sich mit Armen und Beinen durch das Gedräng Platz machte, und, in ein um sich her geschlagenes nasses Tuch gehüllt, sich in den brennenden Flügel des Schlosses stürzte. Es war kein andrer als der bescheidene schüchterne Hulderich, der aber bei Gelegenheiten, wo die meisten Herz und Kopf verlieren, die Besonnenheit und den Mut eines Helden zeigte. Jedermann schrie ihm zu, daß er verloren sei, und sein alter Vater, der mit Gewalt zurückgehalten werden mußte, ihm nicht zu folgen, rang die Hände in trostlosem Jammer, – als Hulderich, mit der alten ohnmächtigen Dame im Arm, so unbeschädigt aus dem Feuer zurück kam, daß auch nicht ein Haar an seinem lockichten Haupte versengt war. Im nämlichen Augenblick erlosch das Feuer auf Einmal von sich selber, wiewohl zu spät als daß, außer den Schloßbewohnern, etwas anders als die dicken steinernen Mauern und einige angebrannte Balken von der ganzen Burg übrig geblieben wäre.

Die gerettete und gleichfalls völlig unversehrte Dame wurde sogleich in die benachbarte Pachterswohnung getragen, wo Rosalie mit ihren Kammerleuten und Hulderich mit seinem Vater geschäftig waren, sie zu sich selbst zu bringen, zu pflegen und zu trösten so viel in ihrem Vermögen war. Das letztere gelang ihnen um so leichter, da die alte Dame, gegen alles Erwarten, eine Standhaftigkeit und Ergebung zeigte, die den Anwesenden eben so viel Ehrfurcht als Mitleid einflößte. Sobald sie wieder zu sich selbst kam, war ihre erste Frage: „Wo ist Alberich?“ – „Vermutlich bei gutem Wohlsein“, sagte einer der Hausbedienten; „sobald er Feuer rufen hörte, warf er sich in seine Kleider, eilte in den Stall, sattelte seinen Gaul eigenhändig, und sprengte in vollem Galopp zum Tor hinaus.“ – „Ohne sich um uns zu kümmern?“ rief die Dame. – „Um Verzeihung“, sagte ein anderer; „er empfahl uns als er fortritt sehr nachdrücklich, uns unsrer Gebieterinnen anzunehmen.“

„Und wem bin ich denn meine Rettung schuldig?“ –

„Hulderich“, sagte Rosalie errötend und mit Tränen im Auge, „Hulderich wagte sein Leben für Sie.“

Die alte Dame schlug die Augen starr zum Himmel auf, und schien auf einige Augenblicke Bewegung und Sprache verloren zu haben; sie faßte sich aber bald wieder, um sich mit sichtbarer Rührung nach ihrem Retter umzusehen, der sich in einer Ecke des Zimmers hinter andere verborgen hielt, und von den Lobsprüchen und Danksagungen, die ihm seine Tat von allen Seiten zuzog, eher beschämt und gekränkt als geschmeichelt schien.

Hulderichs Vater entfernte itzt, außer Rosalien und seinem Sohn, alle übrigen aus dem Gemach, warf sich dann der Frau von Eschenbach zu Füßen, und bat sie, mit einer Herzlichkeit welche Rosalien bis zu Tränen rührte, von diesem Augenblick an alles was er besitze als Ihr Eigentum anzusehen. „Meine Voreltern und ich selbst“, sagte er, „haben das meiste im Dienst Ihrer guten Vorfahren erworben; Ihnen sind wir alles schuldig, und ich fühle mich glücklich, daß ich itzt im Stande bin, einen Teil unsrer alten Schuld abzutragen.“ –

Innig gerührt von der Biederherzigkeit des wackern Alten, und von so mancherlei unerwarteten Ereignissen gepreßt, beantworteten Frau von Eschenbach und ihre Nichte dieses Anerbieten, wie man von edeln Seelen erwarten kann, die von keiner falschen, zur Unzeit stolzen Scham verhindert werden, die natürliche Gleichheit zu erkennen, die zwischen edelgesinnten Menschen alle Ungleichheit der Geburt und des Standes verschwinden macht, aber unfähig sind von einem allzu großmütigen Anerbieten Gebrauch zu machen, und ihre Bedürfnisse nach ihren Umständen zu regeln wissen.

Inzwischen fühlten sich beide Damen von dem, was sie Hulderichen schuldig waren, noch unendlich mal mehr gerührt und beklemmt, als von dem edeln Benehmen seines Vaters. Seiner Entschlossenheit, seiner Selbstaufopferung hatte die Tante ihr Leben, Rosalie die Erhaltung ihrer zweiten Mutter zu danken. Womit konnten sie ihm eine solche Wohltat vergelten? Es war unmöglich, aber gleich unmöglich unter der Bürde einer solchen Verbindlichkeit zu leben. Beide sprachen öfters hierüber mit einander, ohne zu einem Ausweg gelangen zu können.

„Hulderich", sagte die Base einst zur Nichte, „scheint etwas für dich zu empfinden, das er in seinem innersten Herzen verschlossen trägt."

„Fast glaube ich es selbst, liebe Mutter", erwiderte Rosalie.

„Wenn er von Geburt wäre" – murmelte die Alte in sich hinein, als ob sie sich nicht getraute ihren Gedanken ganz auszusprechen.

„Er ist zu einem Menschen geboren wie es nicht viele geben mag", sagte Rosalie – „Aber – auch ohne den Umstand worauf Sie zielen, wie könnt ich ihn belohnen, ich die alles verloren hat? – Wenn ich noch wäre was ich war – vielleicht – doch wozu diese Reden? Es ist nicht daran zu denken."

Und dennoch dachte sie oft genug daran, und konnte sich selbst nicht verbergen, daß Hulderich ihr alle Tage liebenswürdiger vorkam. ‚Was ich nicht begreife', sagte sie zu sich selbst, ‚ist, wie ein so verächtlicher Mensch als Alberich mir jemals die Augen verblenden konnte.'

Der arme Hulderich dachte noch öfter an das, woran Rosalie nicht denken wollte, wiewohl er sein möglichstes tat, um sich solche Gedanken aus dem Sinn zu schlagen. Denn seitdem er Tag und Nacht von ihnen angefochten wurde, wagte er es immer weniger, die Augen zu Rosalien aufzuschlagen. Sie kam ihm alle Tage liebreizender vor, und er hätte nicht viel Geld dafür genommen, daß sie eine einzige Pockennarbe weniger gehabt hätte. Sie so wie sie war *sein* nennen zu können, war das höchste Glück so er sich denken konnte. Aber sich einzubilden, daß es ihm jemals erreichbar sein könne, würde ihn nur unglücklicher gemacht haben, und er war es schon so sehr, daß, wie viel Müh er sich auch gab heiter und ruhig auszusehen, ihm doch jedermann ansah, daß ein geheimer Wurm an seinem Herzen nagte.

Es war Zeit, daß die Dame mit dem goldnen Krönchen auf dem Kopfe sich entschloß, einen Knoten, den sie selbst hatte verwickeln helfen, wieder aufzulösen oder – zu zerhauen.

Eines Abends, da Rosalie, die alte Tante, Hulderich und sein

Vater, in stummer Teilnehmung an einander, nachsinnend und traurig beisammen saßen, trat sie plötzlich, ihr schwarzes Stäbchen in der Hand, mitten unter sie und sprach: „Wenn ich jedes unter euch mit diesem Stäbchen berühren und dadurch nötigen wollte, eures Herzens Gedanken laut zu denken, so würde die Last, die euch drückt, flugs zu Boden sinken. Aber, um euch eine kleine Schamröte zu ersparen, nehme ich die Sache auf mich selbst. Hulderich liebt Rosalien, wie nur wenige lieben können, und hat sie um ihre Pflegemutter wohl verdient. Er liebt Sie selbst, nicht ihr Vermögen, das sie verloren hat, nicht die Lilien und Rosen ihres Gesichts, welche verschwunden sind. Ich habe ihr beides geraubt; es ist billig, indem ich sie, nach dem verschwiegenen Wunsch ihres Herzens, Hulderichen zur Belohnung gebe, daß ich ihr zugleich wiedergebe was sie durch mich verlor. Das Handelshaus, dem ihr Vermögen anvertraut war, ist nicht gefallen; das alte Schloß, das ich selbst in den Brand steckte, ist neu, und schöner als es war, wiederaufgebaut; und es soll bloß auf Hulderichen ankommen, wie viel Pockengruben seine Braut zum Andenken ihres Abenteuers behalten soll."

Das Fräulein warf einen bittenden Blick auf Hulderich, und die Fee las in seinen Augen, daß er, Rosalien zulieb, sich an einer einzigen genügen lassen wollte.

„Wir Feen (fuhr die Feenkönigin fort) sind, wie bekannt, sonst keine Freundinnen von Mißheuraten, und sorgen immer dafür, daß die Königstöchter, die sich in Hirtenknaben, oder die Prinzen, die sich in Gänsemädchen und Ascheprödeln verlieben, am Ende ihresgleichen in ihnen finden. Aber keine Regel ohne Ausnahme. Indessen urkunde ich hiemit zum Trost der guten Tante, daß Hulderich in gerader Linie von Vercingetorix, einem uralten Fürsten der Gallier abstammt, dessen Abkömmlinge, was bei so vielen hochstämmigen Geschlechtern schon der Fall war, mit der Länge der Zeit in Dunkelheit herabgesunken sind. Die Sorge einander glücklich zu machen und es selbst dadurch zu sein, wird nun künftig euer eigen Werk bleiben. Ich habe getan was einer guten Fee zukommt, tut nun das Eurige!" – Und das tun auch Sie, meine gnädigen Damen und Herren, und – zischen mein Märchen ohne Schonung aus, wenn es Ihnen lange Weile gemacht haben sollte.

Die Gesellschaft war zu höflich, die liebenswürdige Erzählerin beim Worte zu nehmen. Im Gegenteil, es wurde ihr viel Schönes sowohl über ihre Art zu erzählen, als über das Märchen selbst gesagt.

„Was das letztere betrifft", sagte Amanda, „so muß ich gestehen, daß mein Verdienst dabei sehr gering ist, weil nur das wenigste, und gerade das Alltäglichste darin, mir selbst angehört."

„So viel mich meine ziemlich starke Belesenheit in diesem Fache belehrt hat", sagte der junge Herr von P., „dürfte dies wohl von den meisten Erzählungen und Märchen behauptet, und im Notfall leicht nachgewiesen werden können. Aber diesmal läßt mich mein Gedächtnis im Stich. Darf man fragen, wie die Quelle heißt, aus welcher Sie geschöpft haben?"

„Ein Traum."

„Ein Traum! – der Ihnen selbst geträumt hat?" rief Rosalinde.

„Der mir selbst, an einem schönen Morgen, vor nicht langer Zeit geträumt hat. Anfang und Ende hing wohl nicht ganz so alltäglich darin zusammen, wie in meiner Erzählung: aber alles, was in dieser Feerei ist, schöpfte ich aus meinem Traume, und setzte das übrige bloß hinzu, um ihm die Gestalt einer Sache zu geben, die sich auch außerhalb der Feenwelt hätte zutragen können, insofern als etwas ausgemachtes angenommen wird, daß höhere Mächte sich in die Leitung der menschlichen Angelegenheiten mischen."

„Die Feen haben Sie mit einer beneidenswürdigen Gabe beschenkt, liebe Amanda", sagte Rosalinde, „wenn solche Träume etwas gewöhnliches bei Ihnen sind."

„Gewöhnlich nun eben nicht", erwiderte jene, „aber doch auch nicht so selten, daß nicht eine ganz artige Sammlung heraus käme, wenn ich aus jedem, der sich dazu schickte, ein eigenes Märchen machen wollte."

„Eben dies (sagte Herr M. der Philosoph) beweiset den natürlichen Beruf, den Fräulein Amanda zum Märchendichten hat. Das Märchen ist eine Begebenheit aus dem Reich der Phantasie, der Traumwelt, dem Feenland, mit Menschen und Ereignissen aus der wirklichen verwebt, und mitten durch Hindernisse und Irrwege aller Art von feindselig entgegen wirkenden oder freundlich befördernden unsichtbaren Mächten zu einem unverhofften Ausgang geleitet. Je mehr ein Märchen von der Art und dem Gang eines lebhaften, gaukelnden, sich in sich selbst verschlingenden, rätselhaften, aber immer die leise Ahnung eines geheimen Sinnes erweckenden Traumes in sich hat, je seltsamer in ihm Wirkungen und Ursachen, Zwecke und Mittel gegen einander zu rennen scheinen, desto vollkommener ist, in meinen Augen wenigstens, das Märchen.“ „Vorausgesetzt“, sagte Nadine, „daß, bei allem dem, so viel Wahrheit darin sei, als nötig ist, wenn die Einbildung getäuscht, das Herz ins Spiel gezogen, und der Verstand sanft eingeschläfert werden soll.“

„Eine Forderung“, versetzte Herr M., „die wir zu allen Gattungen von Dichterei mitzubringen berechtigt sind, und dem Märchendichter um so weniger erlassen können, da er auch hierin gewissermaßen den Traum zum Muster zu nehmen hat. Denn wie widersinnisch, unbegreiflich, ja unmöglich die Erscheinungen, die ein Traum darstellt, immerhin sein mögen, dem Träumenden kommen sie natürlich, begreiflich und glaublich vor. Der Dichter ahmt also, nach seiner Weise, dem Traum nach, indem er nicht nur durch die zuversichtliche unbefangene Treuherzigkeit, womit er die unglaublichsten Dinge als geschehen erzählt, den Verstand des Zuhörers, wie sich Fräulein Nadine sehr glücklich ausdruckte, einschläfert, sondern wirklich das Natürliche mit dem Unnatürlichen so fein und künstlich zu verweben weiß, daß man letzteres gleichsam unter dem Schutz des erstern unangefochten durchschlüpfen läßt. Wie sollte auch das Märchen diesen Schutz entbehren können, da es seiner Natur nach immer an der Grenze des Ungereimten schwebt?“

Die sämtlichen Glieder der erzählenden Innung dankten dem Philosophen lachend für das Kompliment im Namen der ganzen Brüderschaft, und so begab sich die Gesellschaft, unter mancherlei Scherzen und freundlichen Neckereien, mit gewohnter Fröhlichkeit zur Ruhe.

Herr M., dem das Los die Unterhaltung der Gesellschaft am vierten Abend aufgetragen hatte, erklärte sich in einem kleinen Prolog: da er weder ein Geistermärchen, noch ein Milesisches Märchen, noch irgend eine andre Gattung von aufstellbaren Märchen in seinem Vermögen hätte, so würden die Damen und Herren mit einer kleinen Novelle vorlieb nehmen müssen, die er ehmals in einem alten wenig bekannten Spanischen Buche gelesen zu haben vorgab. Bei einer Novelle, sagte er, werde vorausgesetzt, daß sie sich weder im Dschinnistan der Perser, noch im Arkadien der Gräfin Pembroke, noch im Thessalien der Fräulein von Lussan, noch im *Pays du Tendre* der Verfasserin der Clelia, noch in einem andern idealischen oder utopischen Lande, sondern in unserer wirklichen Welt begeben habe, wo alles natürlich und begreiflich zugeht, und die Begebenheiten zwar nicht alltäglich sind, aber sich doch, unter denselben Umständen, alle Tage allenthalben zutragen könnten. Es sei also von einer Novelle nicht zu erwarten, daß sie (wenn auch alles übrige gleich wäre) den Zuhörern eben denselben Grad von Anmutung und Vergnügen gewähren könnte, den man aus glücklich gefundenen oder sinnreich erfundenen und lebhaft erzählten Märchen zu schöpfen pflege. „Von der meinigen (setzte er hinzu) bitte ich Sie, sich sehr wenig zu versprechen. Sie und ich werden uns beiderseits desto besser dabei befinden; ich, weil ich mir dann Hoffnung machen kann, Ihre Erwartung vielleicht zu übertreffen; Sie, weil Sie sich nur zu Ihrem Vergnügen getäuscht finden können. Übrigens muß ich noch sagen, daß meine Novelle sich von allen andern, so viel ich weiß, dadurch unterscheidet, daß sie keinen Titel hat. Ich habe mir alle Mühe gegeben diesen Mangel aus meinem eignen Kopfe zu ersetzen, konnte aber keinen finden, gegen den ich nicht eine Einwendung hatte, die ihn verwerflich machte. Sie mag also, weil doch jedes Ding einen Namen haben muß (haben doch so viele Undinge einen!) und weil es in diesem Stück das erste in seiner Art ist, mit Ihrer Erlaubnis, die Novelle ohne Titel betitelt werden."

Und hiemit begann Herr M. seine Erzählung folgendermaßen.

DIE NOVELLE OHNE TITEL

Die Familie Moscoso von Altariva, eine der ältesten und angesehensten in Galicien, war auf den gewöhnlichen Wegen, worauf große Häuser mit der Zeit in Verfall zu geraten pflegen, nach und nach so weit herabgekommen, daß die reichen aber abgenützten Gerätschaften einer alten, den Einsturz drohenden Burg, nebst der Herrlichkeit über ein paar kleine Weiler, und ein sechs Ellen langer Stammbaum, beinahe alles waren, was Don Lope Moscoso, Graf von Altariva, der letzte Sprößling des ältern Zweiges der Familie, vom Glanz seiner Vorfahren übrig behalten hatte. Fern vom Hofe, und sogar in der Hauptstadt seiner Provinz selten gesehen, lebte er mit seiner Gemahlin Donna Pelaja in einer beinahe einsiedlerischen Abgeschiedenheit von der Welt, einzig mit der Erziehung eines Sohns und einer Tochter beschäftigt, welche, in der nämlichen Stunde geboren, eine so große Ähnlichkeit der Gestalt und Gesichtsbildung mit auf die Welt brachten, daß es, in der Folge, den Eltern selbst nur durch die verschiedene Kleidung des Geschlechts möglich war, sie von einander zu unterscheiden.

Durch einen Glücksfall, der, wiewohl nicht ohne Beispiel, doch in Romanen und Komödien häufiger als in der wirklichen Welt vorzukommen pflegt, kehrte Don Jago, der einzige Vatersbruder des Don Lope, nach einer vieljährigen Abwesenheit, mit einem in West-Indien erworbenen unermeßlichen Vermögen aus Mexico zurück, mit dem Vorsatz, dasselbe, da er ohne Leibeserben war, zu Wiederherstellung des alten Glanzes seines Hauses anzuwenden. Er kaufte alle nach und nach veräußerten Güter wieder zusammen, baute das Schloß Altariva von Grund aus größer und schöner auf als es je gewesen war, und, wie er sein Ende herannahen sah, machte er ein Testament, worin er seinen Brudersssohn und nach dessen Tode den jungen Manuel Moscoso, seinen Großneffen, zum einzigen Erben seines ganzen Vermögens einsetzte; jedoch mit der ausdrücklichen Bedingung, daß, wofern Dieser ohne Leibeserben abginge, dessen Schwester Galora mit einer beträchtlichen Summe abgefunden, die Stammgüter aber und alles übrige dem nächsten Seiten-Verwandten zufallen sollten; einem jungen wenig bemittelten Hidalgo, Don Antonio Moscoso genannt, der damals zu Ferrol als Fähndrich in des Königs Dienste stand, und sich wenig Hoffnung auf Don Jagos Erbschaft zu machen hatte, da das frische Wachstum und die blühende Gesundheit des jungen Don Manuel einen so dauerhaften und kräftigen Stammhalter versprach, als Vater und Oheim sich nur wünschen konnten.

Wie unangenehm auch diese Verfügung zugunsten des Seiten-Erben dem Don Lope und seiner Gemahlin war, so mußten sie sich doch darein ergeben; denn Don Jago hatte rechtsgültige Abschriften seines letzten Willens sowohl in der königlichen als erzbischöflichen Kanzlei niedergelegt, und alles war darin so klar, daß der ausgelernteste Rabulist nichts dagegen hätte aufbringen können. Indessen machte, wie gesagt, die starke und gesunde Leibesbeschaffenheit ihres Sohnes sie von dieser Seite so sicher, daß ihnen der Fall, wo das Testament zum Nachteil ihrer Tochter Platz greifen könnte, gar nicht unter die denkbaren Dinge zu gehören schien.

Allein in den Sternen war es anders geschrieben. Bald nach dem Ableben des Oheims wurden beide Zwillinge zu gleicher Zeit mit den Pocken befallen, einer Krankheit gegen welche die damalige Heilkunst so wenig vermochte, daß sie der Natur und dem Zufall alles überlassen mußte. Das Fieber war von der bösartigsten Beschaffenheit. Die Eltern zitterten für beider Kinder Leben; wofern aber ja eines von beiden das Opfer sein müßte, so vereinigten sich ihre heißesten Wünsche für die Erhaltung ihres Sohnes, und wie lieb ihnen auch die kleine Galora war, so waren sie doch bereit, mit ihrem Leben das seinige zu erkaufen.

Ihre Gelübde wurden nicht erhört. Don Manuel starb, und Galora blieb am Leben.

In den Augenblicken, da die Waage der Entscheidung noch über ihnen schwebte, gab die Verzweiflung der trostlosen Mutter einen Gedanken ein, wie wenigstens dem Vorbehalt des Testaments (einem Übel, das dem Verlust ihres Sohnes von ihnen gleich geschätzt wurde) ausgewichen werden könnte. Sie eröffnete das Mittel, worauf sie in der Angst ihres Herzens plötzlich verfallen war, ihrem Gemahl; der Fall war dringend, und sie hatten keine Zeit, weder der Rechtmäßigkeit noch den Folgen eines so außerordentlichen Schrittes nachzudenken. Es war nichts geringeres, als die junge Galora dem sterbenden Bruder unvermerkt zu unterschieben, und (außer den wenigen Personen, welche das Geheimnis notwendig wissen und gewonnen werden mußten, es ewig in ihrem Busen zu verschließen) aller Welt glauben zu machen, daß Galora gestorben, Don Manuel hingegen ihren Gelübden zu dem heiligen Jago von Compostell wiedergegeben worden sei.

Don Lope nahm diesen Gedanken seiner Gemahlin als eine Eingebung ihres guten Engels auf, und er wurde sogleich mit der größten Besonnenheit und Vorsicht ausgeführt. Don Manuel ward, unter dem Namen Galora, in die Familiengruft gesenkt; Galora hingegen erhielt, unter dem Namen Don Manuel, ihre Gesundheit wieder, und wurde, als der künftige Erbe und Stammhalter so erzogen, wie das Geschlecht, zu welchem sie von nun an gerechnet werden sollte, es erforderte.

Zu ihrem Glück oder Unglück (welchem von beiden, wird der Erfolg entscheiden) hatte die Natur ihr alle Anlagen gegeben, die zu Beglaubigung dieses Betrugs am meisten beitragen konnten. Sie war von einer derben Leibesbeschaffenheit, stark von Knochen und Muskeln, und mehr lang als mittlerer Größe. In ihren Augen hatte sie etwas wildes und trotziges, in ihren Gebärden und Bewegungen etwas rasches, heftiges und grazienloses. Ihre Stimme war tief und unsanft, und ihr Busen wurde nicht zum Verräter an ihr, als sie das Alter erreichte, wo er bei ihresgleichen sich nicht immer verheimlichen lassen will. Sie liebte alle starken Leibesübungen, ritt und focht mit allen Rittern der drei Orden Spaniens in die Wette, und trieb die Jagd mit Leidenschaft. Diese Übungen machten dann auch den wesentlichsten Teil ihrer Erziehung aus; und da sie wenig Neigung zu Beschäftigungen zeigte, welche einige Anstrengung des Kopfs und eine ruhige Leibesstellung erheischen: so wurde sie von dieser Seite um so mehr vernachlässigt, da man es der Klugheit gemäß fand, den verkappten Don Manuel, soviel möglich, nur mit solchen Personen zu umgeben, deren ungebildeter Verstand und gänzliche Abhänglichkeit von ihm sie zu Bemerkungen von einer feinern und daher gefährlichen Art unfähig machte. Übrigens konnte Galora beinahe für einen schönen Mann gelten; sie hatte was man eine vornehme Gesichtsbildung nennt, und war bei Gelegenheiten, wo ihr Stolz aufgefodert wurde, edler und großmütiger Handlungen fähig.

Außer der verkleideten Galora selbst, welche natürlicher

Weise in ihrer neuen Art zu sein sorgfältig unterrichtet werden mußte, wußte niemand um das Geheimnis als eine der Donna Pelaja gänzlich ergebene Duenna, die Tochter dieser Frau, und ein alter Kammerdiener von bewährter Treue und Klugheit. Zu mehrerer Sicherheit hatte man so große Vorteile an die Verschwiegenheit dieser drei Personen gebunden, daß sie nicht mehr Tugend dazu nötig hatten, als ein angesessener und wohlhabender Mann braucht, um kein Straßenräuber zu sein.

Galora spielte sich nach und nach so gut in ihre Mannsrolle ein, daß sie in ihrem einundzwanzigsten Jahr ihres wirklichen Geschlechts sich kaum noch mehr bewußt war. Die große Behutsamkeit, an welche sie sich hatte gewöhnen müssen, und die sie freilich keinen Augenblick vergessen durfte, war beinahe das einzige, was sie erinnerte daß sie nur eine Maske sei.

Ungefähr um diese Zeit gelangte Galora durch den Tod ihrer Eltern zum Besitz des ganzen Vermögens, welches Don Jago seinem Neffen Manuel hinterlassen hatte; und da dieser Umstand eine Reise nach der Hauptstadt notwendig machte und sie überhaupt mit Personen aus höhern Klassen, als woraus ihre gewöhnliche Gesellschaft bisher bestanden, in mancherlei Verhältnisse setzte: so mußte sie bald gewahr werden, wie viel ihr fehle, um unter Männern von Stand und Erziehung eine anständige Figur zu machen. Nachdem sie mit ihrem Vertrauten, dem alten Kammerdiener, zu Rate gegangen, wurde für das Schicklichste gehalten, wenn der junge Graf sich irgend einen unbegüterten Sennor Cavallero, der ein Mann von Erziehung, Lebensart und Weltkenntnis wäre, als eine Art von Mentor, oder (weil der junge Herr von nichts was einem Hofmeister ähnlich sah wissen wollte) unter dem Titel eines Gesellschafts-Kavaliers zu sich nähme, aus dessen Umgang er nach und nach alle die kleinen, aber unentbehrlichen Kenntnisse schöpfen könnte, deren gänzlicher Mangel an einer Person seines Standes zu auffallend war, um nicht die öffentliche Aufmerksamkeit zu seinem Nachteil rege zu machen; etwas, wovor der verkappte Graf sich mehr als irgend ein anderer zu hüten hatte.

Zufälliger Weise war um diese Zeit das Regiment, bei welchem der vorhin erwähnte Don Antonio Moscoso angestellt war, abgedankt worden. Dieser sah sich dadurch in eine so gedrängte Lage versetzt, daß er alle seine Freunde aufforderte, ihm zu irgend einem anständigen Unterkommen zu verhelfen; und so geschah es dann, durch eine Verkettung kleiner Umstände, wie in solchen Fällen gewöhnlich ist, daß besagter Don Antonio (den wir bereits als den substituierten Erben des alten Oheims kennen) zum Posten eines Gesellschafters des vorgeblichen Don Manuels vorgeschlagen wurde.

Don Antonio besaß alle Eigenschaften, die man zu dieser Stelle erfoderte, und noch eine mehr, die in der Tat zu viel war, aber doch kein hinlänglicher Grund zu sein schien, sich eines sonst so anständigen Subjekts zu berauben; diese war, daß er, ohne Übertreibung, für den schönsten Mann in ganz Galicien, Asturien und Biscaya gelten konnte. Er wurde also, dieses Fehlers ungeachtet, unter dem Namen Don Alonso Noya im Schlosse von Altariva eingeführt; ein Name, den er angenommen hatte, weil er die Verheimlichung seines Geschlechtsnamens und des Verhältnisses, worin er vermöge desselben mit dem Grafen Don Manuel stand, unter den gegenwärtigen Umständen für etwas unumgängliches hielt, denn daß er, dem Testament zufolge, schon wirklicher Herr von Altariva sei, war etwas, wovon er sich eben so wenig träumen ließ als daß er Ansprüche an das Kaisertum im Monde habe. Im Gegenteil, da er nicht zweifeln konnte, daß Don Manuel sich vermählen und an ehlichen Leibeserben keinen Mangel haben würde, schlug er sich alle Gedanken an die Möglichkeit, daß der Fall, den das Testament vorhergesehen, zu seinen Gunsten sich ereignen könnte, gänzlich aus dem Sinn, und war bloß darauf bedacht, seinen neuen Patron kennen und behandeln zu lernen, und da er wenig Hoffnung sah, ihm von sonderlichem Nutzen zu sein, sich ihm – soviel ohne allzugroße Aufopferung seiner eigenen Art zu leben möglich war – angenehm zu machen.

Das letztere glückte ihm so gut, daß er kaum einige Wochen unter die Hausgenossen von Altariva gezählt wurde, als die Duenna, die bei dem Grafen in besondern Gnaden stand, bereits gegen den alten Kammerdiener die Bemerkung machte, daß Don Alonso auf dem Wege sei erklärter Günstling zu werden, und, wofern sie nicht auf ihrer Hut wären, sie unvermerkt auf die Seite drängen würde. In der Tat schien Don Manuel täglich mehr Gefallen an ihm zu finden; Alonso mußte ihn auf allen seinen Spazierritten, auf der Jagd, und überall wie sein Schatten begleiten; nichts wurde ohne seine Beistimmung vorgenommen, alles ging zuletzt durch seine Hände, kurz er war des Grafen Auge, Ohr und rechte Hand, und verwunderte sich öfters selbst darüber, da er sich eben keine große Mühe gab, sich bei ihm in Gunst zu setzen oder die wenige Übereinstimmung ihrer Neigungen zu verbergen, welche täglich mehr zum Vorschein kam, und zu manchen kleinen Wortwechseln und Verkältungen Anlaß gab, wobei Don Manuel, seiner leicht aufbrausenden Hitze ungeachtet, den Frieden immer zuerst anbieten mußte. Wirklich war es der Graf, der zu jedermanns Verwunderung, seinem Günstling zu gefallen, sich selbst Gewalt zu tun anfing. Er ging seltner auf die Jagd, seitdem Alonso sich hatte merken lassen, daß er an diesem barbarischen Vergnügen (wie ers nannte) keinen Gefallen finde. Er lernte die Guitarre spielen, um die Romanzen begleiten zu können, deren Don Alonso eine große Menge sehr schön zu singen wußte; ja es ging endlich so weit, daß er alle Tage eine mühselige Stunde dazu verwendete sich im Lesen zu üben, und es wirklich in kurzer Zeit so weit brachte, daß er in einer großen Folio-Ausgabe des Amadis aus Gallien ziemlich fertig buchstabieren konnte.

Alle diese und tausend andere nicht so stark in die Augen fallende, aber im Grunde noch weniger erklärbare Veränderungen, die sich an Don Manuel zeigten, würden den schönen Alonso vermutlich in einige Verlegenheit gesetzt haben, wenn sie ihm aufgefallen wären, und würden ihm ohne Zweifel aufgefallen sein, wenn nicht ein andrer Gegenstand im Schlosse zu Altariva sich unvermerkt seiner Aufmerksamkeit und seines Herzens bemeistert hätte.

Eine Schwestertochter der Gräfin Pelaja war ihr, einige Zeit vor ihrem Tode, von ihrer sterbenden Schwester (der Witwe des Corregidors eines kleinen Städtchens in Biscaya) vermacht worden, um sie vollends zu erziehen, und, da der Mangel an Vermögen ihr keine fröhlichere Aussicht ließ, sie je bälder je lieber in einem Kloster zu versorgen. Donna Rosa (so nannte sich die junge Person, die sich der Freigebigkeit des Glücks so wenig zu rühmen hatte) war dafür von der guten Mutter Natur mit der reizendsten Graziengestalt, und einem Paar so schwarzen feuervollen Augen, so schönen Händen und Armen, und einem so lieblichen Busen begabt worden, als man je an einer Biscayerin gesehen hatte. Mit einer solchen Ausstattung fühlt ein junges Mädchen gewöhnlich keinen sehr entschiednen Beruf zum Nonnenschleier. Donna Pelaja wenigstens war dieser Meinung, und konnte sich so lange nicht entschließen ihre arme Nichte auf immer von sich zu verbannen, bis ihr, vom Tod übereilt, nichts anders übrig blieb, als sie sterbend der Fürsorge ihres vorgeblichen Sohnes Don Manuel zu empfehlen. Donna Rosa war also, da ihre Reise ins Kloster von einer Zeit zur andern aufgeschoben wurde, bisher immer im Schlosse zu Altariva geblieben, wo ihr als der nächsten Anverwandtin des Grafen mit größter Achtung begegnet wurde; zumal da dieser, vermutlich um den Vorwurf eines unerklärbaren Kaltsinns gegen das schöne Geschlecht von sich abzulehnen, bis um die Zeit, da Alonso alles bei ihm zu gelten anfing, sich in eine Art von Verhältnis gegen sie gesetzt hatte, welches sich (wie jedermann und Donna Rosa selbst zu glauben schien) über kurz oder lang für eine entschiedene Leidenschaft erklären mußte.

Der schöne Alonso, der so vieles in diesem Hause veränderte, gab auch diesem Verhältnis in kurzem eine ganz andere Gestalt. Don Manuel wurde täglich kälter gegen seine Base, und Donna Rosa zusehends wärmer gegen Don Alonso; wenigstens hätte dieser sich ohne Albernheit schmeicheln können, nicht abgewiesen zu werden, wofern seine Umstände es ihm nicht zur Pflicht gemacht hätten, die Leidenschaft, die sie ihm auf den ersten Anblick eingeflößt, in seinem Innersten zu verschließen.

Die Wahrheit zu sagen, so hatte Donna Rosa, ohne für den Grafen das zu fühlen was man, im eigentlichen Sinne des Worts, Liebe nennt, sich sehr klar und lebhaft vorgestellt, daß es ohne Vergleichung angenehmer sein müßte, Gräfin Altariva zu werden, als in einem melancholischen Nonnenzwinger aus Liebe zu einem himmlischen Bräutigam ihren Leib zu kasteien und Psalter zu singen. So lange sie sich daher Hoffnung machte, daß Don Manuel eine Absicht auf sie habe, würde der schöne Ritter Don Galaor selbst nicht schön genug gewesen sein, sie zu einer Untreue an – ihrem eigenen Vorteil zu verleiten. Aber von dem Augenblick an, da sie an seiner Gleichgültigkeit gegen sie nicht länger zweifeln konnte, fand sie keinen Grund mehr dem Hang ihres Herzens zu widerstehen, und Alonso hätte blinder als Amor selbst sein müssen, wenn er nicht in ihren großen Gazellenaugen gelesen hätte, was sie ihm (vermutlich aus der nämlichen Ursache, die ihn selbst zum Schweigen verurteilte) auf jede andre Weise sorgfältig zu verbergen suchte.

Indessen schien ihr das Benehmen des Grafen Manuel täglich unbegreiflicher. Sie beobachtete ihn daher immer schärfer, und die Sache wurde ihr um so verdächtiger, da sie zu bemerken glaubte, daß sie selbst von dem Grafen eben so scharf und argwöhnisch beobachtet werde. Eine Nebenbuhlerin wittert die andre, wenn ich so sagen darf, durch eine siebenfache Verkleidung, und Don Manuel verriet sein Geheimnis unwissender Weise alle Augenblicke. Er heftete bald so zärtliche, bald so finstre und feindselige Blicke auf den schönen Alonso! – seine Stimme wurde zuweilen so ungewöhnlich sanft – oft war es als ob irgend etwas Unnennbares in seinem Busen arbeite – Donna Rosa hatte sogar einsmals ein Paar mit Mühe zurückgehaltne Tränen in seinen trübfunkelnden Augen schwimmen sehen. ‚Ganz gewiß', sagte sie zu sich selbst, ‚hierunter liegt ein seltsames Geheimnis – Don Manuel ist ein – Mädchen!' – Und von dem Augenblick an ruhte die schöne Biscayerin nicht, bis sie ihr Gewissen von aller Gefahr, ihm unrecht zu tun, gänzlich erleichtert hatte.

Welch eine Entdeckung! Aber wo den Schlüssel zu diesem Rätsel hernehmen? – War Alonso in das Geheimnis verwickelt? – Sie verdoppelte ihre Aufmerksamkeit und glaubte augenscheinlich zu sehen, daß die Leidenschaft des verkappten Don Manuels einseitig, und Alonso nicht weniger darüber betroffen sei als sie selbst. Was sollte sie auch, wenn sie einverstanden waren, bewogen haben, eine so widersinnische Rolle zusammen zu spielen? Die Unmöglichkeit, sich Licht hierüber zu verschaffen, wurde ihr täglich peinlicher; denn im Schloß war niemand, dem sie sich hätte vertrauen dürfen. Wie gern hätte sie ihre Entdeckungen dem Alonso mitgeteilt! Aber, wofern ihm (wie alles sie glauben machte) Don Manuels wahres Geschlecht noch unbekannt war, wär es nicht unvorsichtig von ihr gewesen, ihm eine Nebenbuhlerin zu entdecken? Wie sehr ihr auch die Eigenliebe dafür gut sagte, daß sie von den stieren Junonsaugen und der Adlernase des unechten Don Manuels nichts zu besorgen habe, so glaubte sie doch immer wieder eine andre Stimme in ihrem Busen zu hören, die ihr zuflüsterte, daß der Eitelkeit und den Launen der Männer nicht zu trauen sei. Genug, sie wagte es nicht zu reden, und wußte doch auch nicht, wie sie ein Geheimnis länger zurückhalten sollte, das ihr zuweilen die Brust zu zersprengen drohte.

Alonsos Lage zwischen Don Manuel und Donna Rosa war nicht viel weniger peinlich. Was wollte ihm jener? Wie sollte er sich das widersinnische, leidenschaftliche Betragen des Grafen erklären? ‚Aber du', sagte er zu sich selbst, ‚was willst Du? Was soll aus deiner Liebe zu Donna Rosa werden? Wenn du auch, wie es scheint, wieder geliebt wirst, was bleibt uns zuletzt, als Dir eine Karmeliterkutte, und Ihr der Schleier?'

Indessen war die Lage der armen Galora, die mit Amors giftigstem Pfeil im Busen noch immer den Don Manuel spielen mußte, bei weitem die peinvollste. Heftig in allen ihren Neigungen, gewohnt immer ihren Willen zu haben, stolz und trotzig bei jedem Widerstand, mußte sie jetzt beidem, ihrem angebornen und ihrem angenommenen Charakter, eine Gewalt antun lernen, wozu sie, sobald sie sich mit Don Alonso allein sah, keine Kraft in sich fühlte. Wie oft hätte sie sich in eine Löwin verwandeln mögen, um den Menschen in Stücken zu zerreißen, der sie eine in ihren eigenen Augen so schmähliche Rolle zu spielen nötigte! Oft verwünschte sie die Stunde, da ihre Eltern aus unverständiger Liebe ihr diese unnatürliche Rolle aufgezwungen. Was für einen Ausgang konnten sie davon erwarten?

‚Aber steht es denn nicht bloß bei dir', sagte sie sich endlich selbst, ‚diese verhaßten Kleider, und mit ihnen diese ganze unselige Erbschaft von dir zu werfen, um glücklich zu sein? – Glücklich zu sein? – Wahnsinnige! Liebt er dich denn? Ist nicht diese Bettlerin zwischen Ihm und dir, die alle ihre buhlerischen Künste aufbietet, ihn zu umspinnen und zu verstricken? – Und wenn er mich auch kennte, mich auch liebte, was würden die Folgen der Entdeckung meines Geheimnisses sein? Unmöglich könnt es der Welt länger verborgen bleiben, wenn es Ihm bekannt wäre. Oder was kann ich von ihm verlangen? von ihm erwarten?'

Diese und ähnliche Gedanken, womit sie sich ohne Ruhe bei Tag und ohne Schlaf bei Nacht herumtrieb, brachten sie bald der Verzweiflung bald dem Wahnsinn nahe. Bald wollte sie die arme Rosa auf der Stelle ins Kloster schicken, bald Don Alonso aus dem Schlosse jagen, bald beiden, und dann sich selbst einen Dolch ins Herz stoßen. Aber sobald sie einen von diesen wütenden Gedanken ausführen wollte, fühlte sie sich ohne Mut, und eine klägliche Erschlaffung war gewöhnlich das Ende solcher leidenschaftlicher Selbstgespräche.

Die Not zwang sie endlich, sich der alten Duenna zu entdekken, welche lange vergebens um sie herum geschlichen war, um sie zum Geständnis dessen zu bringen, was für die Alte schon lange aufgehört hatte ein Geheimnis zu sein. Natürlicher Weise verschaffte dies Galoren eine augenblickliche Erleichterung; aber von den Mitteln, welche die Duenna vorschlug, mußte bei genauerer Überlegung eines nach dem andern verworfen werden. Nach verschiedenen fruchtlos abgelaufenen Beratungen, brachte es die Alte endlich dahin, daß der verkappte Don Manuel sich zu einem Versuch bequemte, den jene für den letzten Rat erklärte, den sie in ihrem Gehirn aufzutreiben wisse. Galora sollte nämlich Alonso'n das ganze Geheimnis ihrer Unterschiebung an die Stelle ihres verstorbenen Bruders entdecken, und ihm dann den Vorschlag einer heimlichen Eheverbindung tun, wobei von beiden Teilen nichts gewagt würde, da das Geheimnis im Busen weniger, von ihrem eigenen Vorteil zur Verschwiegenheit genötigter Personen vergraben liegen, und also der Welt ewig verborgen bleiben würde. Sie sollte ihm zugleich mit ihrer Person alle Gewalt, die er nur immer wünschen könnte, über ihr Vermögen einräumen; und, wenn auch nicht die Liebe, so müßte doch ein alle seine Erwartungen so weit übersteigendes Glück ihn nötigen, ihre Hand mit unbegrenzter Dankbarkeit anzunehmen. Die Duenna versprach, diesen Antrag, der ihrer Meinung nach unmöglich abgewiesen werden könnte, in eigner Person an Don Alonso zu bringen, und die Ausführung sollte nicht länger als bis zum folgenden Morgen verschoben werden.

Donna Galora schien sich mit diesem Vorschlag zu beruhigen. Aber kaum sah sie sich allein, so faßte sie plötzlich, wie durch Eingebung ihres guten oder bösen Dämons, die Entschließung, anstatt sich in einer Sache von dieser Natur einer fremden Person anzuvertrauen, alles noch in dieser nämlichen Nacht durch sich selbst auszuführen.

Sogleich ließ der vermeinte Graf das Kammermädchen der Donna Rosa zu sich rufen, und nachdem er einen feierlichen Schwur der Verschwiegenheit von ihr genommen, befahl er ihr, sobald ihre Gebieterin eingeschlafen sein würde, ihm einen vollständigen weißen Anzug aus ihrer Kleiderkammer zu verschaffen. Er habe im Sinn, sagte er, sich einen Spaß mit Don Alonso zu machen, und ihn in der Mitternachtsstunde in weiblicher Gestalt, als der Geist einer ehmals von ihm geliebten Dame, zu überraschen. Das Mädchen, von einer Handvoll Gold zu allem willig gemacht, vollzog den Auftrag aufs pünktlichste, brachte das Befohlne, und vermittelst ihres Dienstes stand Galora, noch vor Mitternacht in dem vollständigen Anzug ihres eignen Geschlechts da. Sie entließ nun das Mädchen, trat vor einen großen Spiegel, und betrachtete sich selbst mit einem seltsamen Gemisch von Erstaunen und Grauen; und als ob auf Einmal, mit dem Kostüm ihres Geschlechts, das ganze stolze Gefühl der weiblichen Würde in sie gefahren wäre, ergriff sie, von neuen, ihr selbst fremden Gedanken und Vorsätzen getrieben, einen Leuchter mit brennender Kerze, öffnete ihre Tür, und ging mit großen feierlichen Schritten gerade auf das Zimmer Don Alonsos zu.

Indem sie hineintrat, fuhr der bereits eingeschlafne Alonso in seinem Bette auf, und erschrak nicht wenig, da er zu einer so ungewöhnlichen Zeit die weiße weibliche Gestalt mit dem Wachslicht in der Hand auf sich zukommen sah. Sein Entsetzen vermehrte sich, als er, wie sie näher heran kam, die Züge des Grafen in ihrem Gesicht zu sehen glaubte. „Fassen Sie sich, Don Alonso", sagte sie; „Ihre Augen täuschen Sie nicht – ich bin Don Manuel – aber Don Manuel ist nicht was er bisher geschienen: er ist – was ich wirklich bin – ein Weib!"

„Ein Weib?" rief Alonso außer sich vor Bestürzung –

„Hören Sie mich ruhig an, Alonso", sagte Galora, indem sie das Licht auf ein Tischchen setzte, und sich selbst in einen Lehnstuhl, Alonso gegen über, niederließ; „ich habe Ihnen eine große Entdeckung zu tun, und ein großes Unrecht gut zu machen. Ort und Zeit sind unschicklich; aber eine Gewalt, die mir selbst fremd ist, treibt mich unwiderstehlich; ich muß tun was ich itzt tun will, und die Sache leidet keinen Aufschub, denn wir sehen uns zum letzten Mal."

Alonso, dessen Erstaunen immer höher stieg, wollte sie hier unterbrechen; aber sie befahl ihm in ihrem gewohnten herrischen Ton, sie anzuhören und zu schweigen. Und nun fing sie an, ihm alles zu entdecken, was uns bereits bekannt ist, die Erbschaft, das Testament, den Tod ihres einzigen Bruders, und wie die Verzweiflung über den Verlust eines so großen Vermögens ihre Eltern zu der unüberlegten Maßnehmung gezwungen, ihre einzige Tochter Galora dem sterbenden Bruder unterzuschieben, und wie es ihnen gelungen, den Betrug so glücklich vor aller Welt zu verbergen, daß der rechtmäßige Erbe bis auf diese Stunde keinen Argwohn schöpfe. „Es kommt mir nicht zu", fuhr sie fort, „meine Eltern eines Verbrechens anzuklagen, das sie bloß aus Liebe zu mir begangen haben. Sie wollten mein Glück, als sie mich, aus einem fatalen Irrtum, zu einem unnatürlichen Wesen umschufen. Die Gerechtigkeit des Himmels hat es anders verfügt. Sie, Don Alonso, mußten zu Altariva erscheinen und – die Natur rächte sich durch Sie auf eine grausame Art an dem törichten Geschöpf, das ihr Trotz geboten hatte. Eine unglückliche Leidenschaft überwältigte meine bisher behauptete Unempfindlichkeit. Ich habe lange mit ihr gerungen; aber sie ist eben so unbezwingbar als hoffnunglos. Das Leben ist mir verhaßt, und die unwürdige Rolle, die ich gespielt habe, unerträglich. Morgendes Tages verbirgt mich ein Kloster auf ewig vor den Augen der Welt. Ich überlasse dem rechtmäßigen Erben was ihm gebührt, und Sie, Don Alonso“, sagte sie mit sinkender Stimme, indem sie einen Ring von hohem Wert vom Finger zog, „nehmen Sie dieses Andenken an eine Unglückliche an, die zu tief fühlt daß sie Ihrer unwürdig ist, als daß sie den geringsten Anspruch an Gegenliebe zu machen fähig wäre.“

Hier schwieg Galora, indes in Don Alonso plötzlich eine Verwandlung vorging, die ihm selbst noch vor wenig Minuten unmöglich geschienen hätte. Wir sind wunderliche Geschöpfe, wir Männer, und ich zweifle sehr, ob einer von uns dafür stehen könnte, daß ihm in einer ähnlichen Lage nicht dasselbe begegnen könnte. Wie viele zugleich auf sein Gemüt und seine Sinnen eindringende Vorstellungen und Gefühle vereinigten sich, ihn gerade auf der schwächsten Seite des Mannes anzufallen! – Die überraschende Umgestaltung des Grafen Don Manuel in eine junge Dame, welche zwar an Schönheit und Anmut mit Donna Rosa nicht zu vergleichen war, aber, was ihr von dieser Seite fehlte, durch eine seiner Eitelkeit unendlich schmeichelnde Leidenschaft ersetzte, eine Leidenschaft, an deren Wahrheit und Stärke die Größe des Opfers, so sie ihr zu bringen bereit war, keinen Augenblick zweifeln ließ – der wunderbare Zauber, womit ein Weib, das wir für uns leiden sehen, sich plötzlich in unsern Augen verschönert – der Umstand des Orts und der Zeit, der (ich gesteh es im Namen aller Männer) uns schon die bloße Nähe eines weiblichen Wesens gefährlich macht – zu allem diesem noch das ihm so neue Gefühl, daß es in seiner Macht stehe, die stolze Galora durch das Opfer, womit er das ihrige erwidern wollte, an Großherzigkeit noch zu übertreffen – Alle diese Gedanken und Gefühle, die auf einmal mit Blitzes Geschwindigkeit in seiner Seele aufloderten, drangen ihm plötzlich eine rasche Entschließung ab, welche drei Minuten kühler Überlegung in der Geburt erstickt haben würden.

„Hören Sie“, sprach er als sie zu reden aufgehört hatte, „hören Sie nun auch mich, Donna Galora, und bewundern Sie mit mir, auf welchen sonderbaren Wegen das Schicksal unsre Vereinigung zu wirken gewußt hat. Auch ich bin nicht was ich Ihnen scheine; der Name, unter welchem Sie mich kennen, ist ein angenommener; mein wahrer Name ist Antonio Moscoso –

ich bin dieser im Testament Ihres Großoheims Ihrem Bruder substituierte Erbe –“

„Was hör ich? Ists möglich?“ rief Galora, vor Bestürzung zusammenfahrend und aller ihrer Stärke benötigt, um sich in ihrem Lehnstuhl aufrecht und bei Besonnenheit zu erhalten.

„Daß ich“, fuhr er fort, „Antonio Moscoso bin, soll Ihnen und allen, denen daran liegt, sehr leicht bis zur völligsten Überzeugung gewiß gemacht werden. Und daß ich es bin, ist mir in diesem Augenblick nur darum lieb, weil es mich in den Stand setzt, Sie durch einen rechtsgültigen Titel im Besitz der Güter Ihres Oheims zu bestätigen. Wie könnt ich unempfindlich gegen eine so großmütige Liebe sein? Nein, Donna Galora“, rief er, indem er ihre Hand ergriff und an seine Lippen drückte – „ich liebe Sie, ich widme Ihnen mein Leben, und es ist in Ihrer Gewalt, mich in diesem Augenblick zum glücklichsten aller –“

„Halten Sie ein“, fiel ihm Donna Galora in die Rede; „ich bin durch der Meinigen und meine eigne Schuld unglücklich; aber verächtlich – in meinen eignen Augen, und unfehlbar auch in den Ihrigen, sollen Sie mich nicht sehen! – Ich lasse mir selbst Gerechtigkeit widerfahren, Don Antonio. Sie können mich nicht lieben; ich weiß zu gut, daß ich nicht gemacht bin mit Donna Rosa um Ihr Herz zu kämpfen; ich weiß daß ich nicht liebenswürdig bin. Die Gewohnheit von früher Jugend an mein Geschlecht zu verleugnen, hat mir jede seiner Reizungen geraubt. Die Gewalt, die meine Natur dadurch erlitten hat, ist nie wieder gut zu machen. Die unglückliche Fertigkeit den Mann zu spielen, würde mich nie verlassen. Ich bin für alle zarten weiblichen Verhältnisse und Gefühle unwiederbringlich verloren. Ich würde Sie unglücklich machen, Don Antonio, und mich selbst dafür verabscheuen, daß es nicht in meinem Vermögen stünde anders zu werden. Überlassen Sie mich meinem Schicksal!“

„Nein, edelmütige Galora“, erwiderte Don Antonio, der indessen wieder zur Besinnung gekommen war, und, durch stille Vergleichung der unweiblichen Galora mit der zauberischen Rosa mächtig abgekühlt, es jener in seinem Herzen Dank wußte, daß sie ihn ausschlug – „Nein, Donna Galora, Sie sollen wenigstens eine Erbschaft mit mir teilen, woran die Natur und die Gesetze Ihnen ein näheres Recht gegeben haben als mir – Sie sollen –“ ‚meine Schwester sein‘, wollte er hinzu setzen, aber die ungestüme Galora ließ ihn nicht zum Worte kommen. „Nichts von Ihrer Großmut“, rief sie mit einer Heftigkeit, die zu allem

Überfluß noch einen Strom kalten Wassers auf Antonios schon verloderte Flamme goß; „da ich die Ihrige nicht sein kann, will ich auch von Ihrem Vermögen nichts. Die Summe, die das Testament mir versichert, ist für meine Bedürfnisse mehr als hinreichend. Leben Sie wohl, Don Alonso – oder Antonio! Wenn wir uns je wieder sehen, so wird es im Sprachzimmer der Karmeliterinnen zu San Jago de Compostella sein."

Hiemit stand sie auf, kehrte, ohne noch einen Blick auf Don Antonio zu werfen, in ihr Zimmer zurück, rief der erstaunten Duenna, sagte ihr was sie getan hatte, befahl ihr mit dem frühesten Morgen einen Reisewagen bereit zu halten, und fuhr mit ihr und ihrer Tochter nach dem selbst erwählten Ort ihrer künftigen Bestimmung ab – mit Hinterlassung eines Blatts für Donna Rosa, worin sie ihr und den sämtlichen Bewohnern von Altariva in wenig Worten so viel Licht über diese seltsame Katastrophe gab, als für den ersten Augenblick nötig war.

Nachdem in der Folge alles seine rechtsbeständige Aufklärung erhalten hatte, nahm Don Antonio Besitz von der Erbschaft; und da weder die Augen, noch das Herz, noch die Eitelkeit der schönen Rosa die geringste Einwendung gegen seine Liebe zu machen hatten, so endigte sich diese Novelle ohne Zweifel wie sich alle Komödien und beinahe alle Novellen endigen; die wenigen abgerechnet, die ein tragisches Ende nehmen – was, wie Sie sehen, auch hier gar leicht der Fall hätte sein können, wenn ich hartherzig genug gewesen wäre, Sie insgesamt, zur Belohnung Ihrer Geduld, mit der Anwartschaft auf gräßliche Träume zu Bette zu schicken.

„Ich für meinen Teil erkenne mich Ihnen sehr dafür verpflichtet, daß Sie es nicht getan haben", sagte Amande. „Ich gestehe daß ich lieber gar nichts hören und lesen mag, als solche peinvolle, herzzerreißende und schlafstörende Martergeschichten, wie z. B. die tragischen Novellen von Herrn Darnaud de Bacülard und seinesgleichen, wie beredt, empfindsam und herzbrechend sie auch immer geschrieben sein mögen. Ich liebe einen ruhigen Schlaf und leichte Träume, und wenn ein Dichter mir ja Tränen ablocken will, so sollen es süße, nicht blutige Tränen sein."

„Ich halte es mit Ihnen, liebe Amande", sagte Nadine; „auch sehe ich nicht, wie Herr M. seiner Novelle, ohne ihr Gewalt anzutun, einen tragischen Ausgang hätte geben können."

„Fordern Sie mich nicht heraus, gnädiges Fräulein", sagte Herr M., „oder ich spiele Ihnen irgend eine Intrige hinein, wodurch ich Donna Rosa nötige, dem schönen Alonso einen geheimen nächtlichen Besuch zu machen, – etwa um ihm zu entdecken, daß ein Anschlag geschmiedet ist, sie morgen früh mit Gewalt ins Kloster abzuführen, welchen Falls es denn ganz natürlich ist, daß sie (in der Voraussetzung daß das Glück ihres Lebens ihm nicht ganz gleichgültig sei) ihn, der zu Altariva alles vermag, um seinen Schutz anruft. So wie die Sachen zwischen Alonso und Rosa stehen, kann er dann weniger nicht tun, als ihr zu Füßen zu fallen und ihr eine so feurige Liebeserklärung zu tun, als von einem verliebten Spanier, der seine Flamme schon so lange in seinem Busen verschlossen herumgetragen hatte, zu erwarten ist. Zum Unglück stürmt in diesem Augenblick Donna Galora, mit der Kerze in der einen und einem scharfgeschliffenen Dolch in der andern Hand herein, in der Absicht ihren Unempfindlichen zur Liebe zu bewegen, oder sich vor seinen Augen zu ermorden. Don Alonso zu Rosens Füßen treibt sie zur Raserei; sie springt mit funkelnden Augen auf das arme Mädchen zu, und stößt ihr den Dolch in die Brust. Alonso, außer sich vor Entsetzen, Wut und Verzweiflung, will ihr den Dolch aus der Hand reißen; sie ringen mit einander; Alonso wird tödlich verwundet, und stürzt, sein Leben in Strömen siedenden Blutes ausflutend, über Rosens Leichnam her. Galora kniet neben ihm nieder, hält eine Rede in *terze rime* oder in Assonanzen auf U, wobei ihr selbst die Haare zu Berge stehen, ersticht sich, und vollendet, indem sie auf Don Alonso hinsinkt, eine der schönsten tragischen Gruppen, die man je mit Augen gesehen hat. Alles das, mit recht grellen Farben und derben Pinselstrichen gehörig ausgemalt, und, wie es heut zu Tag die Mode ist, auf die höchste Spitze des Schrecklichen und Unsinnigen getrieben, – meinen Sie nicht, daß meine Novelle neben den allergräßlichsten sich mit Ehren sehen lassen dürfte?"

Die Damen hielten sich lachend Augen und Ohren zu, um von dem grausamen Spektakel nichts zu sehen noch zu hören.

Aber der junge von P. wollte Herrn M. so leicht nicht durchwischen lassen. „Scherz bei Seite", sagte er, „ich denke nicht, daß es so ganz allein auf die Willkür eines Novellenmachers ankomme, ob er der Geschichte einen glücklichen oder unglücklichen, erwünschten oder jammervollen Ausgang geben will. Die Anlage zum einen oder andern muß doch wohl bereits im Stück selbst liegen, und, mit Horaz zu reden, der Weinkrug, den der Töpfer drehen wollte, muß, wenn das Rad ausgelaufen ist, keinem Milchtopf ähnlich sehen. Es könnte also allerdings noch die Frage sein, ob es nicht desto besser gewesen wäre, wenn die Novelle des Herrn M. ein tragisches Ende genommen hätte?"

„Wie so?" fragte Nadine.

„Ich, zum Exempel", versetzte Herr von P., „finde nicht, daß Galora ihrem stolzen, selbstsüchtigen und heftigen Charakter sehr gemäß handelt, wenn sie die teuer erkauften Früchte so mancher zwangvoller Jahre und einer so mühsamen Verleugnung dessen wozu die Natur sie gemacht hatte, auf einmal aufgibt, und wie ein liebesieches Mädchen in ein Kloster geht, um den Mann, den sie liebt, ohne Kampf einer Nebenbuhlerin zu überlassen, die in ihrer Gewalt ist und die sie sich alle Augenblicke vom Halse schaffen kann. Ein so zahmes mattherziges Benehmen ist nicht in der Sinnesart eines solchen Mannweibes, wie uns Galora beschrieben wurde. Sie mußte sich nicht (wie man uns sagte) daran begnügen den dreifachen Mord in Gedanken zu begehen; sie mußte es wirklich aufs äußerste ankommen lassen. Auch wollte ich wetten, wenn wir die Wahrheit sagen wollten, wir würden alle gestehen müssen, daß wir auf einen tragischen Ausgang gefaßt waren, und uns, durch die unvermutete Entmannung der armen Galora und die glücklichen Aussichten der schönen Biscayerin am Ende des Stücks, in unsrer Erwartung sehr getäuscht fanden."

„Wollen Sie mir erlauben, Herr M.", sagte Rosalinde mit einem schalkhaften Blick auf Herrn von P., „daß ich Ihre Rechtfertigung gegen diesen schwer zu vergnügenden Kunstrichter auf mich nehme, der sich beklagt daß die Braut zu schön ist, und, statt Ihnen für eine friedliche und schiedliche Entwicklung Dank zu wissen, lieber sähe, wenn sich der Handel mit Mord und Totschlag endigte?"

„Sie sind sehr gütig, schöne Rosalinde", antwortete Herr M. „Ich habe eine so große Meinung von Ihrer Gerechtigkeitsliebe, daß ich kein Bedenken trage, meine Sache sogar gegen Herrn von P. in Ihre Hände zu stellen."

„Woher wissen Sie also, mein Herr von P., (sagte Rosalinde, indem Sie sich mit einer drolligten Sachwaltersmiene an den letztern wandte) daß Galora ein so grimmiges blutdurstiges, kannibalisches Geschöpf ist, als Sie aus ihr machen wollen? Ich gestehe, sie ist stolz, eigenwillig, rasch und zu heftigen Ausbrüchen geneigt; aber sagte man uns nicht auch gleich anfangs, daß sie, wenn ihr Stolz aufgefodert wurde, edel und großherzig zu handeln fähig gewesen sei? Und gerade eine solche sehr starke Aufforderung war es, was sie zu dem außerordentlichen Schritte, den sie tut, nötigte. Ihre Liebe zu Alonso war hoffnungslos; darüber sich selbst zu täuschen, war unmöglich. Durch ein gewalttätiges Verfahren gegen die reizende und geliebte Donna Rosa würde sie nichts gewonnen, aber wohl den Kaltsinn Alonsos gegen sich in Wut und Rachgier verwandelt haben. Im Grunde war die Rolle so sie bisher gespielt hatte unnatürlich, und es war immer zu erwarten, daß der Augenblick endlich kommen müsse, wo die gewaltsam ausbrechende Natur sich mit ihrer ganzen Stärke gegen einen nicht länger erträglichen Zwang empören würde. Was konnte diesen Augenblick schicklicher herbeiführen, als eine hoffnungslose Leidenschaft? Ich, meines Orts, finde nichts natürlicher, als daß, so wie Galora sich selbst in weiblicher Kleidung im Spiegel erblickt, auch auf einmal das Gefühl – und mit diesem der Stolz ihres Geschlechts in ihr auflodert; ein Stolz, der es verschmäht, mit Gefahr abgewiesen zu werden, um Gegenliebe zu betteln; und der Schritt, den sie gegen Alonso tut, und wie sie ihn tut, und der wohl motivierte Trotz, womit sie seinen verdächtigen Liebesantrag abweist, und die Entschlossenheit, womit sie sich in den einzigen Ausweg wirft, den ihre Lage ihr übrig läßt, – das ist es gerade, was mich mit ihr aussöhnt, und dieser Novelle die Einheit und Ganzheit in meinen Augen gibt, die (wie ich immer sagen hörte und noch lieber meinem eignen Gefühl glauben mag) die wesentlichste Vollkommenheit eines echten Kunstwerks ist.“

„Sie haben sich wohl gehalten, Rosalinde“, sagte Herr von P., „und unser Freund M. hat alle Ursache mit seiner Sachwalterin zufrieden zu sein. Nicht als ob ich nicht noch einige Pfeile zu verschießen hätte, wenn es nicht Zeit wäre zu tun wie die andern, und uns die Ruhe, die uns Herr M. so menschenfreundlich gegönnt hat, zunutze zu machen.“

„Auf alle Fälle“, sagte Nadine, „wird sich Herr M. an dem Danke der Damen, und an der Billigung seines eigenen Herzens genügen lassen können. Das Verdienst, drei Menschenleben, die das Glück des Kiels (mit Tristram Shandy zu reden) in seine Hände gegeben, gerettet zu haben, ist – wenn es auch von den Kunstrichtern nicht mit dem Dichterkranz gekrönt werden sollte – wenigstens eine Bürgerkrone wert –“

„Und die soll ihm“, riefen Rosalinde und Amande, „von uns allen morgen früh aus den frischesten Kastanienblättern geflochten werden!“

Nadine von Thalheim war itzt die Einzige, die der Gesellschaft zu Rosenhain ihren Beitrag zu den zeitherigen Abendunterhaltungen noch schuldig war. Diese junge Dame gehörte nicht zur Familie; sondern war vor einigen Tagen mit ihrer Freundin, Frau von D*** (die seit kurzem mit einem Verwandten der Frau von P. vermählt war), bloß als Begleiterin nach Rosenhain gekommen, wo sie, weniger aus Gefälligkeit gegen ihre Freundin, als ihrer eigenen Liebenswürdigkeit wegen, so gut aufgenommen wurde, daß sie schon am zweiten Tag unter lauter alten Bekannten und Freunden zu leben glaubte. Mehr von ihr zu sagen, würde hier überflüssig sein, da wir in der Folge Gelegenheit bekommen werden, näher mit ihr bekannt zu werden.

»Ich sehe mich“, sagte sie, als ihre Stunde gekommen war, „ungefähr in eben derselben Lage wie Herr M. Zwar muß ich gestehen, daß ich beinahe eben so belesen in den Märchen bin wie die schöne Rosalie von Eschenbach, mit deren Entzauberung uns Fräulein Amande vorgestern so angenehm unterhielt; aber ich habe ein so wunderliches Gedächtnis, daß alles, was ich von dieser Art lese oder höre, in kurzer Zeit wieder rein vergessen ist; so daß ich von etlichen hundert Märchen, die ich seit meinem neunten Jahre gelesen haben mag, schwerlich drei wieder erzählen könnte, es wäre denn in der Manier des Sultans in den vier Fakardins des Grafen Anton Hamilton. Herr M. hat sich mit einer Spanischen Novelle aus der Sache gezogen; was bleibt mir also, um etwas Neues auf die Bahn zu bringen, als eine Anekdote? Glücklicher Weise liegt mir eine noch ganz frisch im Gedächtnisse, die sich mit zweien meiner vertrautesten Freundinnen zugetragen hat, und die, wofern sie durch meine Erzählung nicht zu sehr verliert, sonderbar genug ist, um die Stelle eines Feenmärchens auszufüllen. Von der schönen Moral, die sich daraus abziehen läßt, will ich aus zwei Ursachen nichts sagen: erstens, weil sie nirgends weniger als in der Gesellschaft, deren Mitglied ich itzt zu sein die Ehre habe, anwendbar ist; und zweitens, weil ich die moralischen Erzählungen von Profession (wenn ich so sagen darf) eben so wenig liebe, als die Komödien, worin es auf die Erbauung der Zuschauer abgesehen ist. Die einen und die andern können sehr moralisch, sehr erbaulich, und doch sehr langweilig sein; sind sie hingegen, was ihr eigentlicher Zweck erfordert, unterhaltend und belustigend, so müßt es nicht natürlich zugehen, wenn die guten Lehren und Sittensprüche nicht zu Dutzenden daraus hervorsprängen. – Doch verzeihen Sie diese Abschweifung! Ich komme zur Sache.“

FREUNDSCHAFT UND LIEBE AUF DER PROBE

Zwei junge Personen aus einer schon seit langer Zeit unter Französischer Botmäßigkeit stehenden Deutschen Provinz waren beinahe von ihrer Kindheit an in einer gegenseitigen Zuneigung aufgewachsen, die sich in reifern Jahren zu einer so vollkommenen Freundschaft ausbildete, daß sie an dem Ort ihres Aufenthalts unter dem Namen der Freundinnen bekannter als unter ihrem Geschlechtsnamen waren. Ich selbst lernte sie zuerst bei den Englischen Damen in ** kennen, wo ihre Pensionszeit beinahe abgelaufen war, als die meinige anging; denn beide sind einige Jahre älter als ich. So jung ich damals noch war, so hatte ich doch das Glück, ihnen zu gefallen, und, da unsere Eltern in eben derselben Stadt wohnten, versprachen wir uns, die angefangene Bekanntschaft in der Folge zu erneuern und zu unterhalten. Nach meiner Zurückkunft aus der Pension fand ich beide bereits verheuratet. Ich hatte meine Mutter früh verloren; und da mein Vater mir viele Freiheit ließ, so suchte ich jede Gelegenheit auf, wo ich die Freundinnen sehen konnte; und so entspann sich nach und nach ein so vertrautes Verhältnis zwischen uns, daß ich gewissermaßen die dritte Person in ihrem Bunde ward. Diese enge Verbindung verschaffte mir die Gelegenheit, mich von den Umständen der Anekdote, die ich Ihnen mitzuteilen kein Bedenken trage, genauer als andere zu unterrichten. Bevor ich aber zur Geschichte meiner Freundinnen fortgehe, werde ich Ihnen, wenn auch nur mit wenigen Zügen, eine Idee von ihrem Charakter geben müssen.

Selinde (wie ich die jüngere von ihnen nennen will) vereinigt mit der zierlichsten Nymphengestalt einen Kopf, der das schönste Modell zu einer Hebe oder Psyche abgeben könnte. Ihre Gemütsart ist offen, aufrichtig, edel und gut; ohne die Tugend wie einen Schild auszuhängen, trägt sie den Keim aller Tugenden in sich, welche die Grundlage eines achtungswürdigen Charakters ausmachen; aber eine übermäßige Lebhaftigkeit und ein großes Teil Leichtsinn werfen oft einen falschen Schein auf sie, den sie im Bewußtsein ihrer Unbefangenheit und

Unschuld zu wenig achtet. Die Begierde zu gefallen und ein nicht minder starker Hang zur Freude und zu allen Vergnügungen, die man unschuldig zu nennen gewohnt ist, und sich daher auch wohl einiges Übermaß darin zu erlauben pflegt, scheinen ihre einzigen Leidenschaften zu sein, wenn man anders Neigungen, die ihr so natürlich als das Atemholen sind und selten der innern Ruhe ihres Gemüts Abbruch tun, den Namen Leidenschaften geben kann.

Eine sehr lebendige Einbildungskraft und eine angeborne unerschöpfliche Ader von Witz, der ihr öfters auch Achtung oder Schonung fordernde Gegenstände in einem lächerlichen Lichte zeigt, sind die hervorstechenden Eigenschaften ihres Geistes. Zwar ist auch ihr Verstand nicht ungebildet; aber, außer dem, daß sie nie Geduld genug gehabt hat, sich lange mit ernsthaften Dingen abzugeben, würde sie sich selbst lächerlich vorkommen, wenn man in ihrer Art zu reden und zu sein etwas bemerkte, das wie Weisheit aussähe. Sie hat sich in ihr leichtes Köpfchen gesetzt, daß es eine Menge liebenswürdiger kleiner Torheiten gebe, die einem schönen Weibe besser anstehen als die Miene eines weiblichen Sokrates, womit sie in ihren leichtfertigen Augenblicken ihre Freundin aufzuziehen pflegt. Selinde ist auch nicht ohne Talente; aber da die Begierde, durch sie zu gefallen, nicht stärker bei ihr ist als der Hang zu allen Arten angenehmer Zerstreuungen, und da es ihr (zumal weil der Putztisch einen großen Teil ihres Vormittags wegnimmt) immer an Zeit gefehlt hat: so muß ich gestehen, daß sie in den schönen Künsten, die man heut zu Tage zur Erziehung junger Personen von Stand und Vermögen rechnet, sehr zurückgeblieben ist.

Klarisse (so mag die zweite der beiden Freundinnen heißen) kann, wenigstens neben Selinden, für keine Schönheit gelten; indessen ist ihre Gesichtsbildung geistreich und angenehm, ihr Körper, wiewohl nach einem etwas größern Maßstab, in einem so vollkommenen Ebenmaß gebaut, und ihre Gesundheit so rein und blühend, daß man nicht zweifeln kann, sie würde, in Ansehung mancher äußerlichen Reize, ihrer Freundin den Vorzug streitig machen können, wenn sie es nicht vielmehr mit Fleiß darauf anlegte, von dieser Seite, zumal neben Selinden, so wenig als möglich bemerkt zu werden. Das, wodurch sie, wie durch einen verborgenen, ihr selbst unbewußten Zauber, sanft anzieht und dauerhaft fesselt, ist daher mehr etwas geistiges als in die Sinne fallendes; und wer beide Freundinnen beisammen sieht, wird auf den ersten Anblick Selindens Liebhaber und Klarissens Freund. Man kann schwerlich mehr Rechte an Hochachtung und Liebe haben und weniger Ansprüche darauf machen als Klarisse. Die Ausbildung ihres Geistes, wiewohl die Frucht ihres Fleißes und ihrer immer wohl angewandten Zeit, scheint eine bloße Gabe der Natur zu sein; und die vielen Kenntnisse, die sie besitzt, blicken, wo es unschicklich wäre sie verleugnen zu wollen, so verschämt unter dem Schleier der Bescheidenheit hervor, daß weder die Unwissenheit der Weiber dadurch beschämt, noch der anmaßende Stolz der Männer beleidigt wird. Sie besitzt verschiedene Talente in einem nicht gemeinen Grade; sie zeichnet und malt vortrefflich, und spielt Klavier und Harfe mit eben so viel Geschmack als Fertigkeit; sie macht sogar, wiewohl sie es kaum ihren Vertrautesten gesteht, sehr artige kleine Verse.

Es ist, wo nicht ganz unmöglich, doch gewiß etwas höchst seltenes, daß man es in irgend einer Kunst ohne Anstrengung und hartnäckigen Fleiß zu einiger Vollkommenheit bringe. Klarisse besitzt vielleicht von Natur nicht mehr Anlagen als Selinde: aber ihr ruhiger, gesetzter und mehr in sich selbst gesammelter Sinn macht sie geschickter und geneigter, diese Anlagen anzubauen und zu üben. Sie liebt die zerstreuenden Ergetzungen weniger als ihre Freundin; sie ging immer sparsamer mit ihrer Zeit um, teilte ihren Tag besser ein, und die Morgenstunden, welche Selinden teils mit flüchtigem Herumblättern in Taschenbüchern, Tageblättern und neuen Broschüren, teils und vornehmlich am Putztisch durch die Finger schlüpften, wurden von Klarissen immer nützlich und zu bestimmten Zwecken angewandt. Selinde las, um die lange Weile zu verjagen oder sich mit angenehmen Bildern und Phantasien zu ergetzen; Klarisse las immer mit Nutzen, denn sie fragte sich immer selbst: ist dies auch wahr? fühlst oder denkst du wirklich, was der Autor will daß du denken und fühlen sollst? und wo nicht, liegt die Schuld an dir oder an ihm? Auf diese Weise lernte sie vergleichen, unterscheiden, überschauen und zusammenfassen, entdeckte den Maßstab des Wahren und Schönen in sich selbst, und gewöhnte sich an eine richtige Schätzung der Dinge. Alles dies gab ihr Klarheit des Sinnes, Schärfe und Richtigkeit des Blicks, und Freiheit von Launen, Grillen, übereilten Urteilen und leichtsinnigen Zu- und Abneigungen. Alles in ihr ist ruhig, gemäßigt und in Harmonie mit sich selbst. Ohne Leidenschaften, ohne Schwärmerei, eine geborne Feindin alles Übertriebenen, aller Unnatur, Selbsttäuschung und Unredlichkeit gegen andere und sich selbst, genießt sie einer unzerstörbaren innern Ruhe, und reine Liebe des Schönen und Guten ist in allen ihren Umständen und Lagen die Seele ihrer Gedanken, Neigungen und Handlungen. Natürlicher Weise ist sie mit einer solchen Gemütsverfassung immer zur Teilnehmung an andern, zu jeder Nachsicht gegen fremde Fehler und Schwachheiten gestimmt, und überhaupt in allen Vorfallenheiten des Lebens aufgelegt, das Schicklichste zu erwählen und zu tun. Ihr Ernst hat nichts düstres, ihr gesetztes Wesen nichts schwerfälliges und drückendes; Heiterkeit und Frohsinn ist immer über ihr liebliches Gesicht, wie Sonnenschein über ein anmutiges Tal, ausgebreitet, und allgemeines Wohlwollen scheint das Element zu sein, worin sie atmet. Dies ist meine Freundin Klarisse, und wenn anders Aristipps Briefe mir einen richtigen Begriff von dem, was Sokrates war, gegeben haben, so müßt ich mich sehr irren, wenn der Name eines weiblichen Sokrates, womit sie von Selinden im Scherz geneckt wird, ihr nicht in vollem Ernst zukommen sollte.

Verzeihen Sie, wenn ich mich unvermerkt zu lange bei der Schilderung eines so liebenswürdigen Weibes verweilt haben sollte. Ich bin keine sonderliche Porträtmalerin; eine geschicktere Hand würde vielleicht mit viel weniger Strichen dem Bilde mehr Bestimmtheit und Leben gegeben haben. Aber ich habe die meinige dem Antrieb meines Herzens überlassen; und daß ich sie endlich zurückziehe, geschieht nicht, weil ich mit meinem Gemälde zufrieden bin, sondern weil ich fühle daß man aufzuhören wissen muß.

Es könnte beim ersten Anblick wunderbar scheinen, wie zwischen zwei so ungleichen Personen, als Klarisse und Selinde, eine so vertraute Freundschaft habe entstehen oder wenigstens von Dauer sein können. Aber sobald man mit beiden genauer bekannt ist, scheint mir nichts begreiflicher. Selindens Schönheit, Leichtsinn und Gutherzigkeit auf der einen Seite, und Klarissens gänzliche Anspruchlosigkeit auf der andern, entfernen schon den bloßen Schatten der Eifersucht von ihnen. Jene ließ sich nie einfallen, daß ihr Diese irgend einen von ihren Vorzügen streitig machen könnte; dafür aber gestand sie Ihr auch die Ihrigen immer willig zu, und ist noch itzt stolz darauf, für die vertrauteste Freundin einer Frau von so vielen Verdiensten bekannt zu sein. In der Tat kann Klarissens Liebe zu Selinden (das

Einzige an ihr, was einer Leidenschaft ähnlich sieht) für diese nicht anders als schmeichelhaft sein; man könnte sagen, sie *läßt sich* von Klarissen *lieben*, ungefähr wie der schöne *Alcibiades* sich vom *Sokrates* lieben ließ, und Klarisse rechnet nicht genauer mit ihr ab, als *dieser* mit dem Sohne des Klinias, ob sie *eben so viel* von ihr wiedergeliebt werde. Denn die schöne Selinde ist, die Wahrheit zu sagen, (vielleicht ohne sichs bewußt zu sein) zu sehr in sich selbst verliebt, um in eben dem Grade, wie sie geliebt wird, wiederlieben zu können. Aber eines ihrer größten und gefühltesten Bedürfnisse ist, immer eine Vertraute und Ratgeberin in ihren Verlegenheiten zu haben, welcher sie sich ganz aufschließen darf; und wo hätte sie eine Person finden können, die sich dazu besser schickte als Klarisse? Die Gefälligkeit, die Nachsicht, die anscheinende Parteilichkeit der letztern gegen die erstere, geht so weit über die Grenzen der gewöhnlichen Freundschaften unter Personen unsers Geschlechts: daß Selinde, überzeugt von Klarissens gänzlicher Anhänglichkeit an sie, auch sogar unangenehme Wahrheiten, und (was sie sonst von niemand verträgt) Widerspruch und Tadel von ihr vertragen konnte. Die Fälle, wo sie ein wenig an einander anstießen, waren also immer äußerst selten; und wenn ja so etwas sich ereignete, so wußte Klarissens Sanftheit und guter Verstand alles gar bald wieder ins Gleiche zu bringen.

So wie die beiden Freundinnen aus dem Kloster zurückgekommen waren, ließen die Eltern sich angelegen sein, ihren geliebten Töchtern die Mühe, sich Männer nach ihren Augen, oder nach ihrem Herzen, selbst auszusuchen, zu ersparen, und glaubten alles mögliche für sie getan zu haben, indem sie unter den verschiedenen Mitbewerbern, die sich hervortaten, diejenigen auswählten, die in Ansehung des Vermögens, des Alters, der Figur und andrer Füglichkeiten dieser Art, für die beste Partie gelten konnten. Durch eine sonderbare Laune des Zufalls fiel die Wahl auf zwei junge Männer, die von ihrer frühesten Jugend an durch einen nicht weniger engen Freundschaftsbund vereinigt waren, als Selinde und Klarisse. Überall, wo man sie kannte, wurden *Raymund* und *Mondor* (wie ich sie statt ihres wahren Namens nennen will), wenn von Freundschaft die Rede war, als ein Beispiel angeführt, daß es selbst in unsern ausgearteten Zeiten noch Freunde gebe, die man einem *Pylades* und *Orestes*, *Pytheas* und *Damon*, und andern von den Alten so hoch gepriesnen Freundschaftshelden, entgegen stellen könne.

Um das gehörige Licht über die Geschichte dieses Doppelpaars zu verbreiten, seh ich mich genötigt, meine wenige Fertigkeit in der Porträtmalerei abermals an den Tag zu legen.

Mondor, dem die reizende Selinde zu Teil wurde, verband mit einer vorteilhaften Außenseite, einem sehr ansehnlichen Vermögen und einem ziemlich jungen Adelsbrief, beinahe alles, was man überhaupt zum Charakter eines achtungswerten Mannes fodert, Erziehung, Talente, Sitten, und was heut zu Tage unter seinesgleichen seltner als jemals sein soll, einen unbescholtenen Ruf. Mit allen diesen guten Eigenschaften könnte sichs dennoch fügen, daß ein Mann kein schicklicher Ehegehülfe für eine Dame, wie Selinde, wäre; und dies schien, nachdem sie einige Zeit an Hymens sanftem Joche zusammen gezogen hatten, wirklich der Fall zu sein. Mondor war von einer ernsthaften, mit etwas schwarzer Galle tingierten Sinnesart, von warmem Kopf und noch wärmerm Blut; äußerst reizbar, heftig und anhaltend in seinen Leidenschaften, und schwer von einer Idee, die er sich in seinen Kopf gesetzt hatte, abzubringen. Seine Phantasie, eine Fee, die eine ziemlich tyrannische Gewalt über ihn ausübte, pflegte ihm alles in der Welt entweder in das zarteste Rosenrot oder in pechschwarzes Dunkel zu malen. Der Gegenstand seiner Liebe konnte nichts geringers als ein Engel sein; aber wehe dem Engel, wenn Mondor irgend einen dunkeln Flecken an ihm entdeckte! er mußte sich dann glücklich schätzen, wenn er in seiner Meinung und Zuneigung nicht tiefer als bis zur gemeinen Alltagsmenschheit herabsank. In allen Ideen, Gefühlen und Forderungen dieses jungen Mannes war immer etwas übermäßiges und grenzenloses. Eine natürliche Folge hievon war, daß er mehr in seiner eignen Ideenwelt lebte als in der wirklichen, und daß ihm in der letztern beinahe nichts recht oder gut genug war. Daher war er auch kein Freund von öffentlichen Lustbarkeiten; die gewöhnlichen Gesellschaften machten ihm tödliche lange Weile, und weil er wenig Geschäfte hatte, so brachte er meistens den größten Teil des Tages in seinem Büchersaale zu, der mit den besten Werken in allen Fächern und Sprachen reichlich versehen war.

Von diesem allem beinahe ist sein Freund Raymund das Gegenteil; eine leichte, fröhliche, sorglose, jovialische Seele; der entschiedenste Liebhaber aller gesellschaftlichen Freuden und Zeitkürzungen; etwas zu rasch und unbeständig in seinen Neigungen und Phantasien, und zu sinnlich in seinen Vergnügungen: aber im Grunde ein gutartiger, biederherziger Mensch, und, insofern nur keine Aufopferung seiner Lieblingsneigungen von ihm gefodert wird, sehr edler Handlungen fähig, und geneigt zu allem Guten mitzuwirken; kurz, einer von den glücklichen Sterblichen, die alles anlacht, die sich überall gefallen, und mit allen Menschen leben können. Er war der Sohn und Enkel eines Malers, und in seiner Jugend zur Kunst seiner Väter angeführt worden. Eine reiche Erbschaft, die ihm unverhofft zufiel, befreite ihn von der Notwendigkeit sein Talent geltend zu machen; doch blieb die Liebe zur Kunst eine seiner herrschenden Neigungen. Er besitzt eine auserlesene Bildersammlung, malt selbst zu seinem eigenen und seiner Freunde Vergnügen, und läßt, wie man ehedem vom Apelles sagte, selten einen Tag ohne einen Pinselstrich vergehen.

Eine vertraute Freundschaft zwischen so ungleichartigen Menschen wie Raymund und Mondor mag vielleicht noch unbegreiflicher scheinen, als zwischen Selinde und Klarisse; aber auch hier, wie überall, ging alles ganz natürlich zu. Die Knabenjahre, wo die Verschiedenheit der Sinnesarten noch nicht so stark ausgesprochen ist, legten den ersten Grund; ein wichtiger Dienst, welchen Raymund in der Folge mit Gefahr seines Lebens Mondorn leistete, zog das anfangs lose Band unauflöslich zusammen. Sie waren nun Freunde auf Leben und Tod. Raymund hatte soviel für Mondorn getan, daß dieser nie zu viel für jenen tun konnte. Alle ihre Dissonanzen löseten sich immer in diesem reinen Akkord auf; jeder machte sichs zur Pflicht, die Seite, von welcher er dem andern mißfällig werden konnte, möglichst zu verbergen. Auch die Liebe der Kunst, die beiden gemein war, trug nicht wenig bei, ihren Umgang immer unterhaltend zu machen. Überdies hatte Mondor seine Stunden, wo ihm Raymunds genialischer Frohsinn wohl tat: so wie dieser sich oft herzlich an den witzigen Übertreibungen belustigte, woran jener, so oft ihn die Laune sich über die menschlichen Torheiten zu erbosen anwandelte, unerschöpflich war. Selbst das Nützliche gesellte sich in ihrer Verbindung öfters zu dem Angenehmen: denn so oft als einer von beiden in die Lage kam, wo ihm der Rat und Beistand eines Freundes unentbehrlich wurde, konnte er gewiß sein, beides bei dem andern zu finden; der leichtsinnige Raymund in Mondors ernster Besonnenheit, der schwärmerische Mondor in Raymunds kaltblütiger Ansicht der Dinge.

Raymunds und Klarissens Ehverbindung hatte ein so

vernunftmäßiges Ansehen, daß ihnen jedermann das dauerhafteste Glück weissagte. Das, was jener für seine Verlobte empfand, hatte alles, was jeden andern als Klarissen bereden konnte, es für Liebe zu halten; nur Sie konnt es nicht täuschen; denn sie war selbst frei, und hatte Raymunds Charakter zu richtig gefaßt, um nicht zu sehen, daß er keiner enthusiastischen Liebe fähig sei. Dies war es eben, was sie entschlossen machte, seine Bewerbung zu begünstigen. Hätte er sie geliebt wie Mondor Selinden, schwerlich würde sie zu bewegen gewesen sein, ihm ihre Hand zu geben. Denn, ihrer Denkart nach, soll die Ehe nicht ein Werk des blinden Liebesgottes, sondern der ruhigen Überlegung, des besonnenen Wohlgefallens an einander, und des gegenseitigen Vertrauens sein; wobei denn doch auf beiden Seiten noch immer mehr oder weniger gewagt werden muß. Sie hatte keine wesentliche Einwendung gegen Raymund; und da sie es (sagte sie lächelnd) doch einmal mit einem der ungeschlachten Geschöpfe wagen müsse, so kenne sie keinen andern, zu dem sie mehr Zutrauen und Neigung fühle als zu ihm.

Bei Raymunden war es nicht völlig dasselbe. Wirklich war zu der Achtung für Klarissens Charakter und zu dem Wohlgefallen an ihrer Person und ihren Talenten noch etwas hinzugekommen, das seiner Bewerbung um sie etwas Leidenschaftliches gab, wiewohl er es sorgfältig vor ihr zu verheimlichen suchte. Sein Kunstsinn spielte nämlich hier die Rolle, die sonst dem Liebesgott zukommt. Er hatte über die damals ungewöhnliche vestalenmäßige Art, wie Klarisse sich kleidete, ich weiß nicht welchen kleinen Argwohn geschöpft, und durch Bestechung des Kammermädchens Mittel gefunden, sich seiner Zweifel auf eine vollständigere Art, als er hätte hoffen dürfen, zu entledigen. Welche Entdeckung für einen Kunstfreund, der selbst Künstler ist! Von diesem Augenblick an schwor er sich, Klarisse müsse sein werden, und wenn sie an Jupiters goldner Kette zwischen Himmel und Erde schwebte.

Mit Mondors Leidenschaft für Selinden hatte es eine ganz andere Bewandtnis. Im ersten Augenblick war hier alles ausgemacht; denn auf den ersten Blick in ihr Engelsgesicht, in ihre himmlischen blauen Augen, hatte ihm die reinste, schönste, liebenswürdigste aller weiblichen Seelen entgegen gelächelt. Welchen Himmel voll überirdischer Seligkeit versprachen ihm diese Augen! Konnt er genug eilen, sich des Besitzes desselben zu versichern? Hätte Mondor (wie öfters der Fall ist) zwei oder drei Jahre am Spinnrocken der *vollkommnen Liebe spinnen* müssen, so würden sich ihm wahrscheinlich in so langer Zeit Gelegenheiten genug aufgedrungen haben, sich von der Menschlichkeit seiner Göttin zu überzeugen. Indessen ließ es sogar in der kurzen Zeit, die zwischen seiner Bewerbung und dem Hochzeittag verstrich, die unbefangene und mit ihrer Menschlichkeit sehr zufriedene Selinde nicht an solchen Gelegenheiten fehlen. Aber Selinde war Mondors *erste* Liebe, und die erste Liebe – wie ich einst von einem hochgelehrten Herrn, der sich auf ich weiß nicht welchen alten lateinischen Dichter berief, behaupten hörte – die erste Liebe wirft einen gar seltsamen Zauber auf die Augen des Liebhabers, gibt allen Mängeln und Gebrechen der Geliebten sanfte, mildernde und verschönernde Namen, und verwandelt sie in eben so viele herzschmelzende Reizungen und Vollkommenheiten. Mondor sah an Selinden nichts, als was seine Glut zu einer immer höhern Flamme anfachte; und Selinde an ihrem Teil, sobald sie, dem Befehl ihrer Eltern gehorsam, die Seinige zu werden entschlossen war, begegnete ihm so gefällig und verbindlich, daß der ehrliche Schwärmer das alles für den reinsten Einklang ihrer Seele mit der seinigen, und für das Unterpfand einer Gegenliebe ansah, die ihm keinen andern Wunsch übrig ließ, als daß sie ewig dauern möchte.

Wirklich war auch seiner Wonne während der ersten Tage und Wochen keine andre Wonne gleich. Aber ewig konnt er freilich nicht dauern der süße Wahn. Der Besitz entkräftet unvermerkt den vorbesagten Zauber der ersten Liebe; seine Augen wurden aufgetan, oder vielmehr in ihren natürlichen Stand hergestellt, und er fing an allerlei an seiner Gemahlin wahrzunehmen, das seinen hochgespannten Erwartungen keineswegs zusagte. Er hatte gehofft, daß sie für ihn allein leben, mit ihm allein sich beschäftigen, allen zerstreuenden Ergetzlichkeiten, ja sogar ihren meisten gesellschaftlichen Verbindungen entsagen, und ihr höchstes Glück in dem Bewußtsein, daß sie das Seinige mache, finden werde. Aber so hatte es die schöne Selinde nicht gemeint; das hatte sie ihm nie versprochen, und der Gedanke, durch ihre Heirat in ihren Neigungen und Vergnügungen eingeschränkt zu werden, war so fern von ihr gewesen, daß sie dadurch erst recht in die Freiheit, nach ihrem eignen Sinne zu leben, gesetzt zu werden gehofft hatte. Sie war sich nichts Böses bewußt; was sie verlangte, war die unschuldigste Sache von der Welt; sie wollte nichts als gefallen und sich vergnügen. Mondor hatte sich über keinen Mangel an Zärtlichkeit und Gefälligkeit zu beklagen; sie liebte ihn soviel sie lieben konnte, kurz, ihr Herz machte ihr keine Vorwürfe. Man denke also, wie sie erstaunte, als sie aus dem Munde des Mannes, der sie vor kurzem noch wie eine Gottheit angebetet, blindlings an sie geglaubt, und sich mit allem, was sie sagte und tat, unendlich zufrieden gezeigt hatte – den ersten Widerspruch, und, was noch schlimmer war, sehr bald auch die ersten Vorwürfe hören mußte. Nichts war in der Tat ihrem Erstaunen gleich – als das Erstaunen ihres Gemahls, in dieser sanften Engelsseele, die er in einen so reinen Einklang mit der seinigen gestimmt glaubte, einen Eigenwillen, eine Widersetzlichkeit, ja sogar einen kleinen Trotz zu finden, der ihrem schönen Gesichte zwar recht gut ließ, und den ein Liebhaber bezaubernd gefunden hätte, der sie aber, in den Augen eines Ehemanns wie Mondor, von der Höhe, auf welche er sie in seiner Einbildung erhoben hatte, plötzlich herab stürzte, und mit den gemeinen Erdetöchtern in Eine Linie stellte.

Die ehlichen Mißverständnisse, die aus dem wechselseitigen Irrtum, den jedes in Ansehung des andern gehegt hatte, entstanden, wurden anfangs, nach einigem Wortwechsel und Widerstand auf beiden Seiten, immer noch unter Amors und Hymens unsichtbarem Einfluß in Güte beigelegt. Eine zärtliche Liebkosung, im Notfall eine kleine funkelnde Träne in Selindens schönen sanftbittenden Augen, waren da noch hinlänglich, Mondors Herz zur Nachgiebigkeit zu schmelzen; und mehr als Einmal machte Sie sich noch ein Verdienst bei ihm daraus, wenn sie irgend einen Ausflug, eine Tanzgesellschaft, oder etwas dieser Art, auf seine Bitte, den Abend ihm zu schenken, der ehlichen Gefälligkeit aufopferte. Aber sobald sie, nach Verfluß einiger Zeit, merkte, daß Mondor ihre zärtliche Nachgiebigkeit zum Nachteil ihrer Rechte mißbrauchen wolle; sobald er einen herrischen Ton annahm, und Machtsprüche tat, weil seine Bitten immer seltner die verlangte Wirkung taten: da erinnerte sich Selinde, daß sie – ein Weib sei, und wo nicht den allgemeinen Beifall ihres eignen Geschlechts, doch gewiß die Stimmen aller artigen jungen Männer und loyalen Ritter für sich habe. Von diesem Augenblick an war das zarte geistige Band, das Mondorn an sie gefesselt hatte, zerrissen; und wiewohl er sich zuweilen gestehen mußte, daß alles, was er ihr zum Verbrechen machte, in hundert andrer Männer Augen ganz gleichgültige Dinge, oder höchstens sehr verzeihliche jugendliche Eitelkeiten wären, so konnt er doch nicht von sich erhalten, ihr die Beschämung vor sich selbst zu verzeihen, die er, bei dem Gedanken sich so gröblich an ihr geirrt zu haben, auf seinen Wangen brennen fühlte. Ungleich waren indessen die Folgen des Risses, der durch die immer häufigern, bald unbedeutenden, bald sehr ernsthaften Zwistigkeiten, zuletzt zwischen ihnen erfolgte. Denn der arme Mondor, dessen zärtliche Schwachheit für seine schöne Hälfte von Zeit zu Zeit mit allen Zufällen eines hitzigen Seelenfiebers wieder zurückkehrte, litt durch diese Trennung ihrer Gemüter wirklich stark an seiner Ruhe, und befand sich oft sehr übel: Selinde hingegen, die den Mann, von welchem sie sich unverzeihlich beleidigt hielt, eigentlich nie geliebt hatte, fand sich durch die Freiheit nach ihrer Phantasie zu leben, die er ihr gern oder ungern lassen mußte, reichlich entschädigt, und hatte, als Überschuß, noch das unschuldige Vergnügen, ihn, so oft er seinem Vorsatz, sich nicht weiter um ihr Tun und Lassen zu bekümmern, ungetreu wurde, durch ihre kaltblütige Höflichkeit und Artigkeit beinahe zum Wahnsinn zu treiben.

Daß Klarisse, die mit ihrem eignen Manne auf einem sehr hübschen Fuß lebte, das Benehmen ihrer Freundin gegen den ihrigen nicht gebilliget haben könne, brauche ich kaum zu sagen. Wirklich versuchte sie bei ihr und ihm alles, was sich von ihrer Klugheit und dem warmen Anteil, so sie an ihnen nahm, erwarten läßt, um sie zu gegenseitiger Nachsicht und Gefälligkeit zu bewegen. Aber da jeder Teil immer recht haben wollte und alles Unrecht nur bei dem andern sah, so ließ sie endlich von ihnen ab, und begnügte sich, durch ihren Einfluß über beide wenigstens so viel zu erhalten, daß es zu keinen Ausbrüchen kam, wodurch sie die Fabel der Stadt geworden wären.

Weil Mondor aus Veranlassung seiner ehlichen Drangsale öfters Gelegenheit bekam, die Gattin seines Freundes näher kennen zu lernen, faßte er unvermerkt eine Achtung für sie, die anfangs die unschuldigste Sache von der Welt schien, aber in der Folge seiner Ruhe sehr nachteilig wurde. Jedesmal daß er sie sah, verwunderte er sich mehr, wie er so blind habe sein können, Klarissens auffallende Vorzüge vor Selinden nicht schon längst wahrzunehmen. ‚Welch ein Weib ist diese Klarisse!' sagte er oft zu sich selbst: ‚frei von allen Schwächen und Unarten ihres Geschlechts, vereinigt sie mit allem, was an einem Weibe liebenswürdig ist, alles, was einen Mann hochachtenswürdig macht.'

Und nun rechnete er sich ihre sämtlichen Vorzüge, Talente, Tugenden und Annehmlichkeiten, Stück vor Stück, vor, verglich sie mit allem was an Selinden tadelhaft oder Ihm wenigstens mißfällig war, und endigte immer mit einem tiefen Seufzer über das Glück des leichtsinnigen Raymunds, der den Wert des Schatzes, den er besaß, nicht einmal zu fühlen schien, und mit jedem andern hübschen und gutartigen Weibe eben so glücklich hätte leben können.

Indessen ging doch eine geraume Zeit hin, bevor Mondor sich selbst bei Gedanken und Wünschen überraschte, die mit dem, was er seinem Weibe und seinem Freunde schuldig war, nicht ganz verträglich schienen. Er suchte anfangs bei Klarissen bloß, was er immer bei ihr fand, Aufheiterung, Zerstreuung seines Unmuts, Unterhaltung des Geistes, und zwangfreien Gedankentausch. Er ging immer ruhiger von ihr weg als er gekommen war, und Selinde konnte es jedesmal an seiner guten Laune merken, wenn er ein paar Abendstunden bei ihrer Freundin zugebracht hatte. In der Folge – als er sich nicht länger verbergen konnte, daß seine Verehrung für Klarissen immer wärmer, wie seine Besuche immer häufiger wurden – täuschte er sich noch eine Zeit lang mit dem schönen Hirngespenst der Platonischen Seelenliebe; einem Selbstbetrug, der ihm um so leichter wurde, da selbst der scharfäugigste und tadelsüchtigste Belauscher an Klarissens Benehmen gegen ihn nicht das geringste wahrgenommen hätte, was die Phantasie hätte aufregen, oder als eine stille Aufmunterung geheimer Wünsche ausgedeutet werden können. Aber eben diese Unbefangenheit, diese gänzliche Entferntheit von allen den kleinen spinnenartigen Künsten der weiblichen Koketterie, – wovon selbst diejenigen unter uns, die sich keiner bestimmten Absicht dabei bewußt sind, nach dem Vorgeben der Männer nicht ganz frei sein sollen – mußte bei einem Manne wie Mondor gerade das Gegenteil von dem, was Klarisse vielleicht verhüten wollte, bewirken; denn gerade dies war es, was ein Weib in seinen Augen zum Engel machte. Kein Wunder also, daß aus dem, was eine Zeit lang die reinste Freundschaft gewesen war, auf seiner Seite endlich eine entschiedene Leidenschaft wurde, die um so größere Verwüstungen in seinem Innern anrichtete, weil er sich gezwungen sah, sie aufs sorgfältigste vor Klarissen zu verbergen.

Um diese Zeit ereignete sich ein kleiner Vorfall, der für den armen Mondor zu keiner ungelegnern hätte kommen können.

Raymund hatte zu seinem eignen Vergnügen ein Gemälde in Lebensgröße verfertigt, welches die ewig jungfräuliche Göttin Pallas vorstellte, wie sie zufälliger Weise von dem jungen Tiresias im Bade überrascht wird. Nie war etwas schöneres gesehen worden, als was der junge Thebaner hier zu seinem Unglück – nicht sah; denn in eben dem Augenblick, da er die Göttin ansichtig wurde, erblindete der arme Mensch an beiden Augen. Dieses Gemälde hing schon seit geraumer Zeit in einem Seitenkabinett von Raymunds Zimmer, aber Mondor hatte es noch nie gesehen. Von ungefähr traf sichs einst, daß die Tür des Kabinetts halb offen stand, da Mondor seinen Freund auf seinem Zimmer besuchte. Ein heller Morgensonnenblick fiel gerade auf die Hauptfigur des Gemäldes und erregte Mondors Aufmerksamkeit und Neugier. Er mußte gestehen, weder in der Natur noch in der Kunst je eine so vollkommene Gestalt gesehen zu haben, und machte seinem Freunde große Komplimente über die Gunst, worin er bei den Bewohnern des Olympus stehe; denn notwendig müsse die Göttin ihm in Person zu diesem Bilde gesessen sein. Raymund, von einem Anfall unbesonnener Eitelkeit hingerissen, gestand, daß er durch unablässiges Bitten Klarissen endlich übermocht habe, das Modell zu dieser Pallas abzugeben. Er müßte, wiewohl er sich nichts ansehen ließ, so blind als Tiresias gewesen sein, wenn er nicht bemerkt hätte, wie Mondor bei dieser traulichen Eröffnung plötzlich so blaß wie ein Gipsbild, und eben so schnell wieder so feuerrot wie eine untergehende Herbstsonne wurde, und sich so hastig aus dem Kabinett entfernte, als ob er ein Gespenst darin gesehen hätte. Von dieser Stunde an war der Gemütszustand des armen Mondors in der Tat mitleidenswert.

Ich gestehe, daß ich Raymunden im Verdacht habe, er sei von einem geheimen Bewegungsgrund verleitet worden, bei diesem Anlaß den Kandaules mit seinem Freunde zu spielen. Denn ich kann nicht länger verbergen, daß zu eben der Zeit, da die Hochachtung Mondors für Klarissen sich von Stufe zu Stufe dem Punkt näherte, wo sie sich in die heftigste Leidenschaft verwandelte, zwischen Raymund und Selinde sich ebenfalls etwas der Liebe ähnliches entsponnen hatte, welches ernsthafter zu werden drohte, als es anfangs wohl die Meinung war. Der vertraute Umgang unter den beiden Freundinnen gab Raymunden häufige Gelegenheit, Selinden zu sehen und unvermerkt selbst auf einen vertraulichen Fuß mit ihr zu kommen. Nun walteten vielerlei Ähnlichkeiten und Übereinstimmungen zwischen beiden vor. Selinde war ein sehr schönes Weib, und Raymund ein sehr schöner Mann. Selinde war von sehr leichtem Sinn, immer fröhlich, und eine leidenschaftliche Liebhaberin aller geselligen Vergnügungen; dabei voll Witz und lebhafter Einfälle, die nicht selten der Überlegung zuvorliefen. Das alles war Raymund auch. Keines von beiden war einer Liebe fähig, die das Glück oder Unglück des Lebens entscheidet; beide waren im Grunde, wie Rosalindens Narcissus und Narcissa, nur in sich selbst verliebt. Aber Selinde fand ihr größtes Vergnügen daran, Herzen zu umspinnen, wiewohl sie nicht wußte was sie mit ihnen anfangen sollte; und Raymund konnte kein schönes Weib sehen, ohne zu wünschen, daß sie sein wäre, und er hätte aus bloßem Kunstsinn einen zahlreichern Harem gehalten als König Salomo, wenn er Macht und Vermögen dazu gehabt hätte. Mit so vielen Berührungspunkten war nichts natürlicher, als daß sie einander anzogen. Nun kamen aber noch Selindens Mißverhältnisse mit ihrem Tyrannen (wie sie ihren Mann scherzweise zu nennen pflegte) dazu, Raymunden Ihr und Sie Raymunden interessanter zu machen. Jener konnte durch Vergleichung seiner Artigkeit, Gefälligkeit und guten Laune mit Mondors trocknem Ernst, Ungeselligkeit, strengen Forderungen und überspannten Ideen, bei Selinden nicht anders als gewinnen: diese wurde noch einmal so schön und liebreizend in Raymunds Augen, wenn er sah, daß gerade das, was ihn an ihr bezauberte, ihrem Gemahl das Mißfälligste an ihr war. Wie war es möglich, gegen eine solche Frau nicht die Gefälligkeit selbst zu sein? Mondor war sein Freund, und würde ihn immer bereit gefunden haben, sein Leben für ihn zu wagen: ‚aber wär es nicht ein wahres Freundschaftsstück', sagte er oft lachend zu sich selbst, ‚wenn ich ihm von einer Frau hülfe, die ihn mit aller ihrer Liebenswürdigkeit nur unglücklich macht?' Er sagte sich das so oft als einen bloßen Scherz, bis er es endlich in ganzem Ernst glaubte. ‚Wenn wir unsre Weiber tauschen könnten', dachte er, ‚dann wär uns beiden geholfen.' Aber die Frage, wie dies möglich zu machen wäre, konnt er sich mit allem seinen Witz nicht beantworten.

Zu gutem Glück erschien in Frankreich um eben diese Zeit das berüchtigte Gesetz, welches die Unauflöslichkeit der Ehe aufhob, und die Scheidungen so leicht und willkürlich machte, als es der Leichtsinn und Wankelmut des lebhaftesten Volkes auf dem Erdboden nur immer wünschen konnte. Eine Menge übel zusammengejochter oder einander überdrüssiger Ehepaare eilten, was sie konnten, von dieser Freiheit Gebrauch zu machen, und die Beispiele getrennter Ehen wurden in kurzem in den größern Städten so häufig, daß die Furcht vor dem öffentlichen Urteil niemanden mehr abschrecken konnte, zu tun was sein Herz gelüstete.

Diese fast täglich vorfallenden Ehescheidungen waren eine Zeit lang der beliebteste Gegenstand der Unterhaltung in Gesellschaften. Auch unsre beiden Freunde sprachen gern und öfters über das neue Gesetz; und wiewohl Mondor die Sache in einem ernsthaftern Lichte betrachtete als Raymund, so stimmte er am Ende doch immer, mit einem Seufzer, dem letztern bei, der dieses Gesetz, insofern es nur nicht zu sehr mißbraucht würde, für das heilsamste unter allen hielt, an welchen die Revolution so fruchtbar war.

Mehr als einmal schien den beiden Freunden etwas zwischen den halb offnen Lippen zu schweben, das sie einander zu entdecken hätten; aber eben so oft drückte ich weiß nicht was das sich heraufarbeitende Geheimnis in ihre Brust zurück; bis es endlich beiden gleich unmöglich fiel, es länger verborgen zu halten.

Eines Morgens machte sich Raymund auf den Weg zu Mondorn, in der Absicht, sich dessen zu entledigen, als ihm dieser auf der Hälfte des Weges in die Hände lief.

„Ich war im Begriff zu Dir zu gehen, Mondor."

„Das war auch m e i n e Absicht, lieber Raymund."

„Ich habe Dir", fuhr dieser fort, „etwas zu sagen, das mir schon lange auf dem Herzen liegt."

„Das ist gerade m e i n Fall auch, mein Freund."

„Suchen wir also einen bequemen Ort, wo wir uns ohne Zeugen davon erleichtern können!"

Sie begaben sich nun, ohne ein Wort weiter zu reden, in die einsamsten Gänge eines öffentlichen Lustgartens, und sobald sie sich allein sahen, fing R a y m u n d von neuem an:

„Du hast eine sehr schöne, sehr liebenswürdige Frau, mein Freund –

M o n d o r seufzte und schwieg.

– die dich nicht glücklich macht?"

„Leider!"

„Und mit welcher I c h hingegen glücklich wäre wie ein Gott."

„Nicht unmöglich!"

„Klarisse ist ein herrliches Weib, das weißt du."

Mondor schwieg abermals.

„Wie wenn wir mit einander tauschten, Mondor? Alles müßte mich betrügen, oder Klarisse wäre gerade die Frau die dir nötig ist."

„Und du könntest ihr entsagen, Raymund?"

„Mondor, wir sind alte Freunde, laß uns offen gegen einander sein! Ich habe keine Ursache mich von Klarissen zu scheiden: aber ich gestehe dir unverhohlen, ich bin in Selinden vernarrt, – und du, wie ich schon lange merke, liebst Klarissen. Was in aller Welt also könnte uns zurückhalten, uns das neue Gesetz zunutze zu machen?"

„Auch ich muß dir gestehen, Raymund, daß ich Klarissen anbete. Sie hat einige Freundschaft für mich; aber wird Sie einwilligen sich von dir zu trennen? Und wenn sie auch einwilliget, wird sie darum die Meinige werden wollen?"

„Zu jenem hoffe ich sie leicht zu überreden; dieses wird dann deine Sache sein. Unter uns gesagt, sie ist etwas kalt; das wirst du dir gefallen lassen müssen."

„Alles in der Welt, wenn sie nur einwilligt mit mir zu leben. Ich verlange kein größer Glück als der erste ihrer Freunde zu sein."

„Höre, lieber Mondor! Ich weiß was ich an Klarissen verliere; es ist viel – aber Selinde wird mich reichlich entschädigen."

„Du gibst mir das Leben zum zweiten Mal wieder, bester Raymund! Du willst also alles mit Klarissen richtig machen? Denn mit Selinden bist du, wie es scheint, bereits einverstanden."

„Nicht so ganz wie du glaubst; aber wenn du dir aus deiner Gefälligkeit gegen deinen Freund ein Verdienst bei ihr machen wolltest, so würde sie vielleicht zu bewegen sein. Denn mit allen deinen Vorzügen vor mir –"

„Keine Komplimente unter Freunden! Wenn du nur Klarissen gewinnen kannst, so wird sich das Übrige von selbst machen. – Du nimmst also die Sache auf dich, Raymund?"

„Hier ist meine Hand!"

„Und hier die meinige! Waren wir nicht Kindsköpfe, daß wir uns vor einander fürchteten?"

Die beiden Freunde trennten sich nun, jeder mit dem andern sehr zufrieden, und der ungeduldige Raymund machte sich noch am nämlichen Morgen an Klarissen, und trug ihr, nach einigen Vorbereitungen die er sich hätte ersparen können, sein und seines

Freundes Anliegen mit einer angenommenen leichtsinnigen Lustigkeit vor, hinter welche er seine Verlegenheit, einer Frau wie Klarisse einen solchen Antrag zu tun, zu verstecken suchte. „Es ist am Ende nur Scherz", sagte er mit einer unschuldigen Schalksmiene; „aber wir täten vielleicht nicht übel wenn wir Ernst daraus machten. Was meinst du, liebe Klarisse?"

„Es kommt dich also wirklich so leicht an mich aufzugeben, Freund Raymund?"

„Ich schäme mich vor einer so weisen Frau als du wie ein kleiner Junge dazustehen. Mein Antrag hat in der Tat keinen Menschenverstand. Du bist das liebenswürdigste Weib, das ich je sehen werde. Ich kenne und fühle deinen ganzen Wert, wiewohl ich deiner nie würdig war. Aber ich kann es nicht über mein Herz bringen dich zu betrügen. Dieses Hexengesicht von Selinde hat mir nun einmal den Kopf verrückt. Ich muß wirklich bezaubert sein, der leibhafte *Teufel-Amor* ist mir in die Glieder gefahren, und ich sehe kein Mittel seiner los zu werden, als wenn ich ihm den Willen tue."

„Du magst wohl recht haben, lieber Raymund", sagte Klarisse lachend; „wenigstens mag es das *angenehmste* Mittel sein, diesen Teufel auszutreiben."

„Ich will dir alles bekennen, bestes Weib", fuhr Raymund fort. „Ich habe mein Möglichstes getan, aber leider! vergebens, Selinden zu einem geheimen gütlichen Vergleich zu bewegen."

„Leichtfertiger Mensch! So etwas bei einer Frau wie Selinde nur zu denken!"

„Schilt mich nicht, Klarisse; es geschah bloß, weil ich den Gedanken, dich zu verlieren, hasse."

„Du hättest uns wohl lieber alle beide?"

„Das wäre freilich das beste", sagte der leichtfertige Mensch, indem er ihr, wie aus Dankbarkeit, die Hand küßte –

„und bedauertest dann doch, daß du kein Muselmann seist, und noch ein paar gasellenaugige Circasserinnen dazu nehmen könntest? – Aber Scherz bei Seite, Herr Gemahl! du kennst mich, hoffe ich. Dir und Selinden zulieb bin ich alles zufrieden, wofern dein Freund Mondor eben so gefällig ist wie ich. Aber warum willst du mich nicht ledig bleiben lassen? Warum soll denn gerade Ich Selindens Stellvertreterin sein?"

„Als ob du nicht wüßtest daß dich Mondor anbetet, daß er nicht ohne dich leben kann?"

„Das ist wirklich mehr als ich weiß."

„So weiß ichs desto gewisser. Ich lese schon lange in seiner Seele. Selinde paßt nicht für ihn. Mit Dir wär er der glücklichste Mann unter der Sonne, mit ihr ist es das Gegenteil. Ich muß dir sagen, Klarisse, er hat mich oft so herzlich gedauert, daß es Augenblicke gab, wo ich aus bloßem Mitleid fähig gewesen wäre, dich ihm abzutreten, dich sogar fußfällig um deine Einwilligung zu bitten, wäre mir Selinde auch so gleichgültig gewesen wie die Favoritin des Königs Salomo."

„Raymund, das verdient einen Kuß, wie du noch keinen von mir bekommen hast!" – Sie hielt Wort.

„Klarisse, Klarisse", rief Raymund, – „wenn du es so anfängst –"

„Sprich es nicht aus, was du sagen wolltest", fiel sie ihm in die Rede; „du würdest dich sehr irren. Es sollte bloß der Abschiedskuß sein. Es ist der letzte, darauf kannst du dich verlassen!"

„Wir scheiden doch als Freunde?" sagte Raymund halb wehmütig.

„Ganz gewiß! Nur irre dich nicht, lieber Raymund. Es könnte eine Zeit kommen, wo dich die Reue anwandelte –"

„Sehr möglich!"

„Daß du dir ja nicht einbildest, es brauche dann weiter nichts, als zu mir zurück zu kommen und von deinem ehmaligen Platz wieder Besitz zu nehmen! Daran ist dann gar nicht mehr zu denken!"

„Bei dem, was wir vorhaben, darf auch so etwas gar nicht vorausgesehen werden", sagte Raymund lächelnd.

„Es ist immer gut, mein Freund", erwiderte sie, „auf alle Fälle zu wissen, worauf man sich zu versehen hat." – Und hiermit erhielt Raymund seine Entlassung, und eilte, was er konnte, Mondorn und Selinden von dem guten Erfolg seiner Unterhandlung mit Klarissen zu benachrichtigen.

Alles Nötige wurde nun ohne Aufschub besorgt, um dem sonderbarsten Tausch, der vielleicht je gemacht worden ist, die gehörige Gesetzmäßigkeit zu geben.

Klarisse hatte sich noch zwei Hauptbedingungen ausbedungen, welchen die andern drei ihre Beistimmung nicht versagen konnten: die eine, daß Mondor mit Klarissen die ersten sechs Monate auf seinem Gute, vier oder fünf Meilen von der Stadt gelegen, zubringen; die andere, daß Raymund Klarissen, und Mondor Selinden künftig nie anders als an öffentlichen Orten sehen und sprechen sollten. Auch wurde, auf ein paar

Worte, welche Klarisse ihrem ehmaligen Gemahl ins Ohr sagte, die badende Pallas, wohl zugedeckt und eingepackt, aus Raymunds Kabinett nach Mondors Landgute abgeführt.

Klarisse hat mir im Vertrauen noch einen geheimen Artikel entdeckt, wozu sich Mondor gegen sie verbindlich machen mußte, und wozu schwerlich ein Anderer, als ein so Platonischer Schwärmer wie er, sich verstanden haben würde. Es war dieselbe Bedingung, unter welcher, in dem bekannten kleinen Roman Abbassai, der Kalife Harun Alreschid seine Schwester dem Großvezier Giafar zur Gemahlin gibt; jedoch mit der billigen Milderung, daß, insofern Mondor sich nur alles zwangrechtlichen Anspruchs begebe, ihm die Freiheit unbenommen bleiben sollte, zu versuchen, wie weit er es im Wege der Güte bei ihr bringen könne. Was der Erfolg dieser Abrede war, geziemte mir nicht zu fragen, und Ihr vielleicht nicht mir zu offenbaren.

Bis hieher werden Sie meine Anekdote so sonderbar eben nicht gefunden haben; aber das Seltsamste kommt noch.

Die beiden Freunde schienen im ersten halben Jahr ihres neuen Ehestands mit ihrem Tausch unendlich zufrieden zu sein. Mondor, bei welchem ehmals ein Tag, der ohne einen Sturm zwischen ihm und Selinden vorüber ging, eine Seltenheit war, glaubte mit der sanften, heitern, immer sich selbst gleichen Klarisse in einem wahren Elysium zu leben. Bei ihr fand er alles, was ihm Selinde, auch wenn sie gewollt hätte, nicht gewähren konnte: angenehme, mannigfaltige Unterhaltung des Geistes, traulichen Umtausch der Gedanken und Gesinnungen, zarte Teilnahme und zuvorkommende Aufmerksamkeit. Ihre Kenntnisse, ihre Talente, schienen unerschöpfliche Quellen von Vergnügen für den Glücklichen, der unmittelbar aus ihnen schöpfen konnte. Sie lebte fast ganz allein für ihn, so wie auch Er nur selten und gezwungener Weise von ihrer Seite kam. Denn es war nun einmal in der Natur des guten Mondors, alles auf die äußerste Spitze zu treiben; und je kürzer ihn Klarisse in andern Rücksichten hielt, desto gieriger übernahm er sich in den geistigen Genüssen, die sie ihm mit der gefälligsten Freigebigkeit zugestand. Er geizte mit jedem Augenblick, und würde sichs nicht verziehen haben, wenn er, durch seine Schuld, um eine einzige Minute, die er mit ihr zubringen konnte, gekommen wäre. Die natürlichen Folgen dieser übermenschlichen Art glücklich zu sein konnten für Beide nicht ausbleiben. Auch in geistigen Genüssen zieht Übersättigung und

Unmäßigkeit – Gleichgültigkeit und Erschlaffung der innern Sinne nach sich. Wie viel Klarisse auch zu geben hatte, endlich hatte sie doch alles gegeben; wie liebenswürdig sie war, so blieb sie doch immer dieselbe, und es war nicht in ihrem Charakter, daß sie sich hätte anstrengen sollen, die Eigenschaften und Vorzüge, wodurch sie Mondorn bezaubert hatte, ihm unter immer neuen Gestalten darzustellen. Der täuschende Zauber lag in Ihm, nicht in Ihr; in Ihr war Alles wahr und anspruchlos. Daß Er schwärmte, war nicht Ihre Schuld; daß Er endlich aufhörte zu schwärmen, war es eben so wenig; aber schon eine ziemliche Zeit bevor sie Ihm gleichgültig zu werden anfing, war er Ihr durch seine Schwärmerei nur zu oft widerlich gewesen. Unvermerkt ward er ihr durch den Zwang, den ihr seine Unzertrennlichkeit auflegte, auch überlästig, und sie dachte nicht selten mit einiger Sehnsucht an die Tage zurück, da Raymunds gefälliger Kaltsinn ihr unbeschränkte Freiheit ließ, Sich und ihre Zeit nach eigenem Belieben anzuwenden. Das Schlimmste war indessen, daß sich zwischen ihrer beiderseitigen Vorstellungsart nach und nach ein Mißverhältnis offenbarte, welches notwendig für beide an unangenehmen Folgen fruchtbar sein mußte. Klarisse war nämlich eine geborne Feindin alles Übertriebenen und Unwahren – und Mondor übertrieb unaufhörlich. Klarisse hegte keine Vorurteile, keine Lieblingsmeinungen; Mondor hingegen hatte eine Menge Dulcineen, deren Schönheit er immer gegen die ganze Welt mit eingelegter Lanze zu verfechten bereit war. Es zeigte sich also, nachdem sie einige Monate beisammen gelebt hatten, daß sie über vieles ganz verschieden dachten. Anfangs fand Klarissens Gefälligkeit immer Mittel, dergleichen Dissonanzen durch geschickte Ausbeugungen oder vermittelnde Ideen wieder ins Gleiche zu bringen: aber mit der Zeit wurde diese schonende Nachgiebigkeit immer seltener, und sie spielte meistens ihre eigne Partie fertig weg, ohne sich zu bekümmern, ob sein Instrument mit dem ihrigen rein zusammen gestimmt war, oder ob sie nicht gar aus zweierlei Tonarten spielten. Alle diese Unfüglichkeiten würde gleichwohl ihre Weisheit und Sanftmütigkeit sehr erträglich gemacht haben, wenn nicht gerade diese Weisheit das gewesen wäre, was den heftigen und in seine Ideen und Grillen verliebten Mondor bei manchen Gelegenheiten am meisten zur Ungeduld getrieben hätte. Gerade daß Sie keine Blößen gab und im Grund immer recht hatte, reizte bei Ihm den Geist des Widerspruchs desto stärker auf, und so behauptete er oft die widersinnigsten Dinge, weniger um seinen Witz zu zeigen, als ihrem Verstande weh zu tun, und sie um eine Antwort verlegen zu machen. Unter den kleinen Mißhelligkeiten, die hieraus entstanden, litt indessen niemand mehr als Mondor. Klarisse, welche selten warm und niemals bitter wurde, war gleich wieder bereit, Friede zu machen; ihre Seele war wie ein heitrer Himmel, der durch kleine schnell vorüberziehende Wölkchen nicht verdüstert wird. Aber Mondors Reizbarkeit und Hitze, die ihn immer über die Grenzen der Mäßigung hinaustrieben, machten auch, daß er weder so schnell, noch mit so guter Art wieder ins Gleichgewicht kam. Unwillig über sich selbst, unwillig über die Veranlassung des Streits, unwillig darüber, daß irgend etwas die Harmonie zwischen ihm und Klarissen stören könne, machte seine übermäßige Empfindlichkeit und unbändige Einbildungskraft aus einem kleinen Übel ein großes, und nicht selten schmollte er ziemlich lange mit Klarissen, bloß weil er Sich selbst nicht verzeihen konnte, daß er sich gegen Sie vergessen hatte. Alle diese und ähnliche kleine Ursachen brachten, bevor noch das erste Jahr um war, eine große Wirkung hervor, nämlich, daß Mondor, gegen alle seine Erwartung, sich mit Klarissen noch weniger glücklich fühlte als mit Selinden.

Als der herannahende Winter ihn vom Lande in die Stadt zurückrief, hatte er das nicht ganz reine Vergnügen, zu sehen, daß im Gegenteil sein Freund Raymund mit der schönen Selinde in der erbaulichsten Eintracht lebte, und daß sie allgemein für das glücklichste Paar im ganzen Distrikt gepriesen wurden. Sie schienen ganz für einander gemacht zu sein; gleiche Neigungen, gleicher Geschmack, einerlei Wille, wiewohl keines dem andern den geringsten Zwang auflegte, und jedes tat, was ihm beliebte. Von Mißverständnissen und Verkältungen keine Spur! Fanden sie sich zusammen, so schienen sie so entzückt von einander, als ob sie sich lange nicht gesehen hätten; waren sie, wie meistens, an verschiedenen Orten, so schien keines das andre zu vermissen.

Mondor konnte sich mit aller seiner Freundschaft für Raymunden eines kleinen Anfalls von Eifersucht nicht erwehren. Die Erinnerungen aus den goldnen Tagen der ersten Liebe wurden immer lebendiger in seiner Phantasie, das Verlangen, Selinden wieder zu sehen, immer ungeduldiger in seiner Brust; und da er sie nur öffentlich sehen durfte, überwand er sogar seine alte Abneigung vor großen, vermischten und lärmenden Gesellschaften, und suchte sie überall in Assembleen und Tanzpartien auf. Sie war (deuchte ihn) seit er die Torheit begangen sich von ihr zu scheiden, noch einmal so schön geworden als zuvor; sie war ihm wieder das Ideal aller Grazien, und er begriff immer weniger, wie der Besitzer einer so reizenden Frau jemals mit ihr habe unglücklich sein können. Hiezu kam noch, daß sie im Grunde das unschuldigste Geschöpf von der Welt war; denn nie hatte das Einzige, was er ehmals an ihr auszusetzen hatte, ihr Leichtsinn, ihr Hang zu den Vergnügungen und ihre Begierde zu gefallen, ihrem Ruf den mindesten Flecken zugezogen; und, indem sie allen Männern Netze zu stellen schien, war kein Einziger, der sich der geringsten Aufmunterung oder Begünstigung von ihr zu rühmen hatte. ‚Ihre Fehler', sagte Mondor itzt zu sich selbst, ‚machen sie nur desto liebenswürdiger, und verdienen eigentlich diesen Namen nicht einmal. Denn s i e sind es eben, die ihr diese unerschöpflichen, immer neuen Reize geben, welche Überdruß und Sättigung unmöglich machen.' Diese Betrachtungen führten ihn unvermerkt auf die Entdeckung: daß die schöne Selinde, alles wohl überlegt und in einander gerechnet, sich doch besser für ihn schicke, als die kalte, einförmige, sich selbst genügsame Klarisse, mit ihrer Sokratischen Hochweisheit und ihrer unbelebten Bildsäulen-Gestalt, – und daß alle Schuld seines ehmaligen Mißverhältnisses mit der erstern bloß an seinen grillenhaften, überspannten Forderungen gelegen habe. Hätte ihn die Scham vor Klarissen und die Furcht, von Raymunden ausgelacht und von Selinden abgewiesen zu werden, nicht mit Gewalt zurückgehalten – kaum getraute er, sich selbst zu gestehen, was er zu tun fähig gewesen wäre.

Indessen suchte er sich doch, so viel der Wohlstand zulassen wollte, Selinden immer mehr zu nähern; und da sie sich so unbefangen und artig gegen ihn betrug, als ob sie einander erst itzt kennen lernten: so fühlte er sich dadurch aufgemuntert, das, was in seinem Herzen vorging, immer deutlicher, wiewohl unter der zartesten Verschleierung, aus seinem ganzen Benehmen gegen sie hervorschimmern zu lassen. Selindens Eitelkeit wurde dadurch nicht wenig geschmeichelt, und alle ihre Freundschaft für Klarissen konnte nicht verhindern, daß es ihr nicht Mühe kostete, die Freude zu verbergen, die sie über einen so schönen Triumph ihrer Reizungen empfand. Unvermerkt erwachten auch in ihr die Bilder der ersten Tage und Wochen ihrer Verbindung mit Mondorn, und sie konnte sich nicht enthalten, stille Vergleichungen zwischen ihm und Raymunden anzustellen, die immer zu seinem Vorteil ausfielen. Mondor beobachtete sie zu scharf, um die Spuren dessen, was in ihrem Innern vorging, nicht in ihren Augen und in tausend kleinen, andern Leuten unsichtbaren Äußerungen wahrzunehmen, und die Sehnsucht nach Wiederherstellung ihres ehmaligen Verhältnisses nahm itzt mit der Hoffnung täglich zu. Klarisse, die einzige ganz unbefangene Person unter den vier Freunden, (denn auch Raymund hatte seine Ursachen, sich in den vorigen Stand zurückzuwünschen, wiewohl er zu bösem Spiele zu lächeln wußte) Klarisse, sage ich, sah der Komödie mit ruhiger Erwartung der Entwicklung zu, ohne die Spielenden weder aufzumuntern noch abzuschrecken, ungefähr wie man einem Kinderspiel zusieht; um so ruhiger, da sie, ihrer Denkart nach, bei dem vorhergesehenen Ausgang mehr zu gewinnen als zu verlieren hatte. Denn sie hatte sich (wie wir wissen) nicht aus Wahl, sondern aus bloßer Gefälligkeit gegen ihre Freundin und Raymunden, von letzterem getrennt; und da dieser nichts angelegneres zu haben schien, als sie zu überzeugen, daß sein Mittel, den kleinen, ihm von Selinden eingezauberten Liebesteufel los zu werden, trefflich angeschlagen habe: so war kein Zweifel, daß es nur von ihr abhangen werde, ob und auf welche Bedingungen sie es noch einmal mit ihm wagen wolle.

So standen die Sachen zwischen den vier Freunden, als Mondor, der leidenschaftlichste unter ihnen, sich endlich entschloß, das Eis zu brechen, und sich von Raymunds und Selindens Gesinnungen, wie sie auch ausfallen möchten, gewiß zu machen. „Unser Tausch“, sagte er an einem schönen Morgen zu seinem Freund, „ist dir, wie ich sehe, sehr wohl bekommen, Raymund.“

„Meinst du?“ erwiderte dieser in einem etwas leichtfertigen Tone.

„Man kann, dünkt mich, nicht glücklicher sein, als du mit Selinden bist.“

„Wenigstens nicht glücklicher, als du mit Klarissen, sollt ich denken.“

Mondor seufzte.

„Höre, lieber Mondor, es wäre grausam, wenn ich mit einem Freunde, dem sein Glück einen so schweren Seufzer auspreßt, nur einen Augenblick länger scherzen wollte. Du würdest dich sehr irren, Bruder, wenn du mein Glück nach dem äußern Anschein, oder nach deinem Gefühl beurteilen wolltest. Nicht alles, was gleißt, ist Gold, würde Sancho Pansa an meiner

Stelle sagen, und niemand weiß, wo einen andern der Schuh drückt, wie neu und zierlich der Schuh auch sein mag. Laß uns offenherzig mit einander sprechen, und weg mit der falschen Scham! Wir haben beide eine große Torheit begangen, Mondor! Wir konnten mit unserm Lose zufrieden sein, glaubten uns verbessern zu können, und sind nun beide überzeugt, wir hätten besser getan, wenn jeder das Seinige behalten hätte. Selinde und Klarisse sind beide in ihrer Art sehr liebenswürdige Weiber; aber darum taugen sie nicht für jeden. Du und ich sind unter den Männern nicht die schlechtesten; jeder von uns, denke ich, ist die beste Frau wert. Aber die beste für Raymund ist darum nicht auch die beste für Mondor, und umgekehrt. Dir, z. B., ist Klarisse nicht warm, nicht lebhaft genug; ich hingegen habe gerade eine so kalte und weise Frau zum Gegengewicht meines Leichtsinns nötig. Du hast einen zu warmen Kopf für Klarissen, und ich bin nicht reich genug für Selinden. Wer könnte so grausam sein, einer so schönen und gutartigen Frau, wie Selinde, irgend eine ihrer kleinen Phantasien, ihrer im Grunde so unschuldigen Vergnügungen zu versagen? Aber um beide ohne Nachteil befriedigen zu können, reichen meine Mittel nicht zu; und da ich ihr nichts abschlagen kann, würde sie mich in wenig Jahren zu Grunde gerichtet haben. Du hingegen bist reich genug für eine noch viel kostbarere Frau als Selinde. Überdies ist auch sie, wie du und ich, durch die Erfahrung weiser worden: du wirst gefälliger gegen sie sein, und Sie wird dich durch ihre Mäßigung dafür belohnen. Je weniger du von ihr forderst, desto mehr wird sie für dich tun. Nimm also deine Selinde wieder, Bruder, und gib mir meine Klarisse zurück, mit der ich ehmals zufrieden und glücklich war; so glücklich, daß ich sie selbst in Selindens Armen nie vergessen konnte."

Mondor fand, daß sein Freund sehr richtige Schlüsse mache; und da ihm nichts gewisser war, als daß man entweder wahnsinnig sein müßte (wie er gewesen zu sein bekannte) oder einer Frau wie Selinde ohne Schmerzen nicht entsagen könne, so rechnete er Raymunden als verdienstliche Großmut und als den höchsten Beweis seiner Freundschaft an, was in der Tat bloß das Werk der Klugheit und der Sorge für sein eignes Bestes war.

Alles trat nun wieder in die alte Ordnung zurück. Mondor und Selinde hatten einander gleich viel zu verzeihen, und vereinigten sich wieder, mit dem Vorsatz, durch Fehler klüger gemacht, einander desto reichlicher zu entschädigen. Beide hielten sich Wort; und Klarisse, zu gesundes Kopfes, um eine Empfindlerin, und zu reines Herzens, um weder eine wahre noch geheuchelte Spröde zu sein, erlaubte dem entzauberten Raymund, ohne ihm eine allzu schwere Buße aufzulegen, das Bild und Urbild seiner Pallas im Bade im Triumph in sein Haus zurück zu führen.

Beide Freunde und Freundinnen sind seit dieser Zeit täglich mit ihrem Rücktausch zufriedener, und (was für alle Viere sehr viel beweiset) nie hat auch nur der Schatten von Argwohn und Eifersucht weder der Liebe noch der Freundschaft den geringsten Abbruch bei ihnen getan. Ich habe daher meiner Anekdote den rechten Namen zu geben geglaubt, indem ich sie Liebe und Freundschaft auf der Probe betitelte; und nun bleibt mir nichts übrig, als zu wünschen, daß sie meinen gütigen und nachsichtsvollen Zuhörern nicht mißfallen haben möge.

Nadine endigte hier ihre Erzählung, und überließ es (wie sie versprochen hatte) ihren Zuhörern, so viel Moral daraus zu nehmen, als Jedes zu seinem jetzigen oder künftigen Gebrauch darin zu finden wußte.

Ihre Bescheidenheit wurde nun durch die Lobsprüche, womit sie sich von allen Seiten überhäuft sah, auf keine leichte Probe gesetzt. Die vier Freunde und ihr zweimaliger Weiber- und Männer-Tausch gaben (wie man denken kann) reichen Stoff zu allerlei ernsten und scherzhaften Anmerkungen und Einfällen; und Herr M. war der Meinung: eine von Nadinens Geist überschattete Schriftstellerin könnte diese Anekdote zu einem der artigsten Romane ausspinnen, die seit manchem Jahr in unsrer romanreichen, wiewohl sehr unromantischen Zeit zu Tage gefördert worden.

Am folgenden Abend wurde die Gesellschaft zu Rosenhain mit einem Baron von Werdenberg vermehrt, einem Verwandten der Frau des Hauses, welcher, auf einer Reise in diese Gegenden begriffen, es für Pflicht gehalten hatte, dem Herrn und der Frau von P. seine Aufwartung zu machen. Er war ein schöner, stattlicher Mann von ungefähr dreißig Jahren, seines Charakters wegen allgemein geschätzt, und als ein angenehmer Gesellschafter überall wohl aufgenommen; ein Mann von Bildung und Geschmack, der die Welt kannte und vieles gesehen hatte, aber, weil er ohne Ehrgeiz und Habsucht war, einen zu hohen Wert auf seine Freiheit setzte, um sich in die vergoldeten Fesseln eines Hofes zu schmiegen, oder sich versucht zu fühlen, die Welt regieren und verwirren zu helfen. Übrigens war er im Besitz, den Damen allgemein zu gefallen, weil er allen gefällig zu sein beflissen war, und, da er sich keiner ausschließlich widmete, sich für ein Gemeingut, an welches alle gleiche Rechte hätten, anzusehen schien. Dies war wenigstens das Licht, worin man ihn bisher betrachtet hatte; und so viel mag vor der Hand genug sein, uns eine Idee von diesem Baron Werdenberg zu geben, bis er selbst in der Folge uns vielleicht etwas näher mit sich bekannt macht.

Nach der Abendtafel erwähnte jemand, mit was für einer Art von Spiel die Gesellschaft sich seit mehreren Tagen unterhalten habe. Da die Gäste sich hatten erbitten lassen, ihrem Aufenthalt zu Rosenhain noch einige Tage zuzugeben, so bedauerte man allgemein, daß die fünf Personen, welche die Gefälligkeit gehabt, sich dieses kleine Verdienst um die Gesellschaft zu machen, schon alle an der Reihe gewesen wären, und man also dieses Vergnügen heute würde entbehren müssen. Da nun keines von denen, die ihren Beitrag bereits gegeben hatten, sich geneigt bezeugte, ein übriges zu tun, die bloßen Zuhörer hingegen sich des ihnen gleich anfangs zugestandenen Vorrechts nicht begeben wollten, kam die schöne Nadine von Thalheim endlich auf den Einfall, alle Beredsamkeit ihrer Augen und ihrer Zunge anzuwenden, um den Herrn von Werdenberg zu überreden, daß er sich die Gesellschaft durch irgend eine kleine Anekdote, entweder von seiner eignen Erfindung oder aus dem Schatze seines Gedächtnisses, verbinden möchte. Der Baron wehrte sich so lang' er mit guter Art konnte, indem er alle Arten von Behelfen, womit man eine solche Zumutung von sich abzulehnen pflegt, geltend zu machen suchte. Aber die schöne Thalheim wollte sich nun einmal nicht abweisen lassen, und die übrigen Damen und Herren unterstützten ihre Bitte aufs lebhafteste. „Auf jeden Fall“, sagte Rosalinde in scherzendem Tone, „können Sie darauf rechnen, daß wir die geneigtesten Zuhörer sind, die ein Erzähler sich nur immer wünschen kann.“

„Wer könnte Ihnen nach einer solchen Versicherung länger widerstehen, meine gnädigen Damen“, sagte der Baron lachend; „Ihre Bitten sind für mich Befehle; wollte der Himmel nur, daß die edle Tugend des Gehorsams mir auch das Talent geben könnte, dessen Mangel ich in einer Gesellschaft wie diese stärker als jemals fühle. Wenn es indessen nur darauf ankommt, Ihnen meine kleine Eigenliebe aufzuopfern, so bin ich bereit; nur muß ich vor allen Dingen um die Gnade bitten, mir eine Bedingung zuzugestehen, ohne welche es mir unmöglich sein würde, meine Zusage zu erfüllen." „Alles in der Welt", riefen die Damen, „reden Sie nur!" „Selbst ein Märchen zu erfinden", fuhr Werdenberg fort, „ist nun einmal meine Sache nicht, und die Märchen meiner Mutter Gans sind, aufrichtig zu reden, die einzigen, die ich von meinen Kinderjahren her behalten habe. Wollen Sie aber mit einer wahren Geschichte, so gut ich sie zu geben habe, vorlieb nehmen, so kann ich Ihnen mit einer kleinen Anekdote aufwarten, die sich seit kurzem mit einem meiner Freunde zugetragen hat. Sie ist eben nichts besonderes; weder so rührend, um Tränen zu erpressen, noch lustig genug, um lachen zu machen. Es ist ein ganz einfaches Geschichtchen, aber es ist wenigstens wahr; und bei einer Erzählung, die weder von Seiten des Inhalts noch des Vortrags glänzt, ist dies doch immer einiges Verdienst. Im schlimmsten Fall bin ich beinahe gewiß, daß, wenn Sie auch bei der Erzählung selbst ein wenig nicken sollten, der Ausgang wenigstens Sie wieder aufwecken wird."

„Fangen Sie nur immer an, Herr von Werdenberg", sagte Nadine; „wenn Sie uns Langeweile machen, werden wir schon Mittel finden, auf die eine oder andere Art das Wiedervergeltungsrecht an Ihnen auszuüben; darauf können Sie sich verlassen."

Der Baron begann also seine Erzählung folgendermaßen.

DIE LIEBE OHNE LEIDENSCHAFT

Ein junger Mann, der, statt seines wahren Namens, einsweilen von Falkenberg heißen mag, wurde auf einer Reise nach W. durch einen Zufall in dem kleinen Marktflecken Erlebach aufgehalten. Glücklicher Weise für ihn traf sichs, daß der jährliche Markt, der eben an diesem Tage gehalten wurde, dem unbedeutenden Orte eine ziemliche Lebhaftigkeit gab, zumal die schöne Jahreszeit und das günstigste Wetter eine Menge Personen allerlei Standes und Gewerbes aus der ganzen Gegend herbeigezogen hatte. Falkenberg liebte diese Art von Volksfesten, wo ihm, unter allen Rollen, so dabei gespielt werden, die des bloßen Zuschauers die unterhaltendste deuchte. Er befand sich gerade in der heitern Unbefangenheit und Leerheit, worin man bereit ist, sich, wie Tristram Shandy, sogar mit einem Esel in ein Gespräch einzulassen oder, den Bewegungen einer Schnecke zuzusehen. In dieser Stimmung war er eine gute Weile von einer Bude zur andern herumgeschlendert, und hatte die Bemerkungen, wozu ihm das Glücksrad, der Marktschreier, der Marmottenjunge und die um sie her schwärmenden Volksgruppen Gelegenheit gaben, ziemlich bald erschöpft: als er in der Tür eines Kramladens eine junge Frauensperson gewahr wurde, deren Gestalt und Gesichtsbildung einen so auffallenden Abstich von den Gestalten und Gesichtern des sich hinzudrängenden Gesindels machte, daß er dem Verlangen nicht widerstehen konnte, sich näher mit ihr bekannt zu machen. Ihrem sehr einfachen Anzug nach, und weil er sie mit vieler Munterkeit beschäftigt sah, allerlei Waren, die ihr in Päckchen und Schachteln herabgelangt wurden, auf den Ladentisch auszulegen, glaubte er nicht zu irren, wenn er sie, trotz ihrer vornehmen Miene und der Grazie, die alle ihre Bewegungen begleitete, für die Eigentümerin des Kramladens ansah. Er näherte sich dem Tisch, und nachdem er sie, ohne Zutun seines Willens, mit mehr Ehrerbietung gegrüßt hatte, als eine Person ihres Standes von seinesgleichen erwarten konnte, wollte er die Bekanntschaft damit anfangen, daß er sich durch Einkauf einiger ihm sehr überflüssiger Artikel in Gunst bei ihr setzte, und erkundigte sich, im Ton eines Käufers, der nicht lange zu feilschen gesonnen ist, nach dem Preise.

Die vermeinte Krämerin betrachtete ihn einen Augenblick mit dem Ausdruck einer flüchtigen Überraschung, faßte sich aber eben so schnell wieder und antwortete ihm lächelnd: „Darüber werden wir bald einig sein, mein Herr; ich gebe alle meine Ware unentgeltlich." Mit diesem Worte raffte sie alles, was auf dem Tische lag, in einen großen Korb zusammen, trat vor die Ladentür, und teilte es unter die Umstehenden aus, deren äußerliches Ansehen laut genug bezeugte, daß ihre Kauflust mit den Mitteln, sie ehrlicher Weise zu befriedigen, in ganz und gar keinem Verhältnis stand. Sie gab einem jeden, was er am meisten zu bedürfen schien; und da der Korb in wenig Augenblicken leer war, ließ sie ihn zum zweiten und dritten Male füllen, um auch die neuen Kunden, die ohne Geld zu kaufen herbei eilten, zufrieden zu stellen. Dieses Manöver setzte sie, zu großer Verwunderung aller Zuschauer, so lange fort, bis die ganze Bude rein ausgeleert war.

Falkenberg, der anfangs nicht wußte, was er von dieser sonderbaren Krämerin zu denken habe, merkte nun wohl, daß er sich in seiner Meinung von ihrem Stande geirrt, war aber darum nicht weniger verlegen, wie er sich das was er sah erklären sollte.

Die Unbefangenheit ihres ganzen Benehmens, und die anmutige Art, wie sie ihre Gaben austeilte, machte den Gedanken, daß es unter ihrer Haube nicht richtig stehe, unmöglich. Daß sie nicht weniger reich als leichtsinnig und launenhaft freigebig sein müsse, schien außer Zweifel; aber wenn Anwandlungen dieser Art häufig bei ihr waren, dachte Falkenberg, so gäb es keinen Schatz in Tausend und Einer Nacht, den sie nicht in kurzer Zeit erschöpfen könnte.

Die Dame schien die Gedanken des Unbekannten ohne Mühe zu erraten; auch glaubte sie ziemlich deutlich in seinen Augen zu lesen, daß sie ihm nichts weniger als gleichgültig sei; etwas, wobei sie natürlicher Weise den Wunsch, auch Ihr nicht gleichgültig zu sein, bei ihm voraussetzen konnte. Wenn dies wirklich der Fall war, so ließ sie wenigstens nichts davon sichtbar werden. Indessen bevor sie sich mit der Krämerin, der sie so schnell und unverhofft von ihrem ganzen Marktvorrat geholfen hatte, zum Abrechnen in ein kleines Hinterstübchen zurückzog, wandte sie sich mit dem ungezwungen edeln Anstand einer Person, der man auch in der schlichtesten Kleidung ansieht, daß sie sich in der prächtigsten nicht besser dünken würde, gegen Falkenbergen, und ersuchte ihn, zum Andenken ihrer eben so kurzen als zufälligen Bekanntschaft, einen – Bleistift anzunehmen, den sie aus ihrem Busen hervorzog, und ihm mit einer herzstehlenden Anmut überreichte. „Wenn Sie jemals in den Fall kommen", setzte sie hinzu, „diesen Bleistift zu einem geheimen Wort an eine Geliebte zu gebrauchen, so erinnere er Sie an die Unbekannte auf dem Jahrmarkt zu Erlebach!" – und bevor er vor Verwirrung seiner Sinnen eine Antwort herausbringen konnte, war sie entschlüpft, und die hinter ihr sich schließende Tür sagte ihm in ihrer knarrenden Sprache, daß er seine Entlassung habe.

Wenn ich den Helden meiner Geschichte erdichtet hätte, so müßte ich gestehen, daß ich, um die Wirkungen hervorzubringen, die ein nach dem Beifall unsrer Zeitgenossen strebender Romanschreiber auf seine Leser zu machen bemüht ist, keinen unbequemern Charakter hätte wählen können als den seinigen. Aber er wird sich Ihnen in kurzem als ein wirkliches Glied in der Kette der Wesen darstellen, und es ist nicht meine Schuld, daß er, wie alle andern Glieder dieser Kette, ist was er ist. Ich darf also nicht verbergen, daß mein Herr von Falkenberg bei dieser Gelegenheit eine Kaltblütigkeit zu Tage legte, die vielleicht ohne Beispiel ist. Zwar kann ich nicht leugnen, daß er eine ziemliche Weile mit dem Bleistift der Unbekannten in der Hand und die Augen auf die Tür des Hinterstübchens geheftet, so unbeweglich wie eine Herme stehen blieb. Aber, sobald er wieder zur Besinnung kam, war das erste, was er sich sagte: daß, vernünftiger Weise, hier nichts weiter für ihn zu tun sei, als – seines Weges zu gehen. Er fragte zwar auf allen Seiten nach dem Namen und andern Prädikabilien der sonderbaren Dame; aber niemand konnte ihm sagen, wie sie heiße, noch woher sie gekommen und wohin sie gehe. Da er hingegen sehr wohl wußte, wohin er wollte, und sein Wagen (dessen Ausbesserung ihn zu Erlebach aufgehalten hatte) wieder in reisefertigem Stande war, setzte er sich ohne längern Aufschub ein, und fuhr, mit dem Bilde der Unbekannten vor der Stirn und ihrem Bleistift in der Tasche, mit eben so gesundem Herzen (wie er sich schmeichelte) davon, als er angekommen war.

Das Wahre ist, daß er während seiner ganzen Reise von Erlebach bis A. (wo er, wegen einiger Geschäfte, welche unterwegs abzutun waren, erst am fünften Tage anlangte) an nichts anders denken konnte, als an sein kleines Abenteuer mit der schönen

Unbekannten, obgleich nicht ohne Schamröte über die höchst unbedeutende Person, die er dabei vorgestellt hatte. Ihre feine Gesichtsbildung, das liebliche Feuer ihrer großen schwarzen Augen, ein ihr eignes Lächeln, das der Liebe, die sie einflößte, zu spotten oder zu trotzen schien; ein eben so edles als anspruchloses Wesen in ihrem ganzen Anstand und Benehmen, die einnehmende Munterkeit und schnellbesonnene Schicklichkeit, womit sie ihre Gaben, ohne den mindesten Wert darauf zu legen, nach den anscheinenden Bedürfnissen und Erwartungen der Beschenkten ausgespendet hatte, kurz alles, was ihm an dieser sonderbaren Person aufgefallen war, bis auf die kleinsten Bewegungen ihrer schönen Arme und Hände, stellte sich seiner Erinnerung so lebhaft wieder dar, als ob er sie vor sich sähe. Natürlicher Weise erregte das, was er gesehen hatte, das Verlangen, noch mehr von ihr zu wissen, und das Ganze endigte immer damit, unzufrieden mit sich selbst zu sein, daß er nicht länger zu Erlebach geblieben, und alles mögliche versucht habe, in ein näheres Verhältnis mit ihr zu kommen. Indessen, da er von Natur keiner von den Brennbaren war, die gleich im ersten Augenblick Feuer fangen und im zweiten schon in voller Flamme stehen; da überdies eine unverwandte Beschäftigung der Gedanken mit dem nämlichen Gegenstand das sicherste Mittel ist, den Eindruck desselben abzustumpfen, und endlich auch die Geschäfte, die er unterwegs zu besorgen hatte, seine ganze Aufmerksamkeit erfoderten: so hatte seine Vernunft eben keinen großen Kraftaufwand vonnöten, um sein Gemüt in ziemlichem Gleichgewicht zu erhalten; und so fand sichs, daß er am Morgen des fünften Tages das Zeugnis aller seiner Sinne aufrufen mußte, um sich des Zweifels zu erwehren, daß die Begebenheit zu Erlebach mehr als ein ungewöhnlich lebhafter Traum gewesen sei.

Dieser Wahn war von kurzer Dauer. Das erste, was ihm beim Eintritt in den Gasthof, wo er zu A. abstieg, in den Wurf kam, war seine Unbekannte, die, ohne ihn zu bemerken, in einem schimmernden Anzug an ihm vorbeirauschte, um sich in einen prächtigen, mit reichgekleideten Bedienten beschwerten Wagen zu werfen und vermutlich in Gesellschaft zu fahren. Nichts war ihm gewisser, als daß ihn seine Augen nicht getäuscht hatten, wiewohl der Glanz, worin sie jetzt bei ihm vorüber blitzte, einen eben so starken als vorteilhaften Abstich von der einfachen Kleidung machte, worin sie seine erste Aufmerksamkeit in der Bude zu Erlebach auf sich gezogen hatte.

Dieses zweite unverhoffte Zusammentreffen setzte Falkenbergen in eine Bewegung, die er sich selbst nicht recht zu erklären wußte. Es war ihm, als ob es ihm ahne, es werde ihm schwer werden, sich vor einer Leidenschaft zu bewahren, die vielleicht das Unglück seines Lebens machen könnte; und desto ernstlicher war sein Vorsatz, alle Kräfte seiner Vernunft gegen eine solche Beeinträchtigung seiner Freiheit aufzubieten.

Bei allem dem ließ er dennoch seine erste Sorge sein, mit guter Art Erkundigungen über die Dame einzuziehen. Der Wirt sagte ihm alles, was er aus ihren Bedienten herausgefragt hatte: man nenne sie Fräulein von Haldenstein; sie sei die einzige Tochter und Erbin des verstorbenen Bankiers Haldenstein in ** und befinde sich bereits in freiem Besitz eines unermeßlichen Vermögens. Sie sei erst diesen Morgen von einem ihrer Güter unweit D . . . in A . . . angekommen, um der Verlobung einer Anverwandtin beizuwohnen, und werde schon morgen wieder nach W. abgehen, wo sie sich bei einem alten und reichen kinderlosen Oheim aufzuhalten gesonnen sei, usw.

Diese Nachrichten waren mehr, als nötig war, die Leidenschaft, die sich in seinem Herzen, oder (wie die Alten meinten) in seiner Leber zu bilden anfangen wollte, im Keim zu ersticken. Falkenberg gehört einem der ältesten Geschlechter Deutschlands an, und besitzt, ohne reich zu sein, gerade so viel Vermögen, um bei mäßigen Wünschen genug zu haben. Er würde sich vielleicht ohne großen Kampf über den Stolz eines uralten und immer rein erhaltenen Erbadels hinweggesetzt haben, wenn Liebe, und Liebe ganz allein, ohne den Verdacht eines andern Bewegungsgrundes, ihn dazu gedrungen hätte; aber den Gedanken, daß irgend jemand ihn fähig halten möchte, dem Gott des Reichtums ein solches Opfer zu bringen, konnte sein Stolz nicht ertragen. Es war glücklich für ihn, daß diese Gesinnung Stärke genug hatte, ihn (wie er sich wenigstens gewiß hielt) gegen die Gefahr einer voreiligen Leidenschaft sicher zu stellen. Denn, wer bürgte ihm davor, daß die Dame noch frei war? oder, wenn sie es war, daß sie ihn allen andern, die sich ohne Zweifel um sie bewarben, vorziehen würde?

Es ist eine wunderliche Sache um die Selbsttäuschungen des menschlichen Herzens. Wenn Falkenberg entschlossen war (und er war es wirklich) der schönen Haldenstein keine Gewalt weder über sein Herz noch über seine Leber einzuräumen, warum hatte er nichts angelegneres, als sich am folgenden Morgen auf einer mit ihrem Bleistift beschriebenen Karte zu erkundigen, wann es ihr gelegen sei, seinen Besuch anzunehmen? Das sonderbarste indessen war, daß sein Bedienter auf halbem Wege der Kammerjungfer des Fräuleins in die Hände lief, die den Auftrag hatte, ihrer Dame die Gesellschaft seines Herrn beim Frühstück auszubitten.

Falkenberg erschrak beinahe über dieses beständige Zusammentreffen, und würde etwas verlegen vor dem Fräulein erschienen sein, wenn sie ihm Zeit dazu gelassen hätte. „Die Augenblicke", sagte sie, „da wir uns zu Erlebach sahen, schlüpften so schnell vorbei, daß es unbillig gegen uns selbst wäre, wenn wir den Wunsch, uns näher zu kennen, der uns vermutlich beiden gemein war, nicht befriedigen wollten, da uns der Zufall zum zweiten Mal Gelegenheit dazu macht." Falkenberg beantwortete diese Artigkeit, wie es einem höflichen und wackern Ritter zusteht.

Nach einigen andern Reden, die zu Anfang eines Gesprächs unter vier Augen die Stelle des Räusperns vertreten, sagte das Fräulein: „Gestehen Sie, Herr von Falkenberg, daß Sie nicht wußten, wofür Sie mich halten sollten, da Sie mich den ganzen Kram der wandernden Handelsfrau so hurtig unter die gesamte Bettlerschaft von Erlebach und der umliegenden Gegend austeilen sahen. Daß es nicht aus sogenannter Empfindsamkeit oder romanenmäßiger Wohltätigkeit geschah, werden Sie mir leicht abgemerkt haben."

„Im ersten Augenblick stutzte ich allerdings", versetzte Falkenberg, weil er nicht gleich fand was er antworten sollte; „aber –"

„Das hätten Sie wohl nicht gedacht", unterbrach sie ihn, „daß S i e s e l b s t das ganze Verdienst von meinem guten Werke haben? Denn der Einfall kam mir erst, wie ich sah, daß Sie mich für die Krämerin hielten. Übrigens war die Sache eine Kleinigkeit. Der ganze Kram war mit dreihundert Gulden ausgekauft, und ich schäme mich beinahe, daß die blinde Göttin so verschwenderisch gegen ein verdienstloses Mädchen gewesen ist, daß ich zehnmal soviel verlieren oder wegwerfen kann, ohne ärmer dadurch zu werden. Glauben Sie indessen nicht, daß dergleichen plötzliche Anwandlungen etwas gewöhnliches bei mir sind. Ich bin zwar leider! wie das einzige Töchterchen eines geldreichen Hauses erzogen und ganz und gar nicht gewöhnt worden, einen andern Willen zu haben als meinen eignen: aber die Natur ist so gütig gewesen, dafür zu sorgen, daß ich selten etwas will, das ich nicht sollte; und, einige unschuldige Grillen abgerechnet (setzte sie lächelnd hinzu) gelte ich unter meinen Bekannten, ohne Ruhm zu melden, für eine ziemlich räsonable Person.“

„Wenn Sie meinen Vorwitz nicht unbescheiden finden“, sagte Falkenberg, „so möchte ich wohl wissen, was für Grillen das sind, welche Sie nicht geneigt scheinen Ihrer eignen Vernunft aufzuopfern?“

Das Fräulein schien sich einen Augenblick zu besinnen; „zum Beispiel“, erwiderte sie mit einer spitzfindig naiven Miene, die ihr unbeschreiblich reizend läßt, „nennen Sie das etwa nicht Grille, daß mich zuweilen in ganzem Ernst die Lust anwandelt, mein ganzes Vermögen wegzuschenken, oder, wie Madame Scarron-Maintenon, ein deutsches St. Cyr zu stiften?“

„In der Tat, mein Fräulein“, sagte Falkenberg, „Sie sind, denke ich, die erste, die in Ihrer Lage von einer solchen Grille geplagt wird.“

„Da ich einmal im Beichten bin“, fuhr das Fräulein fort, „so will ich Ihnen offenherzig bekennen, wie es mit mir ist, und Sie werden finden, daß meine Vernunft mehr Anteil an dieser Grille hat, als Sie sich vielleicht vorstellen. Ich gestehe Ihnen also – und wenn ich dabei erröte (sie errötete wirklich bis an die Ohrläppchen), so setzen Sie es nicht auf meine Rechnung, denn in der Tat ist hier gar kein Grund, warum ein ehrliches Mädchen schamrot werden sollte – Ich gestehe Ihnen also, Herr von Falkenberg, ich werde, wie die Tochter Jephthahs, zu ewiger Beweinung meiner Jungfrauschaft verdammt sein, wenn ich nicht Mittel finde, um etliche Millionen ärmer zu werden. Denn ich bin unwiderruflich entschlossen, nicht zu heiraten, bis ich gewiß bin, daß der Mann, den ich wähle, nicht meine Millionen, sondern mich selbst liebt; und wie könnte ich je zu dieser Gewißheit kommen, so lange ich solche Gewichte an mir hängen habe?“

„Ich begreife diese Wirkung Ihres Zartgefühls um so leichter“, sagte Falkenberg, „da ich von einer ähnlichen Grille, wenn Sie es so nennen wollen, besessen bin. Ich bin zwar für einen jungen Mann meines Standes nicht reich; aber eher würde ich, wie Diogenes und Menippus, von Wolfsbohnen und Wurzeln leben, als eine Frau mit großem Vermögen heiraten, wenn sie gleich so liebenswürdig wäre, daß ich mich durch den Besitz ihrer Person für den glücklichsten aller Sterblichen halten müßte.“

„Ist dies Ihr Ernst, Herr von Falkenberg?“

„Sie würden keinen Augenblick daran zweifeln, wenn ich die Ehre hätte, näher von Ihnen gekannt zu sein."

„Wären Sie vielleicht nicht abgeneigt, diese Ehre zu haben?" sagte sie mit der besagten Miene, mit welcher sie einem Manne das Herz (vorausgesetzt, daß er eines hat) so sicher und unvermerkt wegstiehlt, daß er keine Zeit hat sich in acht zu nehmen.

„Ich würde stolz darauf sein", sagte Falkenberg, „wenn Sie mir erlaubten, mich um Ihre Freundschaft zu bewerben."

„Wenn dies, wie ich mir schmeichle, keine Höflichkeitsformel ist –"

„Es ist das reine Gefühl meines Herzens."

„Ich glaube Ihnen; und in der Tat, wenn jemals ein Mann von sechs- oder achtundzwanzig, wie Sie zu sein scheinen, und ein Mädchen von einundzwanzig, wie Ihre Dienerin, durch Sympathie der Sinnesart und ein gewisses Einverständnis ihrer Sterne, welche sie immer ohne ihr Zutun zusammen bringen, voraus bestimmt waren, Freunde zu werden – da ihrer beider Art zu denken ein noch näheres Verhältnis unmöglich macht, so wagen wir, sollt ich meinen, nichts dabei, wenn wir uns an das Einzige halten, das zwischen uns Statt finden kann. Sie gehen nach W. höre ich?"

„Und Sie ebenfalls?"

„Ein neuer Beweis, daß unsre Sterne wirklich einverstanden sind. Die Pflicht ruft mich zu einem alten unbeweibten Oheim, der im Herbste des Lebens dafür büßen muß, daß er im Frühling zu rasch gelebt hat. Ich werde alles tun, was ich dem Bruder meiner Mutter schuldig bin, deren Stelle, da sie selbst nicht mehr ist, ich nun zu vertreten habe. Weil mir aber an seiner Erbschaft wenig gelegen ist, so werde ich mir gleichwohl das Amt einer Wärterin nicht so schwer machen, daß mir nicht noch Zeit und Freiheit, auch für die Gesellschaft zu leben, übrig bleiben sollte. Wir werden also häufige Gelegenheit haben, uns in Gesellschaften und an öffentlichen Orten, und wenn Sie sich mit dem General Löwenfeld (wie mein Oheim sich nennt) bekannt machen wollen, auch in seinem Hause, ohne Zwang zu sehen. Ich kann mir selbst nicht verbergen, daß dies alles, für die kurze Zeit unsrer Bekanntschaft, ein wenig rasch geht; aber, was ist zu tun, wenn man einander auf der Reise, auf einem Jahrmarkt und im Gasthof kennen lernt?"

„Überdies", sagte Falkenberg, „bin ich, seitdem mich mein guter Genius vor die Bude zu Erlebach geführt hat, sehr geneigt zu glauben, daß die Freundschaft nicht weniger ihre Blitzschläge hat, als die Liebe, und daß es sich eben so gut auf den ersten Blick entscheidet, ob zwei Personen Freunde sein, als ob sie sich in einander verlieben werden."

„Ich sehe in der Tat nicht", versetzte das Fräulein, „warum die Art von Sympathie, die sich zu Freundschaft entfaltet, ihr Dasein nicht eben so schnell offenbaren sollte, als jene, an der die Liebe sich entzündet. Für einen künftigen Liebhaber hätte ich Sie auf den ersten Blick vielleicht zu kalt gefunden, für einen Freund sind Sie gerade was ich wünsche."

„Nehmen Sie sich in acht, Fräulein", sagte Falkenberg lachend, „daß der kalte Liebhaber am Ende nicht ein zu warmer Freund befunden werde!"

„Halb und halb läßt sich so etwas selbst dem Besten unter euch zutrauen", erwiderte Fräulein Haldenstein in gleichem Tone; „aber ich stehe für alle Zufälle. Ihre Freundschaft ist mir zu wert, als daß ich nicht alle mögliche Sorge tragen sollte, sie mir rein und unverfälscht zu erhalten."

Doch, es ist Zeit, meine Damen und Herren, (sagte der Erzähler) dem Gespräch der beiden Personen meines Duodramas, wenn es auch noch länger gedauert haben sollte, ein Ende zu machen.

Ich habe Sie hinlänglich in das Innre derselben blicken lassen, um zu wissen, wessen Sie sich zu ihnen versehen können; und ich werde nun in meiner Erzählung desto rascher fortfahren, da ich Ihnen nichts als sehr natürliche Begebenheiten und Erfolge zu erzählen habe.

Falkenberg, dessen Reiseplan einigen Aufenthalt zu M. und R. erfoderte, langte etliche Wochen später zu W. an als Fräulein Haldenstein, und ihre einverstandenen Sterne ermangelten nicht, die neuen Freunde sehr bald wieder zusammen zu bringen. Der Baron machte die Bekanntschaft des Oheims, der, von Gicht und Podagra auf seinen Kanapee gefesselt, immer zu Hause anzutreffen war, und über keine zu große Menge lästiger Besuche zu klagen hatte. Der alte General sprach, wie alle seinesgleichen, gern von seinen Taten, und Falkenberg, der im letzten Krieg in Italien einen Feldzug als Freiwilliger mitgemacht hatte, wußte ihm so mancherlei Anlässe dazu zu geben, und hörte ihm so gefällig und teilnehmend zu, daß er unvermerkt eine Art von Günstling des alten Herrn wurde. Er konnte so oft kommen, als er wollte, und der General, weit entfernt sich an das gute Vernehmen zwischen ihm und seiner Nichte zu stoßen, pflegte sie öfters mit ihrer beiderseitigen Kaltblütigkeit aufzuziehen und Falkenbergen mit dem Salamander zu vergleichen, der mitten im Feuer unversehrt leben könne.

Daß dies im buchstäblichen Sinne der Fall bei ihm war, möchte ich nicht behaupten; gewiß ist indessen, daß er den ganzen Winter durch, wo er das Fräulein beinahe täglich sah, sich ohne sonderlichen Abbruch seiner Eßlust und seines Schlafs in den Grenzen, die er sich gezogen hatte, hielt, und nicht wenig mit sich selbst zufrieden war, daß er einen seiner Lieblingssätze, „daß wahre Liebe keine Leidenschaft, sondern bloß das reine und ruhige Verhältnis zweier von der Natur zusammengestimmter Gemüter sei", durch sein Beispiel so trefflich bestätige. Inzwischen machte er sich häufige Verdienste um Fräulein Haldenstein, brachte ihre weitläufigen Angelegenheiten in bessere Ordnung, betrieb und beendigte einige Prozesse, die sie vernachlässigt hatte, und fand sich für alles, was er für seine Freundin tat, durch das Vergnügen, so er sich daraus machte, und von ihrer Seite durch einen auszeichnenden Blick oder einen leisen Händedruck reichlich belohnt, und glücklicher, als die schönsten und gefälligsten unter den ziemlich zahlreichen Damen, die sich seine Eroberung angelegen sein ließen, ihn durch den höchsten Preis, den sie darauf setzten, hätten machen können.

Was das Fräulein betrifft, so muß ich gestehen, sie tat ihr Möglichstes, ihm die Liebe ohne Leidenschaft, wozu er sich gegen sich selbst und gegen sie verbindlich gemacht hatte, zu erschweren. Nicht daß sie sich dabei irgend einer von den verführerischen Künsten bedient hätte, die von mancher andern mit eben so wenig Erfolg als Bedenklichkeit an ihn verschwendet wurden; aber sie war so liebenswürdig, daß es ihm immer schwerer und zuletzt beinahe unmöglich wurde, ihr zu verbergen, was er sich selbst nicht länger verheimlichen konnte. Es kam endlich so weit mit ihm, daß er sich geneigt fühlte, sich eines törichten Stolzes anzuklagen, daß er bei ihrer ersten Unterredung zu A. das Geständnis der Ursache, warum sie vermutlich immer unvermählt werde bleiben müssen, mit der impertinenten Versicherung erwidert hatte, deren wir uns vermutlich noch ganz wohl erinnern. Aber das fatale Wort war nun einmal über seine Lippen gesprungen, und eben derselbe Stolz, der ihn zu jener Erklärung getrieben hatte, zwang ihn jetzt, eine Rolle fort zu spielen, die er, der zum Schauspieler nicht geboren war, eben darum schlecht spielte, weil sie nicht mehr seine eigene war.

Die Damen haben, bekanntermaßen, einen ihrem Geschlecht eignen Sinn, alles, was in dem Herzen eines Mannes vorgeht, und sein jedesmaliges wahres Verhältnis zu ihnen auszuspähen, wenn er es auch unter einer siebenfältigen Hülle zu verbergen suchen wollte. Julie Haldenstein hatte nicht die Hälfte des ihrigen vonnöten, um zu sehen, welche Gewalt der arme Falkenberg sich antun mußte, um ihr nicht, so oft sie sich einen Augenblick allein mit ihm befand, zu Füßen zu fallen, und zu bekennen, daß er alle Hoffnung ohne sie glücklich zu sein abgeschworen habe, und, ihren Millionen zu Trotz, bereit sei, sich auf der Stelle mit ihr trauen zu lassen, wofern sie sich entschließen könne, von sich selbst und ihm die gute Meinung zu haben, daß er ihr eben denselben Antrag tun würde, wenn sie (nach dem bekannten edeln Ausdruck der Engländer) nicht einen Heller wert wäre.

Was ihr verschwiegenes Herz bei diesem Geständnis, das sie itzt nur zu oft in seinen Augen las, empfand oder nicht empfand, beruht auf bloßen Vermutungen: das Gewisse ist, daß, wofern etwas der Liebe ähnliches sich in ihrem Busen regte, es nur die Liebe ohne Leidenschaft sein mußte, welcher der arme Falkenberg, zur Schande seiner eignen Theorie, täglich immer ungetreuer wurde. Sie stellte sich, als ob sie seine Ungleichheiten, Launen, halb erstickte Seufzer und andre Malzeichen einer übel verhehlten Liebe nicht gewahr würde, und änderte an der Offenheit ihres Betragens so wenig, daß sie vielmehr die achtungsvolle und beinahe zärtliche Aufmerksamkeit zu verdoppeln schien, womit sie ihn, als ihren erklärten Freund, vor ihren erklärten Anbetern auszeichnend begünstigte.

Unter den letzten befanden sich drei oder vier Herren von Stande, und sogar ein Italiänischer Fürstensohn, welche sich in die Wette beeiferten, der heftigen Zuneigung, die sie zu ihren Millionen trugen, die Miene zu geben, als ob sie ausschließlich auf ihre Person gerichtet sei. Der Oheim Löwenfeld hatte zwanzig Ursachen, wovon er die stärksten *in petto* behielt, warum er keinem Italiäner hold sein konnte; aber unter den übrigen war ein junger Graf, welcher Mittel gefunden hatte, Falkenbergen unvermerkt aus dem ersten Platz in seiner Gunst zu verdrängen; denn er hatte zwei Feldzügen in Italien beigewohnt, hatte fünf oder sechs Schlachten verlieren helfen, machte (was Falkenberg nicht tat) alle Abende die Partie des Generals im Tricktrack, und hörte seinen Erzählungen noch aufmerksamer zu, als jener. Der alte Herr glaubte für so viele Gefälligkeiten nicht weniger tun zu können, als die Ansprüche des Grafen mit aller Ungeduld eines podagrischen Oheims, von welchem viel zu erben ist, zu unterstützen; aber da die Nichte unabhängig war, und so wenig Absichten auf seine Erbschaft hatte, daß sie ihm vielmehr täglich anlag, sich zur Pflege seines Alters und Podagras eine junge Gemahlin mit seinem Gelde zu erkaufen: so kamen die Angelegenheiten des Grafen um keinen Schritt vorwärts, und Falkenberg hatte wenigstens den Trost, daß keiner seiner Nebenbuhler glücklicher war, als er selbst.

Inzwischen hatte sich etwas zugetragen, dessen ein weniger stolzer Mann als Falkenberg sich vermutlich bei Julien zu seinem Vorteil bedient haben würde. Er war, wiewohl ganz gegen seine Absicht und beinahe ohne daß er wußte, wie er dazu kam, so glücklich gewesen, die Neigung einer der reichsten Erbinnen in den *** Staaten zu gewinnen. Sie war noch um ein Beträchtliches reicher als Julie Haldenstein, überdies an Gestalt, Bildung und Talenten eines der ausgezeichnetsten Mädchen am ganzen Donaustrom. Falkenberg würde sich ohne Zweifel in einer andern Lage stark versucht gefühlt haben, seine Maxime einem so glänzenden Glück aufzuopfern; in der seinigen bedachte er sich keinen Augenblick; und da die Sache durch die Hände verständiger Mittelspersonen ging, fiel es ihm nicht schwer, den Antrag mit der zartesten Schonung der jungen Dame und ihrer Familie abzulehnen.

Daß Falkenberg weder Julien, noch irgend einem andern das geringste von diesem Geheimnis merken ließ, bedarf wohl keiner Versicherung; aber, ob es gleich nie zur Kenntnis des Publikums kam, so konnte es doch vor dem Fräulein Haldenstein nicht so verborgen bleiben, daß sie sich von diesem unzweideutigen Beweise des hohen Werts, worin sie bei ihrem stolzen Freunde stand, nicht völlig hätte gewiß machen können. Eine Vertraute, die das Geheimnis gegen alle Welt, nur nicht gegen Julien zu bewahren wußte, entdeckte ihr alles, was ihr von der Sache bekannt war, und leistete ihr und Falkenbergen dadurch, ohne es zu wissen, einen Dienst von der größten Wichtigkeit. Denn die schöne Haldenstein schob es nicht länger als bis zum nächsten Morgen auf, der Pein ihres Freundes ein Ende zu machen. Sie traf Anstalt, daß sie eine Stunde mit ihm allein sein konnte, und es erfolgte nun zwischen ihnen ein zweites Gespräch unter vier Augen, welches ich, da es die Entknotigung meiner Geschichte herbeiführt, meinen gefälligen Zuhörern nicht vorenthalten darf.

„Sie sind seit einiger Zeit nicht wie ehmals, Falkenberg – es ist als ob ein drückendes Geheimnis auf Ihrem Herzen läge –“

„Ein Geheimnis, Julie?“ – stotterte Falkenberg die Farbe wechselnd – „ein Geheimnis – vor Ihnen, meine Freundin?“

„Wenn es mir keines ist, so haben Sie wenigstens keine Schuld daran. Aber beruhigen Sie sich. Ihr Geheimnis ist es nicht, wovon ich mit Ihnen sprechen wollte. Ich habe Ihnen einen Antrag zu tun. Eine meiner Freundinnen hat so viel Geld, daß sie nicht weiß, was sie damit anfangen soll. Könnten Sie sich wohl mir zuliebe entschließen, ihr Vermögen in Verwaltung zu nehmen, und im Namen der Eigentümerin jeden schönen und guten Gebrauch davon zu machen, wozu Ihr Kopf, Ihr Herz und Ihr Geschmack Ihnen die Anleitung geben wird? Noch mehr. Das Mädchen hätte gern einen Mann, aber freilich einen sehr edeln, sehr liebenswürdigen. Nun ist ihr aber im Vertrauen gesteckt worden, daß Sie, lieber Falkenberg, vor kurzem eine der reichsten Partien im Lande ausgeschlagen haben. Dies macht das arme reiche Mädchen schüchtern. Wenn ich Ihnen indessen sage, daß meine Freundin mir so ähnlich ist, als ob sie mir aus den Augen geschnitten wäre –“

„Julie, Sie ängstigen mich“ – stammelte Falkenberg mit einer Beklemmung, die ihn kaum atmen ließ.

„daß sie Julie heißt, wie ich – daß sie – mit Einem Wort, daß sie – ich selbst ist?“

„Liebenswürdigste aller Sterblichen“, rief Falkenberg außer sich, „was kann ich Ihnen antworten?“

„Hören Sie mich ruhig an, Falkenberg. Sie haben sich Wort gehalten; Sie haben bewiesen, daß Sie über gemeinen Eigennutz erhaben sind. Zeigen Sie mir nun auch, daß Sie sich eben so leicht über kleinlichen Stolz und Eigensinn erheben können. Sie lieben mich – warum wollten Sie sich selbst versagen glücklich zu sein? – Ich bin kein leidenschaftliches Wesen; ich brause nie auf, gerate nie in Flammen, schwärme nie; aber ich bin der wahrsten, zartesten, beständigsten Liebe fähig. In allem diesem, denk ich, sind wir einander ähnlich genug, um ganz artig zusammen zu passen. Ich bin entschlossen, das Glück meines Lebens in Ihre Hand zu stellen – wollen, können Sie sich entschließen, mir auch das Ihrige anzuvertrauen?“

Was Falkenberg antwortete, und mit welchem Feuer, welcher Innigkeit er es tat, sagt jedem von Ihnen sein eigenes Herz.

Julie hatte nicht vergessen, ihren Oheim auf diesen Ausgang vorzubereiten; und da sie alles über ihn vermochte, kostete es wenig Mühe, ihn mit dem Glücke seines ehmaligen Günstlings auszusöhnen. Das Fräulein weilte nun nicht länger zu W. Sie erinnerte sich der Freundin, deren Verlöbnis sie in A. hatte begehen helfen, und die sich jetzt mit ihrem Gemahl auf einem Gute befand, das nicht weit von einem der ihrigen entlegen war, und eilte zu ihr, um mit ihrer Beihülfe einen mit Falkenberg abgeredeten Plan auszuführen, den sie aus Gefälligkeit gegen ihn entworfen hatte. Falkenberg gehört nämlich, wie gesagt, einer Familie an, die nicht mit Unrecht auf ihren Namen und auf ihr Geschlechtsregister stolz ist. Er hatte mit allen Gliedern derselben immer im besten Vernehmen gelebt, und, ob er gleich unabhängig und überdies aus einem jüngern Zweig entsprossen ist, so machte er sichs doch zur Pflicht, den Schritt, den er zu tun im Begriff war, nicht ohne ihre Beistimmung zu tun, wenn diese anders, wie er hoffte, mit guter Art zu erhalten wäre.

Da der Erzähler hier ein wenig inne hielt, sagte Frau von P.: „Ich dächte, wenn diese Familie ihren Stammbaum auch bis auf einen der zwölf Pairs Kaiser Karls des Großen hinauf führte, sie könnte sehr zufrieden sein, eine Person wie Fräulein von Haldenstein in denselben eingeimpft zu sehen." Die ganze Gesellschaft, selbst den alten Baron nicht ausgenommen, stimmte einhellig dem Ausspruch seiner edeldenkenden Gemahlin bei.

„Wenn dies ist", sagte Werdenberg, sich gegen Frau von P. und die ganze Gesellschaft verbeugend, „was sollte mich länger verhindern, zu gestehen, daß ich Ihnen unter dem angenommenen Namen Falkenberg meine eigene Geschichte erzählt habe?"

„Und ich", sagte Nadine, indem sie aufstand und sich dem Herrn und der Frau des Hauses mit Ehrerbietung näherte, „darf ich es wagen, Ihnen diese Julie Haldenstein darzustellen, welche unter dem erdichteten Namen Nadine von Thalheim so gütig von Ihnen aufgenommen wurde? und darf ich mir schmeicheln, für diese unschuldige Hinterlist Ihre Verzeihung zu erhalten, und durch Entdeckung meines eignen Namens nichts von Ihrer Gewogenheit verloren zu haben?"

Die angenehme Überraschung aller Anwesenden, und der

schöne Tumult von Ausbrüchen der lebhaftesten Freude, Umarmungen, Glückwünschen und wechselseitigen Liebeserklärungen, gehört unter die dramatischen Szenen, denen auch die beste Beschreibung ihren Reiz benimmt. Der fernere Erfolg dieser Geschichte liegt außerhalb des Hexamerons von Rosenhain; und da das Schicksal sein Möglichstes für die Hauptpersonen des Stücks getan hat, so können wir, falls sie uns einiges Wohlwollen eingeflößt haben sollten, ziemlich gewiß sein, daß die Schuld nur an ihnen selbst liegen müßte, wenn sie mit ihrem Lose nicht zufrieden wären.

ANHANG

NACHWORT

Als im Jahr 1805 Christoph Martin Wielands *Hexameron von Rosenhain* erschien, lag der Gipfel seiner Karriere längst hinter dem Schriftsteller. Noch waren dem Lesepublikum seine großen Romane *Don Sylvio von Rosalva* (1764), *Geschichte des Agathon* (1766/67, dritte Fassung 1794) und *Geschichte der Abderiten* (1773/81) sowie das Versepos *Oberon* (1780) im Bewußtsein, aber schon hatten Goethe und Schiller durch ihre Attacke in den ,Xenien' (1797) und die Gebrüder Schlegel mit ihrem Angriff im ,Athenäum' (1799) die Geltung des weitgespannten Werkes unterminiert. Die große literarische Leistung Wielands – die Vermittlung Shakespeares, die Einführung des Blankverses ins deutsche Drama, die Ausbildung des Romantypus des Bildungsromans, die Erschließung mittelalterlicher Stoffe – wurde beiseite gesetzt und der Schriftsteller selbst zum unoriginellen, ja unsittlichen Vertreter einer französisierenden, oberflächlich-erotischen Literatur abgestempelt. Damit war die Grundlage für ein Wieland-Bild geschaffen, das bis in die Gegenwart seine Stellung im literarischen Bewußtsein bestimmte.

Wieland selbst hat jedoch gerade in dieser Zeit, in der seine schriftstellerischen Werke nicht mehr vor den Leistungen der Klassiker Goethe und Schiller zu bestehen schienen, nochmals eine Pionierleistung vollbracht: im *Hexameron von Rosenhain,* dessen einzelne Erzählungen teilweise in Vorabdrucken erschienen waren, leistete er einen wesentlichen Beitrag zur Entstehung und Einbürgerung der Novelle in Deutschland, die im 19. Jahrhundert zur fruchtbarsten Prosagattung werden sollte. Goethe, Kleist, Tieck, Hauff, E. T. A. Hoffmann, Stifter, ja noch Keller und Storm sollten von der Novellentechnik des *Hexameron* profitieren, in dem sich die vor allem in den romanischen Literaturen gepflegte Gattung aus den alten Konventionen und typischen Inhalten befreite und einem modernen Denken öffnete, das in Wielands Fall durchweg von europäischen aufklärerischen Tendenzen geprägt war. Vom französischen

Skeptizismus und dem englischen Empirismus beeinflußt, setzte Wieland in seinen letzten großen Erzählwerken, den Romanen *Agathodämon* (1799) und *Aristipp und einige seiner Zeitgenossen* (1800/02), den Lesern nochmals das Ideal seiner schriftstellerischen Tätigkeit vor Augen:

„In das Geheimnis der Natur selbst einzudringen, ist uns verwehrt. Der Kreis der Menschheit ist nun einmal unser Anteil, und der Umfang, worin alle unsre Ansprüche eingeschlossen sind. Sobald wir uns über ihn versteigen wollen, finden wir uns mit einem undurchdringlichen Dunkel umgeben; oder das Licht selbst, das uns dann entgegenströmt, ist so blendend, daß es für Augen wie die unsrigen zur dichtesten Finsternis wird. Aber o daß wir die Würde unsrer eignen Natur erkennen möchten! es ganz durchschauen und immer gegenwärtig haben möchten, daß der Mensch nichts größeres kennt noch kennen soll als sich selbst; daß er alles, was er zu seiner Vollständigkeit bedarf, in sich finden kann, und daß seinem ewigen Wachstum an Kraft und Vollkommenheit keine andere Grenze gesetzt ist, als die wesentliche Form seiner eignen Natur, über welche er sich eben so wenig hinaus denken als hinaus dehnen kann, er müßte sich denn nur ins unendliche – Nichts ausdehnen wollen“ (*Agathodämon*, Buch I/4).

Diese Anschauung bildet das Grundthema der meisten Werke Wielands, die alle den Konflikt zwischen den natürlichen Fähigkeiten und Bedürfnissen des Menschen einerseits und den Verzerrungen andrerseits gestalten, die von Standesunterschieden, falscher Erziehung und religiösen oder – fast möchte man sagen – „ideologischen“ Fehlhaltungen bewirkt werden. Das Thema, das schon der volle Titel des *Don Sylvio* (1764) – *Der Sieg der Natur über die Schwärmerei oder die Abenteuer des Don Sylvio von Rosalva. Eine Geschichte worin alles Wunderbare natürlich zugeht* – formuliert hatte, bestimmt noch die Haltung und auch die Architektonik des späten *Hexameron*, das nicht bloß eine Sammlung von drei „Märchen“ und drei „Novellen“ realistischeren Gehalts darstellt, die additiv aneinandergereiht und durch die Rahmenerzählung verbunden werden.

Daran ändert die Tatsache nichts, daß fünf der sechs Teile, meist 1802 geschrieben, zunächst einzeln in Taschenbüchern veröffentlicht wurden. Denn schon die Einzelveröffentlichungen waren von den einleitenden Gesprächen der Rahmenfiguren begleitet. Mehr noch, ein handschriftlicher Teil einer frühen Fassung verrät, daß Wieland aus präzisem Kalkül heraus zur Anordnung und Gliederung in der jetzt vorliegenden Fassung gekommen ist. Der ursprüngliche Entwurf hatte vorgesehen, daß nicht einzelne Erzähler abgeschlossene Geschichten erzählen, sondern in einer Art „Gesprächsspiel" den Handlungsfaden möglichst an einem Punkt, der den weiteren Verlauf der Geschichte nicht absehen ließ, an einen anderen Teilnehmer abgeben sollten. Daß Wieland auf Grund einer bestimmten Intention diese Absicht aufgab, die der romantischen Dichtungsauffassung schon nahe kommt, soll im folgenden erläutert werden; dem Leser soll jedoch dieses denkwürdige Stück Prosa nicht vorenthalten bleiben:

...

aufzugeben, und den Rest der Nacht in der Höhlung eines alten Eichbaums, der sich ihm zu diesem Gebrauch anzubieten schien, abzuwarten. Was seines gleichen unter solchen Umständen gewöhnlich – in Märchen versteht sich – aus der Not hilft, half diesmal auch ihm daraus: ich meine, er ward auf einmal eines hellen Scheins gewahr, der ihm aus der tiefen Nacht des Waldes wie aus einer unermeßlichen Höhle zwischen den halb angestrahlten Buchen und Eichenständen in die Augen fiel. Mehr erfreut als erschrocken eilte er auf das unverhoffte Licht zu, und befand sich, nachdem er es während einer ziemlichen Strecke Weges mehrmals bald verloren bald wiedergefunden hatte, zuletzt an dem Eingang einer langen und breiten Halle, deren hohe Wände mit hellpoliertem gelbem Marmor bekleidet waren. Alle zehn Schritte flammten zu beiden Seiten zwei mit Sandel und Aloeholz gefüllte Feuerbecken auf goldnen Dreifüßen, und erfüllten die Halle mit Glanz und Wohlgeruch. Erstaunt aber unerschrocken schritt mein Pilger so lange vorwärts, bis er an die offne Pforte eines runden Gewölbes kam, welches von einer so unermeßlichen Höhe und Weite war daß er in den Cirkel des großen Hermes zu treten glaubte, dessen Mittelpunkt allenthalben und dessen Umkreis nirgend ist; denn die Wände und die Wölbung dieses wunderbaren Doms waren so weit von ihm entfernt, daß er weder jene noch diese mit seinem Blick erreichen konnte. Indessen hatte dieses ungeheure Gewölbe dennoch einen Mittelpunkt, aus welchem an einer

Diamanten-Kette ein Karfunkel von der Größe eines Straußen-Eies herabhing, der den ganzen Saal mit einem unbeschreiblich klaren und sanften Licht überströmte. Unter demselben erblickte der Pilger einen gewöhnlichen Zugbrunnen von Backsteinen, zu dessen beiden Seiten zwei Ungeheuer, Riesen mit Elefanten-Rüsseln, glühenden Augen und eisernen Keulen auf den Schultern, einem jeden den Zutritt zu verwehren schienen. Ein so seltsamer und hier so wenig erwarteter Anblick reizte seinen Vorwitz nur desto mehr und er ging getrost auf den Brunnen zu. Sogleich schrie ihn einer der Riesen mit einer brüllenden Stimme, die er gleichwohl möglichst zu mäßigen suchte, an: „Willst du daß ich dir das Mädchen, das dich zu lieben bestimmt ist, bis an den Gürtel zeige, so sprich!" – „Ich will", erwiderte der Pilger. Sogleich zog der Riese am Ziehbrunnen und in wenig Augenblicken zeigte sich ihm eine junge Nymphe, die von der leichten Hülle der goldgelben Haare, die über ihre Schultern herabwallten, bedeckt aus dem Eimer des Brunnens bis an den Gürtel hervorragte. Der Pilger glaubte nie etwas so rührendes gesehen zu haben, und stand einige Sekunden von zauberischen Blitzen, die sie aus ihren großen schwarzen Augen auf ihn schießen ließ, wie verblüfft. „Sie ist dein, wenn du willst", rief der andre Riese; „es bedarf dazu nicht weiters als daß ihr eure Ringe wechselt." Sogleich erhob die junge Nymphe den schönsten Arm, der je gesehen worden ist, und war im Begriff den ihrigen vom Finger zu ziehen. Der Pilger machte die nämliche Bewegung, faßte sich aber eben so schnell, trat mit dem linken Daum an seinem Ring einen Schritt zurück, und sagte trotzig: „Ich will nicht!" Kaum hatte er das unhöfliche Wort nicht ausgesprochen, so ließ der Riese den Eimer wieder sinken, und die Nymphe verschwand. „Wenn du nicht willst – so wollen wir dich nicht zwingen", brummte der Riese; „aber wenigstens gib mir das Reifchen, das du am Finger trägst, zur Belohnung für meine Mühe; denn Leute unsers gleichen pflegen nichts umsonst zu tun." „Das ist mir leid", sagte der Pilger; „ich wollte daß ich dir etwas anders zu geben hätte, denn dieser Ring ist alles was ich besitze; er ist ein Geschenk meines Vaters und ich schätze ihn höher als zehen Königreiche." Der Pilger drückte, indem er die letzten Worte sprach, den Ring mit Wärme an seinen Finger. In demselben Augenblick stürzte ein krachender Donnerschlag die Riesen zu Boden, der Ziehbrunnen, der ungeheure Saal, der Karfunkel, und die Halle mit den goldnen Feuerbecken fielen, wie versengte Leinewand, in einander, und – was aus meinem Pilger wurde überlasse ich meiner Nachfolgerin (auf Amanda v. B. deutend) zu berichten.

Aller Anwesenden Augen würden itzt plötzlich auf Fräulein Amanden geheftet – worden sein, wenn die Gesellschaft nicht für unziemlich gehalten hätte, ihre vermutliche wenn auch nur kleine Verlegenheit durch eine solche Aufmerksamkeit zu vermehren. Das Fräulein sah einige Augenblicke aus als ob sie sich einer ihr nicht unbekannten Sache wieder besinne und fuhr dann ohne mindestes Stocken fort:

und der Pilger, der wohl nicht recht wissen mochte wie ihm geschah, befand sich, zu seinem Erstaunen, unter den Trümmern einer alten längst verfallnen Burg, in einer buschichten unübersehbaren Wildnis von welcher ihm der anbrechende Morgen wenig Tröstliches versprach, in Betrachtungen verloren die ich Ihnen sehr gern mitteilen wollte, wenn ich – sie wüßte. Indessen werde ich den jungen Mann eine Weile mit seinen Gedanken allein lassen müssen, um über einen von meiner Vorgängerin gleich anfangs erwähnten Umstand das nötige Licht zu verbreiten. Sie erwähnte nämlich eines Wegweisers, den der Pilger verloren habe, sagte uns aber weiter nichts von ihm, weil sie es vermutlich mir überlassen wollte, Ihnen das Nähere von der Sache zu eröffnen. Wissen Sie also daß der Vater des jungen Pilgers einer von den Sieben Weisen war, deren Zahl nie vermehrt noch vermindert werden darf, und die sich im ausschließlichen Besitz aller Geheimnisse der hohen Magie befinden, welche ihren Vorfahren von den drei gekrönten Großmeistern des Ordens Hermes, Salomon und Zoroaster als unveräußerliches Gemeingut zu bewahren anvertraut wurden. Dieser hatte seinen Sohn, als die Stunde, die ihn ihn sich selbst zu überlassen nötigte, gekommen war, zu sich berufen, und ihm angekündigt, daß er eine lange und weite Reise anzutreten habe, ohne ihm zu entdecken, warum, wohin und zu welchem Ende. ,,Pilgerrock und Stab", setzte der Alte hinzu, ,,wird dir überall, wo du hinkommst, das Unentbehrliche verschaffen; damit du nie von dem rechten Wege abkommest, gebe ich dir eine Wegweiserin, auf deren Treue ich mich verlassen kann, die von allem was sie dazu wissen muß unterrichtet ist, und durch einen unverletzlichen Schwur verpflichtet ist, kein Wort mit dir zu sprechen; und damit du durch keine Art von Gewalt zu Schaden kommen könnest, trage diesen Ring am vierten Finger der rechten Hand und trenne dich um keinen Preis von ihm, bis du ihn mit derjenigen vertauschest, die das Glück deines Lebens zu machen bestimmt ist. Keine Gewalt kann dir etwas anhaben, solang dieser Ring an deinem Finger steckt, und so oft du in Gefahr bist ihn zu verlieren, wird dich eine plötzliche Wärme des Rings erinnern ihn wohl zu bewahren." Nach dieser Rede steckte ihm der Vater einen schlichten talismanischen Goldring an den vierten Finger der rechten Hand, bekleidete ihn mit dem vollständigen Anzug eines Pilgers, und befahl einer reisefertig stehenden Elster von bewährter Treue, ihm auf seiner ganzen Reise zum Wegweiser zu dienen, damit er nie in Gefahr kommen könne, sich an einen der Orte zu verirren, wohin seine unsichtbaren Feinde ihn zu locken immer geschäftig sein würden. Der alte Weise hatte nicht vergessen, daß die gute Wegweiserin, bei allen den erkünstelten Tugenden, die sie seiner Erziehung zu danken hatte, mit einer angestammten Schwatzhaftigkeit behaftet war, mit welcher sie Gefahr lief, einige Geheimnisse, die sein Sohn nicht wissen durfte, unvermerkt auszuplaudern. Er hatte sie deswegen durch einen so furchtbaren Schwur gebunden, daß er sich von dieser Seite sicher halten konnte: aber daß die Schwätzerin sich dafür entschädigen werde und ihrem jungen Herrn dadurch auf einer andern Seite schaden könnte, daran hatte er nicht gedacht, denn selbst die Weisen denken nicht immer an Alles. Genug, die Elster hatte ihr Wegweiser-Amt mehrere Tage, ohne ein unnützes Wort über den Schnabel springen zu lassen, treulich versehen, als sie in dem Walde, worin dem Pilger das Abenteuer mit dem Ziehbrunnen aufstieß, eine ihrer Nachbarinnen von fern ansichtig wurde. Die gute Elster konnte dieser unverhofften Gelegenheit sich zu erleichtern nicht widerstehen; sie flog auf die Freundin zu, plauderte sich nach Herzenslust aus, verlor darüber den Pilger aus den Augen und wurde so zur Ursache eines Abenteuers, das einen Ausgang hätte gewinnen können, der keineswegs im Plan seines Vaters war, wenn die plötzliche Wiederkehr seiner Besonnenheit ihn nicht auf die Warnung des Ringes aufmerksam gemacht hätte. Nach diesem kleinen Aufschluß, der mir zu besserm Verständnis dieser Geschichte nötig schien, bitte ich Sie unter die Trümmer des alten Schlosses mit mir zurück zu kehren, wo wir unsern jungen schönen Pilger im Nachdenken über nichts geringeres vertieft finden, als wie er sich in dieser dürren unermeßlichen Einöde der Gefahr Hungers zu sterben erwehren wollte, die ihm ein sehr lebhafter Trieb von Eßlust und die Furcht, ihn nie wieder befriedigen zu können, mit jeder Minute schrecklicher vorstellte. Zu gutem Glück stellte sich seine Wegweiserin wieder bei ihm ein, da sie vermittelst der Höhe des Standpunkts, den sie in der Luft nehmen konnte, und der Schärfe ihres Gesichts nur eine kurze Zeit nötig hatte, ihn sogar nach einer viel längern Zeit, als sie sich von ihm getrennt hatte, ausfindig zu machen. Sie entschuldigte ihr Vergehen mit Bezeugung so vieler Reue daß der Pilger ihr alles gern zu verzeihen gelobte, wenn sie ihn so schnell und geraden Weges als möglich an einen Ort bringen wollte, wo er Gelegenheit fände, die unabweislichste aller Forderungen der tierischen Natur zu befriedigen. Sie versprach es ihm und hielt Wort. Die Sonne war noch nicht lange untergegangen, als sie vor der Stadt Rajaputnam anlangten; da sie aber die Tore bereits verschlossen fanden, sahen sie sich genötigt – (wozu wird Hr. v. P., der mich fortsetzt, am besten sagen können –)

– an der Pforte eines vor der Stadt liegenden Bonzenstifts zu schellen, in dessen Vorhof ein geräumiges Gebäude dazu bestimmt war, verspätete Reisende zu bewirten. Der Pilger wurde von einem alten Diener des Hauses in einen gepflasterten Saal geführt, und bald darauf trat ein aufgeschürztes schönes Mädchen mit einem großen Becken von Porzellan und einer silbernen Gießkanne herein, ihm, nach Morgenländischer Weise, die Füße zu waschen. Urteilen Sie selbst wie groß sein Erstaunen war, als er in diesem Mädchen die vollkommne Gestalt, die Gesichtszüge, die goldgelben Haare und die großen blitzenden Augen der Nymphe zu erkennen glaubte, die ihm in verwichner Nacht in dem magischen Ziehbrunnen vom Kopf bis an den Gürtel gezeigt worden war. Wiewohl die Ähnlichkeit nicht größer sein konnte, so schien ihm doch die Sache so unglaublich, daß er es für ein bloßes Spiel des Zufalls hielt. Aber, was ihm bei jener Erscheinung begegnet war, erfuhr er auch bei dieser: alles was er bei Erblickung der Schönen im Ziehbrunnen gefühlt hatte, fühlte er auch für diese; . . .

Die Aufgabe dieses ursprünglichen Plans, dem das wiedergegebene Fragment entstammt, beruht einmal auf Wielands Sinn für formale Gestaltung, dem die Tradition der Novellensammlung mit ihren Strukturprinzipien entgegenkam. Aber eine weitere Überlegung dürfte hier entscheidend gewesen sein: eine derartig romantisierende Behandlung würde den intendierten Gehalt der Aussage zu sehr abschwächen, die ästhetische Virtuosität, über die der Schriftsteller verfügte, den ethischen Gehalt absorbieren. Wieland wählte nun einen zweiten, in sich nicht weniger virtuosen Weg der Darstellung: den eines graduellen Aufstiegs zur Realität. Vom reinen „Geistermärchen" *Narcissus und Narcissa* über die mit Ironie betrachtete Gattung des milesischen Zaubermärchens *Daphnidion* führt der Weg zum Rokoko-Märchen *Die Entzauberung*, dessen Gehalt an „Wunderbarem" bereits eine rationalistische Deutung erlaubt: alle Vorgänge seien nur Produkt eines Traums gewesen. In der *Novelle ohne Titel* verweist das Attribut des „Spanischen" noch auf die fiktionale Tradition, etwa bei Cervantes, und so gerät der Übergang zu den Novellen, die im Raum des „Wahrscheinlichen" spielen, graduell und bruchlos. Über die „Anekdoten" *Freundschaft und Liebe auf der Probe* – angeblich Erlebnis des Erzählers – und *Die Liebe ohne Leidenschaft*, deren Abschluß erst mit dem Ende der Rahmenerzählung des Zyklus herbeigeführt wird, tritt der Leser in die Realität, die ihn betrifft, ein.

Daneben sichtbar wird ein weiteres Prinzip: die erste und vierte Erzählung sind im Thema der Verkennung und Deformation der eigenen Person aufeinander bezogen, die zweite und fünfte behandeln das Thema des Verkennens des geliebten Partners, und schließlich die dritte und sechste haben die Auflösung einer Illusion zum gemeinsamen Gegenstand. Die vielfältigen strukturellen Bezüge, die damit entstehen, entschädigen für die Aufgabe des ursprünglichen Plans in überreichem Maße.

Mit seinem *Hexameron*, das ursprünglich als „Pentameron", d.h. als Sammlung von fünf Erzählungen an fünf Abenden, beabsichtigt war, schließt sich Wieland schon allein durch den Titel an die lange Tradition der Novellenzyklen an, speziell an Boccaccios ‚Decamerone' (1353) und Margarete von Navarras ‚Heptaméron des nouvelles' (1558). War diese Erzählgattung in Arabien (‚1001 Nacht'), Italien, England (Chaucer: ‚Canterbury Tales', entstanden 1387–1400), Frankreich und Spanien (Cervantes: ‚Novelas ejemplares', 1613) seit langem gebräuchlich, so stellt Wielands *Hexameron* von 1805 nach Goethes 1795 erschienenen ‚Unterhaltungen deutscher Ausgewanderten' das erste wichtige Beispiel in der deutschen Literatur dar, auf das u. a. Goethes ‚Wilhelm Meisters Wanderjahre', E. T. A. Hoffmanns ‚Serapionsbrüder', Wilhelm Hauffs ‚Märchenalmanache', Kellers ‚Zürcher Novellen' und, als bislang wohl letztes, Alfred Döblins ‚Hamlet oder Die lange Nacht nimmt ein Ende' (entstanden 1945/46) folgten. In der Rahmenerzählung des *Hexameron* nimmt Wieland auf diese Gattungstradition immer wieder ironisch und stellenweise sogar polemisch Bezug. Schon der Anlaß zum Erzählen ist ein literarischer, denn Wielands „auserlesene Gesellschaft liebenswürdiger und gebildeter Personen beiderlei Geschlechtes" (S. 7) will sich die Zeit nach dem Beispiel Boccaccios und der Königin von Navarra (vgl. S. 8) vertreiben. Anders aber als bei Boccaccio, wo man vor der Pest aus Florenz geflohen ist, und anders auch als in Goethes ‚Unterhaltungen', wo die gute Gesellschaft vor den Heeren des revolutionären Frankreich flieht, wird bei Wieland unter sicheren und harmonischen Umständen erzählt. Dennoch erschöpft sich bei Wieland das Erzählen nicht im bloßen „Gesellschaftsspiel" (S. 11), um „die beschwerlichste aller bösen Feen, die Langeweile, von sich abzuhalten" (S. 8); vielmehr kultiviert das spielerisch immer um die Spannung zwischen Sinnlichkeit und Vernunft kreisende Erzählen ein gesellschaftliches Verhalten, das selbst am „Musenhof" der Herzogin-Mutter Anna Amalia in Weimar kaum die Norm gewesen sein dürfte. Wieland entwirft weniger in seiner Gesellschaft von Rosenhain als in den allen Erzählhandlungen zugrundeliegenden moralischen Prinzipien, Beispiele für ein privates und geselliges Verhalten, das die Individualität des einzelnen zur Geltung kommen und, trotz der Schwächen des einzelnen Mitglieds der Gesellschaft, die Idee der Harmonie des Ganzen als Möglichkeit erscheinen läßt.

Wenn daher gleich zu Anfang beschlossen wird, „daß alle empfindsame Familiengeschichten, und alle sogenannte moralische Erzählungen, worin lauter in Personen verwandelte Tugenden und Laster, lauter Menschen aus der Unschuldswelt, lauter Ideale von Güte, Edelmut, Selbstverleugnung und grenzenloser Wohltätigkeit, aufgeführt werden, ein für alle Mal ausgeschlossen sein sollten" (S. 8), so knüpft diese Ablehnung des allegorisch Exemplarischen an die gesamte Poetik-Diskussion des 18. Jahrhunderts an, welche die Darstellung des „Wahrscheinlichen" forderte und das „Wunderbare" nur als das Ungewöhnliche, nicht aber als das Unmögliche und der Realität Widersprechende zuließ. Nadine von Thalheim, die Erzählerin von *Freundschaft und Liebe auf der Probe* und als handelnde

Person in *Liebe ohne Leidenschaft* selbst Beispiel für die gelungene Überwindung von Schwächen, ist sich genau bewußt, daß Erzählungen, die erkünstelt und langweilig sind, ihren moralischen Sinn verfehlen müssen: „sind sie hingegen, was ihr eigentlicher Zweck erfordert, unterhaltend und belustigend, so müßt es nicht natürlich zugehen, wenn die guten Lehren und Sittensprüche nicht zu Dutzenden daraus hervorsprängen" (S. 94). Dieses Bewußtsein von der im wirklichen Leben recht eingeschränkten „Güte und Bildsamkeit der menschlichen Natur" (vgl. S. 9), die im ästhetischen Medium leichter ansprechbar ist als durch theoretische Abhandlungen, liegt auch der zweiten Abmachung zugrunde, die sich zwar „gegen das gesamte Feen- und Genien-Unwesen, gegen alle Elementengeister, Kobolde, Schlösser von Otranto, spukende Mönche und im Schlaf wandelnde bezauberte Jungfrauen" richtet (S. 10), aber „wenigstens die Schutzgeister von dem Bann" ausnimmt (S. 11). Die Gesellschaft von Rosenhain nimmt hier Rücksicht auf die „Liebe zum Wunderbaren", die man als angeborenen Trieb versteht, in dem sich nicht nur eine Schwäche, sondern auch eine Stärke der menschlichen Natur ausdrückt (vgl. S. 10).

Wieland attackiert hier und an anderen Stellen den Fortbestand alter Modelle bzw. ihre Wiederkehr in neuem, romantischem Gewand: die aus Frankreich kommenden „Moralischen Erzählungen", die Feenmärchen in der Tradition Perraults und die Modegattung der „gothic novel", des Schauerromans englischer Provenienz. Der von dieser literarischen Tradition nicht unbeeinflußten deutschen Frühromantik Fichtescher und Schellingscher Prägung versetzt Wieland dabei einen Seitenhieb, wenn „Herr M., ein großer Bewunderer der neuesten Philosophie" in bester Absicht die idealistische Philosophie der Romantik zur Geisterseherei erklärt, der zufolge „die ganze Körperwelt nichts als eine bloße Geistererscheinung, und eigentlich außer den Geistern gar nichts der Rede wertes vorhanden sei" (S. 11).

Die drei Märchen, die die erste Hälfte des *Hexameron* ausmachen, unterlaufen deshalb die Gattungstradition, indem sie das Unmögliche, dem Rahmen der normalen Wirklichkeit Widersprechende, so weit als möglich reduzieren und selbst die Schutzgeister, Zauberer und Feen sich wie durchschnittliche Menschen verhalten lassen. Das Märchen gilt Wieland als „Begebenheit aus dem Reich der Phantasie, der Traumwelt" (S. 73) und ist trotz des irrealen Inhalts aufs engste mit der Wirklichkeit verknüpft, weil die Märchenrealität durch den Traum psychologisch erklärbar wird. Wenn durch solche Märchen „die Einbildung getäuscht, das Herz ins Spiel gezogen, und der Verstand sanft eingeschläfert" wird (S. 74), so kann ihr Wahrheitsgehalt um so mehr auf den Zuhörer einwirken, als im Medium des Traums die Gewohnheiten des alltäglichen wachen Lebens zurückgedrängt und deshalb leichter angreifbar sind.

Dieser grundsätzlich realistische Charakter der *Hexameron*-Märchen und das damit zusammenhängende Spiel mit den Gattungsgewohnheiten wird in *Narcissus und Narcissa,* der einleitenden Erzählung, ausdrücklich thematisiert: die Geschichte, die sich eigentlich in Deutschland zugetragen haben soll, wird von der Erzählerin an einen der klassischen Orte der spanisch-französischen Rittermärchen verlegt, nach Trapezunt an den „Kaiserhof eines von den Abkömmlingen des weltberühmten Amadis aus Gallien oder des schönen Galaor" (S. 20). Auch die beiden Schutzgeister Mahadufa und Zelolo erscheinen von Anfang an kaum als übernatürliche Wesen. Nicht nur, daß es unter ihnen wie bei den Menschen zwei Geschlechter und damit erotische Spannungen gibt, sondern auch ihre staatliche Organisation kennt Könige und Revolutionen. Wie der Vernunftkult der Französischen Revolution von 1789 die höfische Kultur des Ancien Régime beseitigt hat, so haben die Geister „aus einem unzeitigen Übermaß von Mitleiden und Großmut das alte Reich der Feen zerstören" (S. 16) geholfen. Wieland greift hier ironisch einen romantischen Vorwurf an die Französische Revolution auf, ihr Rationalismus und ihre Religionsfeindlichkeit habe zu einer Verarmung des poetischen Geistes geführt, der Verlust an Schönheit wiege mithin schwerer als der Gewinn an Gerechtigkeit. Es ist daher nur konsequent, daß die Schutzgeister „unter dem vornehmen Titel von Beschützern zu bloßen Zuschauern und Zeugen der unergründlichen Torheit und des ewigen Selbstwiderspruchs dieser närrischen Adamskinder" (S. 16) degradiert worden sind und die Willensfreiheit der Menschen zu achten haben. Die von Mahadufa und Zelolo angestrebte Heilung ihrer Schutzbefohlenen von Egozentrik und blindem Stolz muß deshalb auf ganz natürliche Weise vonstatten gehen. In der psychologisch ausgeführten Konfrontation der beiden in sich selbst Verliebten gelingt es, die Überspanntheit von Narcissus und Narcissa in natürliche Liebe aufzulösen – die Geister können hierfür nur die äußeren Voraussetzungen schaffen.

Auch in *Daphnidion,* dem am antiken Parnassus angesiedelten Zaubermärchen, geht es um das ironische Spiel mit Magie und Psychologie. Zwar gibt es hier „magische Spinnerinnen", „talismanische Ringe" und ein „magisches Bilderbuch", doch sind es im Grunde nicht diese Zauberrequisiten, die den Ausgang der Geschichte entscheiden, sondern die natürlichen Anlagen der Beteiligten, über die Magie keine Macht hat. Nur zur „törichten Leidenschaft" (S. 47), nicht aber zur wahren Liebe ist Phöbidas fähig: um Daphnidion mit Gewalt zu gewinnen, sucht er Unterstützung beim dubiosen „Schwarzkünstler" (S. 50) Hippalektor. Mehr aber als durch ihre „talismanischen Ringe" wird Daphnidion vor ihrem ungestümen Liebhaber durch dessen Eitelkeit geschützt, die ihn in der Liebesprobe scheitern läßt – weil er sich von seiner egoistischen Leidenschaft nicht befreien kann, erweist sich Phöbidas als der Liebe unwürdig und muß bestraft abziehen.

Eine ähnliche Liebesprobe steht auch im Mittelpunkt des dritten Märchens, der *Entzauberung,* die das Programm aller *Hexameron*-Märchen bereits im Titel trägt. Hier wird ein Mädchen, das wie Don Quijote durch übertriebene Lektüre der „Ritterbücher und Feenmärchen" (S. 58) weltfremd geworden ist, zwischen zwei Männer gestellt: den äußerlich blendenden und ihr ebenbürtigen Roué Alberich und den sozial unterlegenen, aber ein „warmes und gefühlvolles Herz" (S. 60) besitzenden Hulderich. Erst das Eingreifen der Feen, die dem Mädchen Schönheit und Reichtum nehmen und Hulderich dadurch Gelegenheit geben, sich als wahrhaft Liebender zu erweisen, öffnet Rosalie die Augen über ihre beiden Liebhaber und leitet das glückliche Ende ein. Das soziale Problem der Mésalliance zwischen Adel und Bürgertum braucht dann gar nicht durch den Umweg über die „natürliche Gleichheit . . ., die zwischen edelgesinnten Menschen alle Ungleichheit der Geburt und des Standes verschwinden macht" (S. 70), gelöst zu werden, denn Wielands sozialkritische Ironie erlaubt es sich abschließend, Hulderich „in gerader Linie von Vercingetorix, einem uralten Fürsten der Gallier" (S. 72) abstammen zu lassen und ihn so Rosalie mehr als ebenbürtig zu machen. Mußten hier auch die Feen bemüht werden, so fällt *Die Entzauberung* dennoch nicht aus dem realistischen Rahmen des *Hexameron*, da Rosalie und Hulderich nicht bloß künftig auf sich selber angewiesen sein werden, um „einander glücklich zu machen“ (S. 72), sondern auch, weil die sich an die Erzählung anschließende Diskussion die „Feerei“ (S. 73) als Traum der Heldin begreift, also eine psychologische Deutung versucht.

Den zweiten Teil des *Hexameron* bilden drei Novellen, eine literarische Gattung, die zu Wielands Zeit in Deutschland noch so ungebräuchlich war, daß der *Novelle ohne Titel* eine Definition vorausgeschickt wird. Daß sich Wieland schon lange mit der Novelle beschäftigte, belegt seine Bestimmung in der zweiten Ausgabe des *Don Sylvio* von 1772: „Novellen werden vorzüglich eine Art von Erzählungen genannt, welche sich von den großen Romanen durch die Simplicität des Plans und den kleinen Umfang der Fabel unterscheiden oder sich zu demselben verhalten wie die kleinen Schauspiele zu der großen Tragödie oder Komödie“. Hier bleibt Wielands Definition freilich noch im Rahmen einer bloßen Formdiskussion, über die auch Goethes Bemerkung zu Eckermann (1827) nicht weit hinauskommt: „... denn was ist eine Novelle anders als eine sich ereignete unerhörte Begebenheit“. Am Beginn der *Novelle ohne Titel* heißt es nun, bei einer Novelle werde vorausgesetzt, daß sich die Erzählung nicht in einem „idealischen oder utopischen Lande, sondern in unserer wirklichen Welt begeben habe, wo alles natürlich und begreiflich zugeht, und die Begebenheiten zwar nicht alltäglich sind, aber sich doch, unter denselben Umständen, alle Tage allenthalben zutragen könnten.“ (S. 75)

Dieser Bezug zur empirischen Realität, zu den gewöhnlichen Lebensumständen des Alltags, erklärt, warum die Novelle zur bevorzugten bürgerlichen Erzählform des 19. Jahrhunderts geworden ist: sie spielt in der vertrauten Umwelt ihres Publikums selbst dann, wenn sie sich mit fremden Ländern beschäftigt, da die Helden zwar ungewöhnliche Charaktere sein mögen, ihr Handeln aber psychologisch nachvollziehbar bleibt, weil sie derselben Sozialisation unterliegen wie ihre Leser. Zudem stellt die Novelle durch ihre Kürze und die einfach strukturierte Handlung (gewöhnlich nur ein Hauptproblem, das durch einen Wendepunkt aufgelöst wird) ein bequemes Mittel dar, auf unterhaltsame Weise das eigene Sozialverhalten zu reflektieren. Gerade für diese Selbstreflexion der ethischen Normen im Medium der Literatur stellen Wielands *Hexameron*-Novellen, wie noch zu zeigen sein wird, ein gutes Beispiel dar.

In der *Novelle ohne Titel* geht es denn auch nicht nur um die eigentliche Handlung zwischen Galora und Alonso. Gerade weil die Geschichte eines Mädchens, das seine Geschlechterrolle verleugnen muß, schon recht weit in den Bereich der Trivialliteratur abgesunken ist, eignet sich diese *Novelle* zur Diskussion über die Freiheiten eines Autors: hat er die Möglichkeit, willkürlich den Verlauf der Handlung und vor allem ihr Ende zu bestimmen, oder ist er verpflichtet, eine innere Stimmigkeit und Logik zu beachten? Rosalinde, hier gewiß das Sprachrohr Wielands, entscheidet sich für letzteres, für die „Einheit und Ganzheit ..., die ... die wesentlichste Vollkommenheit eines echten Kunstwerks ist" (S. 92). Bei dieser Diskussion um die psychologische Glaubwürdigkeit der Novelle leistet sich Wieland einen satirischen Seitenhieb auf seinen literarischen Rivalen Friedrich Schlegel und dessen Tragödie ‚Alarcos'. Die ironisch gezeichnete Variante des Schlusses, die Herr M. im Gespräch vorschlägt und in der Galora erst die Rivalin Donna Rosa, dann den Geliebten Don Alonso und schließlich – nach einer „Rede in *terze rime* oder in Assonanzen auf U, wobei ihr selbst die Haare zu Berge stehen" (S. 90) – sich selbst erstechen soll, macht sich weidlich über die Schauerromantik lustig. Denn diese artifizielle und dem Ideal der Natürlichkeit widersprechende Literatur kann das nicht berücksichtigen, worauf es Wieland ankommt: die psychologische Motivierung, die einen realistischen Rahmen voraussetzt. Dabei geht es in der *Novelle ohne Titel* gerade um einen psychologischen Konflikt zwischen Galoras natürlicher Weiblichkeit und der ihr aufgezwungenen männlichen Rolle. Im Kampf zwischen „ihrem angebornen und ihrem angenommenen Charakter" (S. 84) entscheidet sich Galoras weibliche Natur letztendlich gegen die „unnatürliche Rolle" (S. 84), da die Gewohnheit und der Zwang ihrem Charakter zwar bleibende Schäden zufügen, die natürlichen Bedürfnisse aber nicht ganz vernichten konnten.

Wesentlich weniger dramatisch verläuft – zumindest äußerlich – die Handlung von *Freundschaft und Liebe auf der Probe;* ebenso wie die abschließende Geschichte von der *Liebe ohne Leidenschaft* wird sie nicht als Novelle, sondern als „Anekdote" bezeichnet, womit nicht die Erzählung eines möglichen, sondern eines tatsächlichen Ereignisses gemeint ist, das die Erzählerin selbst miterlebt hat. Geschildert wird ein für damalige moralische Begriffe äußerst frivoles psychologisches Experiment: zwei miteinander eng befreundete Paare, deren Ehe von der Gegensätzlichkeit der Charaktere geprägt ist, tauschen im gegenseitigen Einverständnis die Partner, so daß nunmehr die charakterlich gleichgearteten Teile zusammenleben können. Dieses Experiment, dessen reale Grundlage das 1803 erlassene liberale französische Scheidungsrecht bot, schlägt jedoch fehl. Nur die gegensätzlichen Partner können miteinander leben, weil hier jeder im Reibungswiderstand des charakterlich Andersgearteten die Ergänzung findet.

Man hat Wieland gelegentlich vorgeworfen, die Gestaltung der Figuren dieser Erzählung sei trotz des brisanten Themas zu stereotyp und schematisch ausgefallen und die Lösung des Knotens gelinge zu einfach – ähnliche Urteile sind übrigens bis in die jüngste Zeit gegenüber dem Text von Mozarts Oper ‚Così fan tutte', deren Handlung diesem Sujet Wielands sehr nahe steht, gängig gewesen. Aber dieses Urteil macht es sich zu leicht: schon die Titelgebung sollte davor warnen. 1777 hatte Friedrich Heinrich Jacobi einen Auszug aus seinem – dann erst zwei Jahre später veröffentlichten – Roman ‚Woldemar' unter dem Titel ‚Freundschaft und Liebe' in Wielands *Teutschem Merkur* publiziert. Es ist die Seelengeschichte zweier Personen, deren Sympathieverlangen – von Erotik ist hier nicht die Rede – verschiedenen selbstquälerischen Prüfungen unterliegt und schließlich triumphiert. Rousseaus entsagende ‚Nouvelle Héloïse' (1761) hatte diesem Roman – ebenso wie für Goethes Drama ‚Stella' – sein entscheidendes Vorbild geliefert. 1794 publizierte Jacobi dann eine wesentlich erweiterte Fassung seines Romans und trat somit in Konkurrenz zu Wielands *Agathon*, der im gleichen Jahr in seiner dritten und endgültigen Fassung erschien. Scheinbar gleich verläuft die Lösung des erotischen Verhältnisses in beiden Werken: wie Woldemars Beziehung zu Allwina endet auch das Verhältnis von Agathon und Danae in einer Bruder-Schwester-Bindung, und trotzdem sind die Lösungsmodelle der Beziehungen unterschiedlich motiviert. Wieland lag der lebensfremde Idealismus der empfindsamen „schönen Seelen" fern, und schon 1775 sprach er verächtlich von den Unglücklichen, „die vor lauter Feinheit der Empfindung, vor lauter Erhabenheit der Begriffe und vor lauter vermeinter Größe des Geistes und Güte des Herzens nirgends in der Welt fortkommen können“. Für ihn ist Jacobis rigorose, übrigens von Einflüssen Fénelons geprägte Forderung nach moralischer Vollkommenheit, die alle Sinnlichkeit sublimiert, ein Rückfall in die Epoche der längst überwundenen, weil unwahren vollkommenen Charaktere, aus der sich die Aufklärung durch die Entwicklung sowohl ethisch wie ästhetisch individuell differenzierender Darstellung langsam befreit hatte. Bei Wieland ist die Harmonie menschlicher Beziehungen Ergebnis eines Kampfes zwischen der sinnlichen und der vernünftigen Natur des Menschen, zu der als wesentlich bestimmender Faktor der Einfluß der Umwelt hinzutritt. Menschliches Verhalten wird dadurch nicht mehr normierbar, sondern gewinnt einen individuellen Freiraum, der sich jedem stereotypen, von Moralvorstellungen bestimmten Zwang entzieht. Auch wenn Wieland im Fall der Erzählung *Freundschaft und Liebe auf der Probe* alles wieder zur ,,alten Ordnung“ zurückkehren läßt, verletzt er mit dem staatlich sanktionierten Partnertausch die herkömmlichen Moralbegriffe tiefgreifend und schafft damit die Voraussetzung für Goethes noch freiere Behandlung des Sujets. Denn Wieland läßt die Erzählung mit der Bemerkung eines Zuhörers schließen, man ,,könnte diese Anekdote zu einem der artigsten Romane ausspinnen, die seit manchem Jahr in unsrer romanreichen, wiewohl sehr unromantischen Zeit zu Tage gefördert worden“ (S. 119). 1809 sollten ‚Die Wahlverwandtschaften‘ dieser Anregung nachgehen.

Ebenfalls einen Lernprozeß, der auf dem Hintergrund von Jacobis empfindsamem Ideal zu sehen ist, macht das Liebespaar der abschließenden Anekdote *Die Liebe ohne Leidenschaft* durch. Beiden geht es um eine echte Beziehung, um ,,Liebe ganz allein, ohne den Verdacht eines andern Beweggrundes“ (S. 126). Aber gerade um dieser Ausschließlichkeit willen fällt der Held Falkenberg – wie Jacobis Woldemar (auch an Lessings Tellheim ist zu denken) – in eine Extremhaltung. Zwar erweist er sich als ,,über gemeinen Eigennutz erhaben“, kann sich aber nicht über seinen ,,kleinlichen Stolz und Eigensinn erheben“ (S. 134). Wiederum zeigt sich die Natur der Stärke von moralischen und gesellschaftlichen Konventionen überlegen; Falkenbergs Versuch, seine Leidenschaft zu sublimieren, scheitert, und das Fräulen von Haldenstein besitzt die Kraft und Vernunft, die Lösung herbeizuführen, zu welcher der Mann nicht fähig war. Nur die gegenseitig verantwortliche Auffassung von Liebe, jenseits der Schranken gesellschaftlicher und moralischer Konvention, ist „Liebe ohne Leidenschaft", die sich sogar über Standesgrenzen hinwegzusetzen weiß; ihr Gehalt ist nicht das Befolgen dieser Konvention, sondern Verbindung von Vernunft und Sinnlichkeit. Hier schließt die Erzählung und der Zyklus mit einem besonders gewichtigen Akzent: der Erzähler gibt sich als Hauptperson seiner Erzählung zu erkennen, und der noch ungelöste Schluß wird in der Begegnung mit seiner Geliebten im Kreis der Gesellschaft von Rosenhain zu einem endgültigen glücklichen Ende gebracht. Die Fiktion tritt in die Realität über.

An den sechs Erzählungen läßt sich somit dieselbe Grundidee eines richtigen gesellschaftlichen Verhaltens erkennen. So sehr auch die jeweiligen Erzähler durch ihr Geschlecht, ihren Stand, ihre Weltanschauung und nicht zuletzt durch den Stil ihres Erzählens als Individuen gekennzeichnet sind, so sehr orientieren sie sich doch alle an dem gemeinsamen Grundkonsens der Toleranz im gesellschaftlichen Verkehr. Jeder vertritt seine Individualität, erkennt aber die Andersartigkeit der anderen als gleichberechtigt an, so daß alle Meinungsverschiedenheiten, wie sie z. B. bei der Diskussion über die *Novelle ohne Titel* zu Tage treten, nicht zu Spannungen führen, sondern das gesellige Leben bereichern. Der Absolutheitsanspruch von Verhaltensnormen, wie er etwa in den von Anfang an ausgeschlossenen „moralischen Erzählungen" vorgebracht wird, kann deshalb im *Hexameron* keinen Platz haben, wo eine ironische Grundhaltung, die Skepsis gegenüber aller Einseitigkeit und Übertriebenheit, das Verhalten aller Teilnehmer bestimmt. Diese spielerische Toleranz, die im ästhetischen Medium des Erzählens von jedem geübt wird, beruht auf einer Einschätzung der Menschen, die diese als Doppelwesen von Sinnlichkeit und Vernunft versteht und unreflektierten ethischen Normen wenig vertraut. So wie die Erotik allen sechs Erzählungen das Hauptmotiv abgibt, so herrscht auch in der Rahmenhandlung durchgehend eine sinnliche Spannung – befinden sich doch unter der Gesellschaft von Rosenhain „einige junge Leute . . ., über deren bisher noch freie Herzen Amor und Hymen, jeder mit Vorbehalt seiner besondern Rechte, sich in Güte zu vergleichen nicht ungeneigt schienen" (S. 7). Sinnlichkeit, oder besser: Erotik, wird grundsätzlich als legitimer Anteil des Menschlichen anerkannt und macht das Interesse am Erzählen und am Erzählten aus. Die zahlreichen boshaften Anspielungen auf den Stoizismus mit seiner Gefühlsfeindschaft (so liest z. B. Alberich in *Die Entzauberung*, eine der negativsten Figuren des ganzen *Hexameron*, Seneca – vgl. S. 68) haben hierin ihren Sinn: der Stoizismus, der mit der Sinnlichkeit eine Seite des menschlichen Wesens ableugnen bzw. verdrängen will, wäre radikal und würde zur Intoleranz, zur Normierung, tendieren, ebenso wie ein rein ästhetisches Virtuosentum, das alle Leidenschaften sublimieren möchte. Die *Hexameron*-Erzählungen belegen dagegen, daß die Menschen weder zum stoischen Ideal des nur vernunftgeleiteten Menschen, der seine Affekte unter Kontrolle hat, noch zur idealisierenden, körperlosen Beziehung „schöner Seelen" fähig sind. Sie demonstrieren darüber hinaus aber, daß diese Idealität gar nicht vonnöten ist, da die Menschen durchaus mit ihren Schwächen leben können. Dies freilich nur, wenn es ihnen (anders als z. B. Phöbidas in *Daphnidion*) gelingt, sich in einen sozialen Zusammenhang einzufügen, d. h. sich selbst als Teil der Gesellschaft zu verstehen, der zur Entfaltung und Befriedigung der eigenen Bedürfnisse der anderen bedarf und fähig ist, auch in der erotischen Beziehung die geselligen Tugenden zu verwirklichen. In Wielands Gesellschaft von Rosenhain realisiert sich dies – gegen die Weltablehnung des Stoizismus und gegen die Weltverkennung einer ästhetisierenden Empfindsamkeit gerichtete – sensualistisch-skeptische Konzept eines harmonischen Miteinanders von keineswegs vollkommenen Individuen, die ihre jeweiligen Fehler gegenseitig kompensieren.

Wielands *Hexameron* wendet sich mit diesem Gesellschaftsideal gegen eine übertriebene Zivilisationskritik, die in Anlehnung an den frühen Rousseau (Abhandlung über Künste und Wissenschaften, 1750; Über den Ursprung der Ungleichheit unter den Menschen, 1754) ein glückliches Leben nur außerhalb der Gesellschaft für möglich gehalten hat. Für Wieland kann dagegen der einzelne nur in der Gesellschaft, im Zusammenleben mit seinesgleichen zur Zufriedenheit und Ausgeglichenheit gelangen, wozu er auch, entgegen Rousseau, die gesellig-ästhetische Kultur benötigt. Dieser Entwurf vom harmonischen Menschen, in dem sich Sinnlichkeit und Geist, Ästhetik und Ethik in einer Synthese finden, basiert dennoch zu einem großen Teil auf Problemen Rousseaus, speziell auf dessen Auffassung von der menschlichen Natur. Schließlich besteht das zentrale Motiv beinahe aller Erzählungen des *Hexameron* im Konflikt zwischen Natur und Erziehung. Schon in *Narcissus und Narcissa*, wo „Aufwärterinnen und Aufwärter, Zofen, Schranzen, Schmeichler und Sklaven aller Gattung, dem Vater, der Mutter und der ganzen Sippschaft das Werk der Natur ... hemmen und zerstören halfen" (S. 17), prägnanter aber noch in der *Novelle ohne Titel*, geht es darum, die Beschädigung durch eine unnatürliche Erziehung zu überwinden: Galora darf zwar aus finanziellen Rücksichten nicht als Frau aufwachsen, was ihren Geschlechtscharakter für immer zerstört – ihre unterdrückte Weiblichkeit, „das Gefühl – und mit diesem der Stolz ihres Geschlechts" (S. 92), rebelliert aber gegen die unnatürliche Rolle und führt zu deren Aufgabe, allerdings mit tragischen Folgen für das Mädchen. Was in diesem besonders schweren Fall scheitert, gelingt dagegen in *Die Entzauberung*, *Freundschaft und Liebe auf der Probe* und *Liebe ohne Leidenschaft:* das Bewältigen einer falschen Erziehung bzw. überspannter Ideen. Nur bei Anerkennung dieser menschlichen Natur, der von Vernunft temperierten Sinnlichkeit als Grundlage aller sozialen Formen und Verhaltensweisen, wird das Liebesideal plausibel, das hinter allen Geschichten des *Hexameron* steht und trotz des aristokratischen Rahmens durchweg bürgerliche Züge aufweist.

Wie in *Narcissus und Narcissa* ausdrücklich thematisiert, geht es bei der „reinen Liebe" darum, „anstatt (wie gewöhnlich) im Andern nur sich Selbst zu lieben, sich Selbst nur im Andern" zu lieben (S. 39). Diese uneigennützige Liebe, die den Partner als Subjekt anerkennt, führt sogar über Standesgrenzen hinweg (vgl. *Die Entzauberung*) und stützt sich auf die „natürliche Gleichheit ..., die zwischen edelgesinnten Menschen alle Ungleichheit der Geburt und des Standes verschwinden macht" (S. 70). An die Stelle der alten ständischen Hierarchie tritt hier das Ideal einer ethischen Rangordnung, d. h. die moralische Qualität eines Menschen sollte über seinen sozialen Rang befinden. Die dauernde Variation dieser Themen vermittelt dem Leser des *Hexameron* modellhaft das Gelingen und Scheitern von Lernprozessen.

Daß Wielands *Hexameron von Rosenhain* nicht nur in gattungspoetologischer Hinsicht ein höchst reflektiertes Werk ist, sondern mit der Einbettung der sechs Geschichten in eine Rahmenhandlung auch einen moralisch-didaktischen Anspruch verbindet, belegt der kalkulierte Schluß der letzten Erzählung:

wenn sich die Hauptpersonen von *Liebe ohne Leidenschaft* als Teilnehmer an der Gesellschaft von Rosenhain zu erkennen geben, so suggeriert das dem Leser die tatsächliche Möglichkeit eines derartigen Verhaltens. Die Anordnung des *Hexameron* von den ,,Märchen" über die ,,Novelle" zu den ,,Anekdoten" führt durch die Steigerung des realistischen Charakters der Geschichten zur Schlußpointe hin, in der sich die Fiktion als gegenwärtige Wirklichkeit erweist. Obwohl Wieland in seinem *Hexameron* die politische Wirklichkeit der ersten Jahre des 19. Jahrhunderts beinahe vollständig ausklammert, also auf die napoleonischen Kriege, die französische Besetzung weiter Teile Deutschlands und auf die damit zusammenhängenden Auseinandersetzung zwischen Adel und Bürgertum in den deutschen Staaten nicht eingeht, handelt es sich bei diesem Novellenzyklus doch keineswegs um einen Fluchtversuch aus den politischen und sozialen Konflikten der Zeit. Wieland bietet vielmehr im literarischen Medium einen Lösungsversuch an, der sich freilich nur auf die private Sphäre richtet, aber hier durch das skeptische Liebes- und Gesellschaftsmodell die politische Dimension berücksichtigt. Dafür entwickelt er eine zwar nicht ganz neue, aber in Deutschland ungewöhnliche literarische Form, die den Vorzug hat, durch ihr Spiel mit den dem Publikum vertrauten Gattungen, die scheinbar bloß der Unterhaltung dienen, die Literatur unbemerkt zu funktionalisieren. Die Verwendung des phantastischen Märchens, seine ironisch-realistische Brechung und die Ergänzung durch die explizit auf die Wirklichkeit bezogene Form der Novelle bzw. Anekdote bildet das ästhetische Fundament für die moralische Wirkung, die nicht dozierend vermittelt werden soll, sondern aus der sinnlichen Überzeugungskraft poetischer Beispiele resultieren kann. So gelingt die Vermittlung von ethischer Thematik mit einer modernen poetischen Form, die sogar noch auf die Romantiker – etwa in Wilhelm Hauffs Märchenalmanachen –, darüber hinaus aber auf die literarische Auseinandersetzung mit sozialen Problemen im 19. Jahrhundert, vor allem in Kellers und Stifters Novellen, vorbildhaft wirken sollte.

Albert Meier
Wolfgang Proß

ZEITTAFEL

1733 Geburt Christoph Martin Wielands (5. September) in Oberholzheim (Gebiet der Freien Reichsstadt Biberach); Vater protestantischer Geistlicher, der seinen Sohn schon vor Vollendung des dritten Lebensjahres zu erziehen beginnt.

1740 Bereits Kenntnis des Lateinischen, erste Dichtungsversuche; mit elf Jahren Kenntnis von Horaz, Vergil, Brockes und Gottsched.

25. 8. 1744 Johann Gottfried Herder geboren.

1747 Besuch der Schule in Klosterberge b. Magdeburg: pietistische Erziehung (Francke-Einfluß), logische Studien (Baumgarten), erste Bekanntschaft mit Bayles ‚Dictionnaire', mit Fontenelle, d'Argens, Voltaire und mit Hallers Lehrgedichten, mit den Schriften Breitingers, Klopstocks, Ciceros und Xenophons.

1749 Im Frühjahr Übersiedlung zu Verwandten nach Erfurt. Philosoph. Studien (Brucker, Wolff, Leibnitz); erste Lektüre von Cervantes ‚Don Quijote'.

28. 8. 1749 Joh. Wolfgang Goethe geboren.

1750 Rückkehr nach Biberach. Bekanntschaft und Verlobung mit Sophie Gutermann. Aufnahme des Jura-Studiums in Tübingen.

1751 Abwendung von der spekulativen Philosophie und den Naturwissenschaften. Beginn der dichterischen Produktion unter dem Einfluß Shaftesburys und Hagedorns: *Die Natur der Dinge* (Lehrgedicht, nach Polignacs ‚Anti-Lucrèce'), *Lobgesang auf die Liebe* (Hexameter-Gedicht) und vier Gesänge eines *Hermann,* die er Bodmer zuschickt.

1752 *Zwölf moralische Briefe in Versen* nach franz. Vorbild; Gellert, Gleim, Pyra/Lange, Milton und Thomson erweitern den Katalog seiner Vorbilder. *Anti-Ovid oder die Kunst zu lieben.* Mit den im Blankvers gehaltenen *Erzählungen* erringt W. seinen ersten großen literarischen Erfolg: Lessing und Hagedorn loben; Übersetzungen erfolgen ins Englische, Französische, Italienische und Dänische. Einladung Bodmers an W., nach Zürich zu kommen, der er im Oktober, unter Abbruch des Studiums, folgt. Persönliches Abhängigkeitsverhältnis.

1753 Trotz der Anpassung an Bodmer in Themenwahl und Grundanschauungen (*Abhandlung von den Schönheiten des epischen Gedichts: Der Noah; Der gepryfte Abraham)* Entwicklung einer späteren Lieblingsform, des Dialogs. Im Dezember Lösung der Verlobung durch Sophie; sie verlobt sich mit dem kurzmainzischen Hofrat Georg Michael von La Roche.

1754–58 Am 25. Juni verläßt W. Bodmers Haus; Lebensunterhalt durch Unterrichtung von Patriziersöhnen. Kontakt zu den Zürcher Literaten (Gessner); religiös–empfindsame Attitude („Seraphik") W. s; Freundschaft mit Frau Grebel-Lochmann. *Gespräch des Sokrates mit Timoclea von der scheinbaren und der wahren Schönheit,* 1755; *Empfindungen eines Christen,* 1756. *Araspes und Panthea* (Roman-Dialog, 1756–/57, Neufassung 1760). Bekanntschaft mit Johann Georg Zimmermann bahnt W.s „Metamorphose" vom Seraphiker zum weltfrommen Skeptiker an: Lektüre von d'Alembert, Diderot, Helvétius, Montesquieu und der ‚Kyropädie' Xenophons. Projekt eines Epos *Cyrus* (aus Begeisterung für Friedrich II.), von dem 1759 fünf Gesänge erscheinen. 1758 *Lady Johanna Gray* (erstes deutsches Blankvers-Drama). Lektüre von Lukian (Projekt eines *Lucian des Jüngeren*), Swift, Ariost. Plan zur Übersiedlung und Zusammenarbeit mit Iselin in Basel.

27. 1. 1756 Wolfgang Amadeus Mozart geboren.

1759 Nach Scheitern der Baseler Pläne Übersiedlung nach Bern am 13. Juni. Heftige Kritik Lessings am „seraphischen" W. (Briefe die neuste Literatur betreffend, Nr. 7–14). Bekanntschaft W.s mit Julie Bondely, einer Freundin Rousseaus; Verlobung.

10. 11. 1759 Friedrich Schiller geboren. Beginn des Erscheinens von ‚The Life & Opinions of Tristram Shandy, Gentleman' von Laurence Sterne (abgeschlossen 1766).

1760–64 Vernichtung des *Lucian*-Projekts unter Julies Einfluß. *Clementina von Porretta* (Drama nach einer Episode aus Richardsons ‚Grandison'). Pläne zu einer Verlagsgründung (hauptprojekte: Übersetzung Shaftesburys und Lukians, Plan einer Zeitschrift). Am 30. April wird W. zum Senator (Stellung als Stadtschreiber, alternierend mit dem Posten des Ratsadvokaten) gewählt. Rückkehr nach Biberach. Eintritt in die dortigen Parteikämpfe: W.s Gegner argumentieren mit dessen fehlender juristischer Qualifikation; die daraus resultierenden Streitigkeiten, vor allem um die Besoldung, und der drohende Verlust der Stellung, werden erst 1764 vor dem Wiener Reichshofrat beigelegt. Beginn der Beziehung zu Sophie von La Roches älterer Schwester, Cateau von Hillern und zum Hof des Grafen Stadion in Warthausen, dem langjährigen Kanzler des Kurfürstentums Mainz. 1761 Bekanntschaft mit Christine Hagel („Bibi"), deren kath. Eltern sich einer Eheschließung wi-

dersetzen. 1762–64 Illegales Zusammenleben des Paares; Geburt eines Kindes; von den Eltern Christines erzwungene Trennung und Scheitern der Beziehung.
1761 Beginn der Arbeit an einer Prosa-Übersetzung von Shakespeares Dramen (erschienen 1762–66). 1762 *Agathon*-Fragment; *Komische Erzählungen* (Hauptanlaß für die Anfeindung W.s durch den „Göttinger Hain“). 1763/64 Arbeit an *Der Sieg der Natur über die Schwärmerei oder Die Abenteuer des Don Sylvio von Rosalva,* Ulm 1764.

1765–68 Heirat am 21. Oktober mit Anna Dorothea Hillenbrand. Wiederaufnahme der Arbeit am *Agathon.* Plan eines Stanzen-Epos, *Musarion*-Fragment. 1766 Beginn des sog. „Mühlenstreits“ zwischen der Stadt (vertreten durch W.) und Graf Stadion (vertreten durch La Roche), der sich bis 1768 hinzieht. Bekanntschaft W.s mit den Brüdern Jacobi und Gleim, Brieffreundschaft mit Friedrich Justus Riedel in Erfurt. Sophie von La Roche beginnt die Arbeit an der ‚Geschichte des Fräuleins von Sternheim‘. 1766/67 erscheint die *Geschichte des Agathon* in Zürich, ohne Angabe des Verfassers und mit dem fiktiven Druckort „Frankfurt und Leipzig“. Ungünstige Aufnahme, Verbot in Zürich und Wien, nur von Lessing im 69. Stück der ‚Hamburgischen Dramaturgie‘ beifällig begrüßt. Lektüre von Sternes ‚Tristram Shandy‘. 1767 *Idris,* 1768 *Musarion oder die Philosophie der Grazien.* Tod des Grafen Stadion 1768.
Winckelmann, ‚Geschichte der Kunst des Altertums‘ (1764); Lessing, ‚Laokoon‘ (1766) und ‚Minna von Barnhelm‘ (1767).

1769–72 Im Zuge der Reformpläne des Kurfürsten Emmerich Joseph von Mainz (1763–74) wird W. als Professor der Philosophie nach Erfurt berufen. Unter seinen Schülern befindet sich Wilhelm Heinse. Schwierige Stellung zwischen Befürwortern und Gegnern der Reform. Plan zu einer *Geschichte des menschlichen Geistes* (nicht ausgeführt); *Beiträge zur geheimen Geschichte der Menschheit* (1770: gegen Rousseaus ‚De l’origine de l’inégalité‘ gerichtete Schrift). *Die Grazien* und *Diogenes von Sinope* (1770). Beginn der Beschäftigung mit dem Singspiel. Im Juni 1770 Reise nach Leipzig, Suche nach einer neuen Stellung. Von W. herausgegeben erscheint 1771 die ‚Die Geschichte des Fräuleins von Sternheim‘ von Sophie von La Roche (Leipzig, 2 Bde.). 1771 *Der neue Amadis;* Arbeit an *Der goldene Spiegel* (Staatsroman, gegen Hallers ‚Usong‘; Entwicklung eines aufgeklärt-absolutistischen Ideals). Reise nach Mainz, Koblenz, Darmstadt und Besuch der Herzogin Anna Amalia in Weimar, die ihn 1772 als Erzieher des Erbprinzen Karl August an den Hof beruft.

1769–70 Herders Reise nach Frankreich, Begegnung mit Goethe in Straßburg: ,Reisejournal' (1769), ,Abhandlung über den Ursprung der Sprache' (1770). Lessing, ,Emilia Galotti' (1772).

1772–74 *Der goldene Spiegel, oder die Könige von Scheschian. Eine wahre Geschichte* (Leipzig 1772). Realisierung des Zeitschriften-Plans: *Der Teutsche Merkur* (erscheint ab 1773, erst 1810 eingestellt). 1773 *Geschichte des Agathon*, Zweitfassung (Leipzig, 4 Bde.). Bekanntschaft mit Nicolai, Entfremdung von Sophie von La Roche. Textbuch zu *Alceste*. Angriffe der Stürmer und Dränger auf W. (Goethe: ,Götter, Helden und Wieland', 1774). Beginn der *Geschichte der Abderiten*, von der 1774 Teile im *Merkur* erscheinen. Angriff auf W. in Klopstocks ,Gelehrtenrepublik' (1774). Beendigung der Tätigkeit als Prinzenerzieher – in der er nicht sehr glücklich gewesen war – durch die Thronbesteigung Karl Augusts. Mit Friedrich von Blanckenburgs ,Versuch über den Roman' (1774) erhält die *Geschichte des Agathon* Modellcharakter, der Roman tritt damit an die Stelle des antiken Epos.

1773 Goethe, ,Götz von Berlichingen'. Herder, Goethe, Möser, ,Von deutscher Art und Kunst.' Goethe, ,Die Leiden des jungen Werthers'.

1775–88 *Geschichte des weisen Danischmends und der drei Kalender* (in Fortsetzung des *Goldenen Spiegels*). Streit mit Nicolai um Goethes ,Werther'. Am 5. November 1775 Ankunft Goethes in Weimar, mit dem sich W. ab 1776 befreundet. Ankunft Herders am 1. Oktober 1776, den Karl August auf Vermittlung Goethes berufen hatte. Hinwendung W.s zur Verserzählung: *Das Wintermärchen* (1776), *Geron der Adelige* (1776), *Gandalin* (1776), *Das Sommermärchen* (1777), *Hann und Gulpenhee* (1778), *Pervonte oder die drei Wünsche* (Teile I und II 1779, Teil III 1796), *Oberon* (1780). Aufsätze im *Merkur: Über Erasmus von Rotterdam* (1776), *Gedanken über die Ideale der Alten* (1777), *Über das göttliche Recht der Obrigkeit* (1777); *Über die vorgebliche Abnahme des menschlichen Geschlechts* (1777) ist ein Nachtrag zur Anti-Rousseau-Schrift von 1770. Arbeit an der *Geschichte der Abderiten* (abgeschlossen 1780, erschienen 1781), *Dialoge im Elysium* (1780). Als Antwort auf die Schrift Friedrichs II. ,De la littérature allemande' (1780) verfaßt W. die *Briefe an einen jungen Dichter* (1782 und 1784), die neben der sprachlichen Vorbildhaftigkeit auf die Formentwicklung des Weimarer Klassizismus große Wirkung ausüben. *Clelia und Sinibald* (Verserzählung, 1783). Beginn der Horaz-Übersetzungen 1782, zunächst der *Episteln*, dann (1787) der *Satiren*. 1786–89 *Dschinnistan oder auserlesene Feen- und Gei-*

stermärchen (enthält auch das Vorbild zum Text von Mozarts ,Zauberflöte, 1791). Äußere Ereignisse: 1785 Vermählung von Wielands Tochter Sophie mit Karl Ludwig Reinhold, dem Kant-Popularisator und späteren Freund Fichtes; 1787 wird W. zum Mitglied der Berliner Akademie berufen.

1789–95 1788/89 erscheint die Übersetzung von *Lucians sämtlichen Werken; Sechs Fragen zur Aufklärung* (April 1789, im Merkur). Positiv-kritische Stellungnahmen zum Ausbruch der Französischen Revolution, u. a. *Gespräche unter vier Augen* (1798). 1790–93 *Göttergespräche,* 1791 *Peregrinus Proteus.* 1794 beginnt mit der dritten Fassung der *Geschichte des Agathon* die Ausgabe der sämtlichen Werke Wielands bei Göschen, Leipzig.

Wichtigste Ereignisse vor Beginn der Freundschaft zwischen Goethe und Schiller (1794): 1777/78 Lessings Streit mit Goeze, 1779 Lessing, ,Nathan der Weise', 1781 Lessings Tod; 1781 Immanuel Kant, ,Kritik der reinen Vernunft' (1. Fassung); Schiller, ,Die Räuber'; 1783–87 Erster Spinoza-Streit (Mendelssohn – Jacobi – Herder/Goethe); 1784–91 Herder, ,Ideen zur Philosophie der Geschichte der Menschheit; 1784 Schiller, ,Kabale und Liebe'; 1785/90 Moritz, ,Anton Reiser', 1786–88 Goethes erste Italienreise; 1787 Goethe, ,Iphigenie auf Tauris'; Heinse, ,Ardinghello'; Schiller, ,Don Karlos'; Herder, ,Spinoza-Gespräche'; Kant, ,Kritik der reinen Vernunft' (2. Fassung); 1790 Goethe, ,Torquato Tasso' und ,Faust'-Fragment; 1793 Jean Paul, ,Die unsichtbare Loge'; 1793–97 Herder, ,Briefe zu Beförderung der Humanität'; 1794 Fichte, ,Wissenschaftslehre'.

1795–1800 Annäherung W.s an Herder nach Beginn der Allianz Goethe-Schiller; *Briefe über die Vossische Übersetzung des Homer.* 1796 Beginn der Arbeit an *Agathodämon* und des *Attischen Museums,* nachdem er sich von der Arbeit am *Merkur* weitgehend zurückgezogen hat; in den Jahren bis 1802 erscheinen vier Bände, in denen W. vor allem Übersetzungen (von Aristophanes, Euripides und Xenophon) sowie erläuternde Abhandlungen publiziert. Reise in die Schweiz. 1797 Goethe/Schiller, ,Xenien'. W. kauft am 15. März 1797 das Gut Oßmannstedt und verläßt Weimar. 1798 Beginn der *Aristipp*-Arbeit. 1799 *Agathodämon* erscheint; im Zusammenhang mit *Aristipp* erscheinen im dritten Band des *Attischen Museums* die *Sokratischen Gespräche aus Xenophons denkwürdigen Nachrichten des Sokrates* und – als Originaltext – das *Gespräch im Elysium* zwischen Agathon und Hippias. Sophie von La Roche in Oßmannstedt. Die Schlegels eröffnen im ,Athenäum' den Generalangriff auf Wieland.

1801–09 1801 erscheint *Aristipp und einige seiner Zeitgenossen.* Im November stirbt Wielands Frau. 1802 Arbeit am *Pentameron vom Rosenhain.* 1803 Heinrich von Kleist Gast Wielands in Oßmannstedt. Tod Herders. Verkauf des Gutes Oßmannstedt (Dezember), Rückzug nach Weimar. 1804 (und 1808) Besuch Mme. de Staëls bei Wieland. Versdichtungen *Menander und Glycerion* und (1805) das ,,Seitenstück" *Krates und Hipparchia.* Komplettierung des *Pentameron* zum *Hexameron vom Rosenhain* (1805). Tod Schillers. *Euthanasia. Drei Gespräche über das Leben nach dem Tode.* 1806 Schlacht bei Jena und Auerstädt. W.s Haus in Weimar, ebenso wie das Goethes, auf Befehl Napoleons vor Plünderung geschätzt. Beginn der Arbeit an einer Übersetzung von Ciceros Briefen, die W. bis zu seinem Tod fortsetzt. 1807 Tod Anna Amalias. 1808 Begegnung mit Napoleon in Erfurt. 1809 Eintritt in den Freimaurerorden.

1813 20. Januar: Tod Wielands.

LITERATURHINWEISE

AUSGABEN

ERSTDRUCKE DER ERZÄHLUNGEN

Narcissus und Narcissa aus einer Handschrift das Pentameron von Rosenhain betitelt. Von C. M. Wieland. In: Taschenbuch für 1803. Braunschweig: Friedrich Vieweg, S. 1–74.

Rosalie und Hulderich oder die Entzauberung und Die Novelle ohne Titel. Zwei Geschichten aus dem Pentameron von Rosenhain. Von C. M. Wieland. In: Taschenbuch für das Jahr 1804. Der Liebe und Freundschaft gewidmet. Frankfurt a. M.: Friedrich Wilmans, S. 1–72.

Freundschaft und Liebe auf der Probe und Die Liebe ohne Leidenschaft. Zwey Erzählungen aus dem Pentameron von Rosenhain. Von C. M. Wieland. In: Taschenbuch auf das Jahr 1804. Herausgegeben von Wieland und Goethe. Tübingen: Cotta, S. 1–86.

GESAMTAUSGABEN

C. M. Wielands Sämmtliche Werke Acht und dreyssigster Band. Das Hexameron von Rosenhain. Leipzig bey Georg Joachim Göschen. 1805. 321 Seiten.

C. M. Wieland, Das Hexameron von Rosenhain. In: Wielands Gesammelte Schriften. Hrsg. von der Deutschen Akademie der Wissenschaften. Band 20: Alterswerke. Hrsg. von Friedrich Beißner. Berlin 1939, S. 1–114 (dazu: Bericht des Herausgebers zu Wielands Werken. Zwanzigster Band. Berlin 1940, S. 5–27; enthält Anmerkungen zur Entstehungsgeschichte, ein Lesartenverzeichnis, das Paralipomenon und Texterläuterungen).

Christoph Martin Wieland, Das Hexameron von Rosenhain. In: Chr. M. Wieland, Erzählende Prosa und andre Schriften. Hrsg. von Friedrich Beißner, München: Winkler o. J. (1965). Text: S. 239–370; Nachwort: S. 861–867 (enthält das Paralipomenon). (Text dieser Ausgabe).

ZU LEBEN UND WERK

Klaus Bäppler, Der philosophische Wieland. Stufen und Prägungen seines Denkens. Bern–München 1974.

Karl S. Guthke, Auf der Suche nach einem neuen Wieland-Bild. In: Schweizer Monatshefte 56 (1976/77), S. 1109–1113.

Walter Hinderer, Wielands Beiträge zur deutschen Klassik. In: Karl-Otto Conrady (Hrsg.), Deutsche Literatur zur Zeit der Klassik. Stuttgart 1977, S. 44–64.

John McCarthy, Christoph Martin Wieland. Boston 1979.

Hermann Müller-Solger, Zu neueren Publikationen über Christoph Martin Wieland (1970/71). Ein Forschungsbericht. In: Archiv für das Studium der neueren Sprachen 124. Jg., Bd. 209 (1972), S. 98–112.

Klaus Oettinger, Phantasie und Erfahrung. Studien zur Erzählpoetik Christoph Martin Wielands. München 1970.

Wolfgang Paulsen, Christoph Martin Wieland. Der Mensch und sein Werk in psychologischen Perspektiven. Bern und München 1975.

Alfred E. Ratz, Freiheit des Individuums und Gesellschaftsordnung bei Christoph Martin Wieland. Ein Beitrag zur Weimarer Klassik. (Kanadische Studien zur deutschen Sprache und Literatur 12) Bern – Frankfurt/Main 1974.

Hansjörg Schelle (Hrsg.), Christoph Martin Wieland. (Wege der Forschung Bd. CDXXI) Darmstadt 1981.

Friedrich Sengle, Wieland. Stuttgart 1949.

Cornelius Sommer, Christoph Martin Wieland. (Sammlung Metzler 95) Stuttgart 1971.

Karin Stoll, Christoph Martin Wieland. Journalistik und Kritik. Bedingungen und Maßstab politischen und ästhetischen Räsonnements im ‚Teutschen Merkur' vor der Französischen Revolution. (Abhandlungen zur Kunst-, Musik- und Literaturwissenschaft 269) Bonn 1978.

Horst Thomé, Probleme und Tendenzen der Wieland-Forschung 1974–1978. In: Jahrbuch der deutschen Schillergesellschaft 23 (1979), S. 492–513.

Wolfgang von Ungern-Sternberg, Ch. M. Wieland und das Verlagswesen seiner Zeit. Studien zur Entstehung des freien Schriftstellertums in Deutschland. (Archiv für Geschichte des Buchwesens 14, 6./7. Lieferung) Frankfurt 1974.

Bernd Weyergraf, Der skeptische Bürger. Wielands Schriften zur Französischen Revolution. Stuttgart 1972.

Hans Wolffheim, Wielands Begriff der Humanität. Hamburg 1949.

Zum ‚Hexameron von Rosenhain' und zur Geschichte der Novelle

Rudolf Fürst, Die Vorläufer der modernen Novelle im 18. Jahrhundert. Halle a. S. 1897 (zum ‚Hexameron': S. 196–199).

Hildburg Herbst, Frühe Formen der deutschen Novelle im 18. Jahrhundert. Princeton N. Y. Univ. Diss. 1978.

Hellmuth Himmel, Geschichte der deutschen Novelle. Bern–München 1963 (zum ‚Hexameron': S. 50–54).
Jürgen Jacobs, Die deutsche Erzählung im Zeitalter der Aufklärung. In: Karl Konrad Polheim (Hrsg.), Handbuch der deutschen Erzählung. Düsseldorf 1981, S. 56–71 (zum ‚Hexameron': S. 70f.).
Johannes Klein, Geschichte der deutschen Novelle. Von Goethe bis zur Gegenwart. Wiesbaden, 4. Aufl. 1960.
Josef Kunz, Die deutsche Novelle zwischen Klassik und Romantik. Berlin, 2. überarbeitete Aufl. 1971 (Erste Auflage: 1966), (zum ‚Hexameron': S. 57f.).
Hansjörg Schelle, Zu Entstehung und Gestalt von C. M. Wielands Erzählzyklus ‚Das Hexameron von Rosenhain'. In: Neophilologus 60 (1976), S. 107–123.
Rolf Schröder, Novelle und Novellentheorie in der frühen Biedermeierzeit. Tübingen 1970.

Zur Novellentheorie

Herbert Krämer (Hrsg.), Theorie der Novelle. Stuttgart 1976.
Karl Konrad Polheim, Novellentheorie und Novellenforschung. Stuttgart 1965.
ders., Theorie und Kritik der deutschen Novelle. Tübingen 1970.
Benno v. Wiese, Novelle. Stuttgart, 7. Aufl. 1978.

Weiterführende Literatur

Alfred Anger, Literarisches Rokoko. (Sammlung Metzler 25) 2., durchges. u. ergänzte Aufl., Stuttgart 1968.
Eric A. Blackall, Die Entwicklung des Deutschen zur Literatursprache 1700–1775. Stuttgart 1966.
Walter H. Bruford, Die gesellschaftlichen Grundlagen der Goethezeit. Mit Literaturhinweisen von Reinhardt Habel. Frankfurt-Berlin – Wien 1979.
Hans Blumenberg, Wirklichkeitsbegriff und Möglichkeit des Romans. In: H. R. Jauß (Hrsg.), Nachahmung und Illusion. Poetik und Hermeneutik I. München, 2. Aufl. 1969, S. 9–27.
Herbert Dieckmann, Die Wandlung des Nachahmungsbegriffes in der französischen Ästhetik des 18. Jahrhunderts. In: H. R. Jauß (Hrsg.), Poetik und Hermeneutik I. München, 2. Aufl. 1969, S. 28–59.
Walter Hinderer, Beiträge Wielands zu Schillers ästhetischer Erziehung. In: Jahrbuch der deutschen Schillergesellschaft 18 (1974), S. 348–387.
Friedrich Wilhelm Kantzenbach, Der alte Herder und der alte Wieland. In: Bückeburger Gespräche über J. G. Herder 1971 (Schaumburger Studien 33), Bückeburg 1973, S. 141–148.

Karl-Heinz Kausch, Die Kunst der Grazie. Ein Beitrag zum Verständnis Wielands. In: Jahrbuch der deutschen Schillergesellschaft 2 (1958), S. 12–42.

John McCarthy, Shaftesbury and Wieland. The Question of Enthusiasm. In: Studies in Eighteenth Century Culture 6 (1977), S. 79–95.

Wolfgang Paulsen (Hrsg.), Die Frau als Heldin und Autorin. Neue kritische Ansätze zur deutschen Literatur. Bern–München 1979 (S. 153–174: Wolfgang Paulsen, Die emanzipierte Frau in Wielands Weltbild).

Wolfgang Preisendanz, Die Auseinandersetzung mit dem Nachahmungsprinzip in Deutschland und die besondere Rolle der Romane Wielands (‚Don Sylvio', ‚Agathon'). In: H. R. Jauß (Hrsg.), Nachahmung und Illusion. Poetik und Hermeneutik I. Zweite, durchgesehene Aufl., München 1969. S. 72–95 und S. 196–203 (Diskussion).

Wolfgang Promies, Die Bürger und der Narr oder das Risiko der Phantasie. Sechs Kapitel über das Irrationale in der Literatur des Rationalismus. München 1966.

Hans-Jürgen Schings, Melancholie und Aufklärung. Melancholiker und ihre Kritiker in Erfahrungsseelenkunde und Literatur des 18. Jahrhunderts. Stuttgart 1977.

Arno Schmidt, Wieland/oder die Prosaformen. In: A. S., Dya Na Sore. Gespräche in einer Bibliothek. Karlsruhe 1958, S. 230–275.

Karl-Heinz Stahl, Das Wunderbare als Problem und Gegenstand der deutschen Poetik des 17. und 18. Jahrhunderts. Frankfurt/Main 1975.

Hans M. Wolff, Die Weltanschauung der deutschen Aufklärung in geschichtlicher Entwicklung. 2. Aufl., durchgesehen und eingeleitet von Karl S. Guthke. Bern–München 1963.

Wolfgang Zorn, Reichs- und Freiheitsgedanken in der deutschen Publizistik des ausgehenden 18. Jahrhunderts. VI. Christoph Martin Wieland. In: Darstellungen und Quellen zur Geschichte der deutschen Einheitsbewegung im neunzehnten Jahrhundert. Bd. 2, S. 11–66.

INHALT

Das Hexameron von Rosenhain

Anhang

dtv weltliteratur

2029 Maxim Gorki:
Foma Gordejew
Eine Beichte
Das Werk
der Artamonows*

2032 Romain Rolland:
Johann Christof
3 Bände*

2033 Heinrich von Kleist:
Sämtliche Erzählungen
und Anekdoten

2034 Gottfried Keller:
Der grüne Heinrich
Erste Fassung*

2035 Maxim Gorki:
Konowalow und
andere Erzählungen*

2036 Charles Dickens:
Große Erwartungen
Mit 21 Illustrationen
von F. W. Pailthorpe*

Märchen der Welt*
2037 Band 1
Südeuropa
2038 Band 2
Mittel- und Nordeuropa
2039 Band 3
Amerika
2040 Band 4
Asien
2041 Band 5
Afrika und Ozeanien

2043 Fjodor M. Dostojewskij:
Die Brüder Karamasow*

2045 Leo N. Tolstoi:
Anna Karenina*

2047 Margarete von Navarra:
Das Heptameron*

2048 Johann Wolfgang Goethe:
Die Leiden des jungen
Werther
(Hamburger Ausgabe)

2049 Robert Louis Stevenson:
Die Abenteuer des
David Balfour*

2050 Wilhelm Hauff:
Sämtliche Märchen

2051 Fritz Reuter:
Autobiographische
Romane*

2052 Maxim Gorki:
Der Vagabund und andere
Erzählungen*

2053 Jean Paul:
Flegeljahre*

2054 Fjodor M. Dostojewskij:
Der Jüngling*

2055 Fritz Reuter:
Das Leben im Paradiese*

2056 Achim von Arnim:
Erzählungen

2057 Herman Melville:
Moby Dick*

*) Dünndruck-Ausgabe

dtv weltliteratur

2001 Honoré de Balzac: Tolldrastische Geschichten Mit 425 Illustrationen von Gustave Doré*

2004 Hans Jakob Christoffel von Grimmelshausen: Der Abenteuerliche Simplicissimus Teutsch*

2005 Stendhal: Rot und Schwarz*

2006 Honoré de Balzac: Verlorene Illusionen*

2007 Maxim Gorki: Autobiographische Romane*

2008 Emile Zola: Nana*

2009 Alexander S. Puschkin: Erzählungen*

2010 Charles de Coster: Thyl Ulenspiegel Mit 150 Holzschnitten von Frans Masereel*

2011 Fjodor M. Dostojewskij: Der Idiot*

2012 Honoré de Balzac: Szenen aus dem Privatleben*

2014 Robert L. Stevenson: Der Selbstmörderclub und andere Erzählungen*

2015 Mark Twain: Tom Sawyer und Huckleberry Finn*

2016 Honoré de Balzac: Glanz und Elend der Kurtisanen*

2017 Maxim Gorki: Die Menschen Die Mutter*

2018 Adalbert Stifter: Der Nachsommer*

2019 Fritz Reuter: Das Leben auf dem Lande (Ut mine Stromdid)*

2020 E. T. A. Hoffmann: Die Elixiere des Teufels Lebens-Ansichten des Katers Murr*

2022 Charles Dickens: Die Pickwickier Mit 42 Zeichnungen von Seymour und Phiz*

2024 Fjodor M. Dostojewskij: Schuld und Sühne*

2026 J. W. Goethe: Wilhelm Meisters Lehrjahre*

2027 Fjodor M. Dostojewskij: Die Dämonen*

2028 Charles Dickens: Weihnachtserzählungen mit den Zeichnungen der Erstausgaben*

*) Dünndruck-Ausgaben